你一定是非常喜欢我吧
我说什么你都信
你对我真好
这世上不会有谁
比你更把我当一回事了
我最喜欢你了
你不要误会啊
我不是因为你喜欢我我才喜欢你
我本来就喜欢你
礼堂王，你的眼睛最好看

有爱的青春陪伴者

图书在版编目（CIP）数据

拉钩盖章一百年不许变. 2 / 坡西米著. -- 成都：四川文艺出版社，2025.9. -- ISBN 978-7-5411-7342-4

Ⅰ. I247.5

中国国家版本馆CIP数据核字第2025F2C155号

LAGOU GAIZHANG YIBAINIAN BU XU BIAN 2
拉钩盖章一百年不许变 2
坡西米 著

出 品 人	冯 静
责任编辑	谢雨环
特约编辑	雪 人
装帧设计	Insect 姜 苗
责任校对	段 敏
出版发行	四川文艺出版社（成都市锦江区三色路238号）
网 址	www.scwys.com
电 话	0731-89743446（发行部） 028-86361781（编辑部）
排 版	长沙大鱼文化传媒有限公司
印 刷	天津睿和印艺科技有限公司
成品尺寸	145mm×210mm 开 本 32开
印 张	10 字 数 250千字
版 次	2025年9月第一版 印 次 2025年9月第一次印刷
书 号	ISBN 978-7-5411-7342-4
定 价	42.80元

版权所有·侵权必究。如有质量问题，请与出版社联系更换。0731-85071461

目·录

第一章 /001
偷窥星星的小老鼠

第二章 /029
一半是篮球,一半是挂念

第三章 /061
既是乌龟,也是龙

第四章 /084
仰望星空与脚踏实地

第五章 /106
毕业成人礼

第六章 /132
第一喜欢的和第二喜欢的人

第七章 /161
脚蹚在泥地里,眼睛却看向星星

第八章 /186
小灯芯很快就没蜡了

目·录

第九章 /210
郁谋的乌龟恐龙

第十章 /227
银白色能照亮暗黑色吗

第十一章 /246
星星之火可以燎原吗

第十二章 /265
九月的北半球看得到银河吗

尾声 /279
在暗夜里讲述一个奇幻故事

番外一 /295
高二学农 1

番外二 /301
高二学农 2

后记 /307
青春和成长

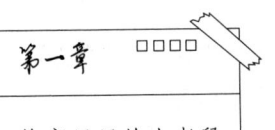

第一章

偷窥星星的小老鼠

1

  上午的元旦联欢会，唐华让班里同学把课桌摆成"回"字形，围成一个圈，这样表演节目的同学可以站在圈里。

  施念和郁谋是前后桌，变换座位时，两人就会挨在一起。

  郁谋大概是迟到了，是贺然帮他搬的桌椅，但是摆好后，贺然霸占了郁谋的椅子，一屁股挪过来同施念挨着。

  "你坐回去啊，郁谋来了坐哪里？"施念推贺然。

  贺然一人坐两个椅子，毫不在意："噢，他不来了，请假了。"

  "嗯？"施念转头。

"昨晚我回家时看见他在院门口打车。我问他来着，他说今天不来了，请一天假回旧家搬东西。"

施念愣住了。

联欢会结束，施念坐公交车回家。下午放半天假，她本来打算在家复习，总结错题本。池小萍给了她一些自由后，她反倒没那么迫切地想玩游戏、看电视了。

车到站，她下车，顺着街道走了十几步又折回来，第一次仰头仔细看站牌。

她上学坐13路公交车，也仅仅知道13路车有哪些站。

贺然刚才说郁谋爸爸住的小区很高档，施念对那个小区名字有印象，因为之前施斐家也说要在那边买房，说了好久，后来又不知道什么原因不了了之。

她把每一路公交车的站牌都仔细看过，毫无头绪。

这时正好来了辆公交车，车门打开，她不上去，而是站在前门外问司机："师傅您好，您知道去××小区怎么坐公交车吗？"

"××小区啊？哟，你在这个站坐车的话那要转车。"

"没关系的。"

"16路车坐到水车街，下来原地不动坐62路车到终点站，最后你还得步行一段路，往西边。具体你下了车可以再问问人，要走挺远的呢。"

"嗯，好的，谢谢您！"

天气干冷干冷的，雪憋了一天一夜，依旧什么都没下下来，厚厚的云似乎要把空气中的所有水分都吸走。

可能是非上下班高峰期，公交车车次并不多，施念在路上大概花了一个半小时的时间,到终点站时已经快下午两点了。

她按照司机说的路线转车,心里挺虚的,因为她没有去过离大院或学校这么远的地方。

62路车坐到终点站,下车时她几乎要哭出来。司机让她问人,哪有人啊,周围偏僻得很。

她往西走了七八百米,东南西北全是那种很高的围墙。这和她理解的小区完全不一样,这些小区没有高楼,只有联排或独栋,没有超过三层的,更不要提便利店了。

她不想给郁谋打电话,想自己找到他住的小区门口再打,于是绕着这里转了好久。

有冰冰凉凉的物体落在她的脸上。她此时整个人几乎冻僵了,反应了一会儿这冰凉的东西是不是鸟屎,后来抬头看,原来是下雪了。

大片大片的雪花从灰白色的天空中落下,迅速在路面积起薄薄一层,踩在上面嘎吱嘎吱的。

施念拐了几个弯,试图去找大门,最后发现自己好像迷路了,因为这里每一个路口几乎都长得一样。

她拿出手机,感觉手机冻得像块冰坨子。她吐口热气暖了暖手指,翻出郁谋的短信,打起了字。

施念:我在你家小区附近,明明说好一起来你的旧家搬东西的。

郁谋睡到下午四点才醒来,发现世界都变了。

外面白茫茫一片,从地面到天空都被雪笼罩了。

小区修剪得圆圆矮矮的灌木一个个都顶起了厚厚的白帽子。小区里有人遛狗,小狗往草丛里一跳,被雪淹没了,主人不得不踏进去把狗从雪堆里"拔"出来。

郁谋站在窗前看了一会儿雪,他不知道这雪是从什么时候开始下的,但肯定已经下了很久了。

昨晚他回到这里就开始发高烧,吃了药就去睡觉了,手机一直关机。

此时他按了开机键,便进卫生间冲热水澡。

这里的卫生间比爷爷家的卧室都大,他洗了十几分钟,四肢百骸被热气烘得舒畅许多。

等他从浴室里出来后,才想起看看手机有没有谁找他。

他随意按开,结果吃惊地发现手机里有八个未接来电,都是施念打来的,从下午两点十分一直打到三点三刻,几乎每隔十五分钟打一次。他看了下表,现在快四点半了,距离最近一个电话已经快一个小时了,但没有新的电话进来。

除此之外,还有一条早于所有电话的短信,是两点零三分发来的。

施念:我在你家小区附近,明明说好一起来你的旧家搬东西。

郁谋拿起外套就往门口奔,到了门口,突然又冷静下来。她应该已经走了吧?过了那么久都没再打电话过来,应该是走了。外面雪那么大,不会有人傻到电话打不通还一直站在外面。

这样想着,他又踏上玄关的台阶,慢条斯理地去厨房倒水喝。

水喝到一半,他还是没忍住,回拨了一个电话,那边关机。

理智告诉他,施念肯定没事的,大白天不会有什么事,肯定是回家了。至于手机关机,那大概率是在充电。

可他还是有点心神不宁,于是过了十分钟,他抱着侥幸心理又拨过去一个电话。

这次竟然通了。电话响了两声被接起,那边窸窸窣窣的。

"喂,你回去了吗?"他声音有点闷。

"喂……我还……在啊……"施念被冻得一句话说得断断续续。

他听到了她牙齿打战的声音,顿时心往下坠,皱着眉头,握着手机立马奔出了门。

"你在哪里?"

"我也不知道我在哪里。这里所有的路口都是一个样子,一个人也没有。"施念顿了顿,"噢,这边有个电子栅栏,上面写着8号。"

"……好的我知道了,你站在原地不要动。"郁谋语气硬邦邦的,"刚才打你手机怎么关机的?"

"啊……是吗?因为我手机开一会儿就自动关机了,我还要重新打开。这样好费电,我算着次数开关机的。"施念当时想,开关机十次她就回家,可是打到第八个电话时,突然舍不得了,于是她中间隔了好久好久才重新开机,好像自己给自己开后门作弊一样。

郁谋远远看见女孩时,她坐在路边,团在那里,几乎和路边的大理石圆球路障一模一样。

她穿着浅灰色的新羽绒服,帽子上的绒毛几乎变成了白色。

帽子很大,她戴上以后形成一个还算温暖的小窗口,手机就被她放在膝盖的正中央,被帽子的小窗口罩着。

可能是戴着帽子听不清,郁谋走到她跟前时她才发现。

因为知道他会来接她,她才敢用不多的手机电量玩贪吃蛇。意识到他来了,她赶紧把页面按掉,猛地站起来,有点局促。

没了帽子遮盖,雪花瞬间落满了她的头顶,黏在了睫毛尾端。

少年勉力维持冷淡,可她根本不在意,还不等他开口,就说:"浅绿色!"

郁谋怔住,一时间没反应过来她在说什么。

施念脸颊红扑扑的,好像用尽了此生到目前为止的全部勇气,再次大声开口:"浅绿色,你自行车的颜色!"像在做什么电视竞赛抢答题一样。

她的声音开始发颤:"初中时,每天你都停在第二排倒数第一个的位置,你和朋友说停在那里不会被挤到,因为你很喜欢那种漆的颜色。"

然后她没停,背书一样列举一些旁人听来没头没脑的干巴巴的事实,只有郁谋知道,那都是和他有关的细节。

少年有些动容,冰山面孔逐渐瓦解,先是嘴角上扬,而后眼神里是前所未有的心疼。

"可以了。"

他不让施念继续说了,施念却没有要停的样子,急切地想要证明什么,最后因为喉咙太干,咳嗽了两声,叙述才戛然而止。

两人就这样对望着,傻傻的,身处纷纷扬扬的大雪中,一切回归寂静。

要背的都背完了,她不知道说什么。

"好的好的,我知道了。"少年眉目舒展,既包容又心痛。

施念目光澄澈地看着郁谋的眼睛。他发现她的眼睛会像逝去的恒星一样闪光,后来才意识到,那是她要哭了。

她什么都没再说,他却像她一样,也开始没头没脑起来。

他点头,像煞有介事地说了一句:"嗯,我也是。"

她嘴角往下撇,眼眶真的红了。他觉得她那么聪明,应该知道他在说什么。

为了保证她好好退回她自己的壳子里,他又说:"逼你说这些,我很抱歉。"

少年声线柔柔的:"那我们这样好不好,约定好,到你觉得有安全感的时刻之前,谁也不要再说了,我们都把话重新放回心里。"

施念想点头,但脖子是僵的,只好眨眼示意。睫毛扑簌,雪花没掉，眼泪却出来了。

"好啊，其实没关……"她一句话说了一半，毫无预兆，少年俯下身。

那种奇异的热气，还有香气逼近，她赶紧闭上眼。

郁谋将距离把握得刚刚好，仅仅是帮她拂掉了睫毛上的雪，就像蜻蜓点水一般。

"看它们好久了，这下终于弄掉了。"他直起身子，自自然然地脱掉外套，给施念盖上。

2

郁谋用自己的外套裹住施念，大雪天的，他只穿一件卫衣便转身大踏步地往前走。插兜往前走了几步，没听到施念跟上来，他停住，回身，神色淡淡地伸出手："走呀。"

施念原地不动，她在想自己是先踏右脚还是先踏左脚。人类是怎样走路来着？好像是郁谋的外套把她"封印"住了，她发现自己动不了，又或者是她觉得自己好不容易往前踏了一步，现在很想往回走两步，急需缩在内心的安全区域里缓一会儿。心跳得太快了，连带着胃也跟着抽搐，浑身都在抖，是冻的，好像又不是。

在郁谋返回来找她前，她终于小跑了几步，跟在他身边，却没有去拉他伸出的手。

郁谋将手收回来，伸进兜里。自己不该伸手的，可恶。

两人都不看彼此，也不讲话，中间好像隔着太平洋。不经意间，施念的衣角碰到郁谋，她吓得跳了一下。

施念比郁谋走得还快，闷头向前冲，只有到路口需要他决策时才会停住等他。

在一个路口，郁谋轻拉她的袖子："嗯……走错了。"

他走错了。

施念说得对,他家这破小区哪儿哪儿都长得一样,一瞬间他好像也忘了自己家在哪号院。

"稍等,我看一下啊。"郁谋站在原地,假装在思索往哪边走。他的雀跃几乎没法掩藏,想想就泛起笑,只是施念在旁边,他不能那样做,不然会被当成傻子。

施念将他的外套褪下来,踮着脚给他搭上,说:"你穿上吧,我不冷,感觉还有好久才能找到你家呢。"

郁谋默然几秒,瞬间清醒,指着前方:"就在那边。"

施念有些不确定:"可是,咱们刚刚不就是从那边过来的吗?"

"啊,是吗?没注意。"郁谋故作淡定,又将外套脱下,试图给她穿上。

施念躲过:"我不冷。"

外套太香了,又香又暖,她快要晕过去了。

郁谋穿上外套时,趁机闻了闻内衬。没有奇怪的味道啊,自己刚洗完澡,香喷喷的,她该不会是嫌弃自己吧?

进家门时,郁谋站在门廊前,施念则站在他身后的台阶下。头上没有遮挡,她有点不敢和他站在一起。

郁谋将密码锁的盖子抬起,回身看她,笑了下:"干吗不上来站着?"

施念表情有点奇怪。"没事呀。"

郁谋输完六位密码,门"哒"一声打开,他侧身让施念先进。

施念这才走上来,在门垫上跺了跺脚,然后就不动了,像个小士兵一样站着,越发拘谨。

郁谋把门关上,给她找拖鞋,找的时候他蹲着看了她一眼:"你怎么啦?"

施念又轻声说:"没事呀。"

这个尾声"呀"令他心头一颤。郁谋察觉到了什么,坚持问:"你在紧张什么?"

施念的眼神本来都飘到郁谋家的楼梯上了,她觉得他家楼梯的设计很好看,镂空的,还看见楼梯下的圆厅里摆放着一架很古朴的钢琴。而后意识到什么,她立马把眼神收回来,只局限在门厅这一块,哪里都不敢多看。

郁谋没找到施念可以穿的拖鞋,干脆把自己的鞋摆她跟前,然后站了起来,问道:"到底怎么了呀?和我说说,嗯?"

施念假装没听见,准备低头去换鞋,被郁谋扳直身体:"等等,先别换。你是在害怕吗?怕什么?怕我?"她该不会是把他想成那种人了吧?

家里的确就他俩,施念本来觉得没什么好说的,可他又把她的种种反应往他自己身上揽,就像昨天一样,她赶紧解释:"不是的,不是的。"

"你刚刚输密码嘛,这是隐私,我肯定不能看啊。"她支吾道,"而且……你家哪儿哪儿都看着挺贵的,我怕不小心给碰坏了还得让我妈赔。"

之前施斐总说:"姐,你总不来找我,是不是瞧不起我,不愿意跟我玩?"

其实施念总得施斐来找她,上赶着找她,理由恰恰相反,却说不出口。

施念很早的时候去找过施斐几次,那几次的经历都不那么令人愉快。施斐家也很高档,是市中心的复式楼,从小区,到装修,处处透着有钱人的感觉。这倒也没什么,只是大妈的反应很伤她自尊。

开门时，大妈会捂着密码面板，施念意识到时满脸通红。她一开始盯着面板看并不是想偷窥施斐家的密码，而是好奇，毕竟大院里的家属楼都很老，开门关门还都是用钥匙。可大妈给她的感觉是，你不要看我输密码，这可不是你家，做人啊，得有点边界感。

进去后，大妈会说，这是大理石的，从哪儿哪儿运来的，很贵；这个马桶可以自动洗屁股，你可别瞎按，要用的时候叫她一声；那个水晶灯多少多少钱，这个设计师椅子是装饰，不是用来坐的……这些都令施念不知所措，觉得自己像个小心翼翼的土鳖。

那个世界不是她的世界，她很没有安全感，于是变成她只想在自己家待着，谁家都不愿意去。所以说，能让她这样的人辗转一个半小时来郁谋家，又在大雪天里等了两个多小时，她自己都觉得不可思议。

听她说这话，郁谋失笑："你是不是傻？"

施念则没觉得自己傻，认认真真地看着男孩："我不傻。"她只是顾虑的事情比较多，因为她目前还没有赚钱的本事，所以最怕给池小萍惹麻烦。

可是心里想的这些又不可能对郁谋讲，如果是无关紧要的人也就罢了。她的确不太喜欢大妈，但那是施斐的母亲，而施斐和郁谋是朋友，她不可以背后讲人坏话，况且她也不想被同情。

郁谋愣住。女孩说这话时，鼻头还是红的，脸颊也是，被冻出的红团团一时半会儿消不下去。他或多或少能猜到她这个别扭劲儿肯定是之前发生过什么事，虽猜不确切，但那不重要了。

此时他的心好像浸在热牛奶里的面包，软得一塌糊涂，不仅如此，心底还升起一种酸涩感。他看着这个女孩，喜欢她认认真真看着自己、同自己说话的样子，又想，她在外面等了这么久，多冷啊，进了他家还怕这怕那……他很想捅自己一刀，给自己堵塞憋闷的心脏放放血。

"我说的傻和你说的傻不是一回事。"他没忍住伸出手,装作帮她掸雪,拍了拍她的头发,"你在这里不用这么小心。"

他指了指家里:"你把这里炸了都没关系,只要你有这个本事。"

施念被郁谋这话逗乐了,弯腰脱鞋:"听说炸弹也挺贵的。"

她脱掉大衣,郁谋帮她挂好,然后他看到她衣服下摆有一大片油渍。他知道她的衣服被脚蹬子弄脏了,没想到这么严重。

施念看他注意到那块痕迹,叫住他:"哎呀,你别看了。"赶紧把这一块翻过去用另一片衣角盖住。

郁谋茫然回头。

她眼神别到一边:"我昨天干了件蠢事。

"我想洗大衣,可是我妈说那是机油的印子,只能洗成那个样子了。我不信,想起化学课上学的相似相溶原理,倒了点家里的菜籽油上去,想以油溶油……结果还不如之前呢……"

昨天她一直在较劲儿,好像不把那里洗干净就不罢休一样,最后羽绒服不仅没洗干净,布料还被她洗皱了。她坐在小板凳上,感觉心碎成了八片。

她意识到,原来很多事情,洗衣服也好,希望郁谋知道她并不喜欢他也好,都是越抹越黑,哪怕初衷是好的。

在巷子里时,郁谋说:"被你说得我好像很差劲一样,喜欢我是件令你觉得丢人的事情。"

他说这句话时落寞的神情,让她心里久久过意不去。这完全不是她的本意。

她几乎一晚上没睡着,一想到下午的事心就疼得抽搐。

她希望郁谋一直拿第一,希望他一直意气风发,是那个礼堂中央声音朗朗的少年。她觉得自己就像在阴沟里偷窥星星的小老鼠,看看星辰的光芒就心满意足了,哪有野心去同星星说话呢?可是星星却说,他觉得他很差劲。因为她的缘故,星星觉得自己是蜡烛,被老鼠觊觎的星星成了平凡人家的灯油,也会伤心啊。

所以今天她来了。

坐公交车,转车,走路,等待,这几个小时里她一直憋着一口气。她没期盼那么多,她只是想来这里大声告诉他,让他不要怀疑自己,他超级超级好,不好的人是她。

想到这里,施念抬头看郁谋,说:"对不起啊。"

她最擅长道歉了,但是所说的大部分抱歉都不是出自真心,而是为了不给家里惹麻烦,这句却是真诚无欺。

郁谋懂她的意思,知道这个傻子又在为什么道歉。他抿唇笑了,将大衣的污渍翻出来看,说道:"其实这块污渍看习惯了也挺好的。"

"哪里好啊?"

"独一无二的。"

3

郁谋说完这话,顿了顿才去看施念什么反应。结果他回头时,施念还保持着刚刚一动不动望着他的模样,眼睛里亮晶晶的,亮得和之前他说给她玩电脑时的眼神一样。

少年有点扛不住这样的眼神,只看了三秒便败下阵来。他赶忙转过身,光脚走去厨房,故意用那种老师训诫学生的语气说:"给你倒点热水喝,来。"

进了厨房就不只倒水了,郁谋抱臂站在冰箱前,看看有没有什么好吃的可以给施念:"饿不饿?我看看有什么吃的给你。"

施念说:"我不饿。"

"不饿也吃点。"他很坚持。

冰箱里熟食很多，还有一盒拿破仑蛋糕……可他爸从来不吃甜食的。

施念凑过来看冰箱："你家冰箱好满。"

郁谋想说，这在以前根本不是常态。

"我爸最近交女朋友了，这些都是那个阿姨带来的。"

其实昨晚他突然回家时有点尴尬，因为家里多了个阿姨。

一开始，阿姨在厨房煲汤，他还以为是家里新请的保姆。他爸却让他打招呼："小谋，叫人，这是你徐阿姨。我们认识快两个月了，我一直忘了跟你说。"

看眼神，听语气，郁谋恍然大悟，这可不是保姆阿姨的那种阿姨，而是爸爸女朋友的那种阿姨。

施念仔细观察郁谋的神情，又想到他之前一直不愿意回这里，以为他很抵触这件事，于是马上说："我不吃了！"

郁谋被她这副时刻准备与他同仇敌忾的语气逗笑了，说："我挺无所谓的，我爸他开心就好。"

施念紧接着认真地问："那叔叔开心吗？"

郁谋想了想："应该吧，我猜。"

妈妈去世已经快两年了，他对爸爸找女朋友一点意见也没有。倒是爸爸对这事一直很避讳，有朋友介绍，也装出一副勉为其难才去见见的样子，希望能照顾到他的感受。

前前后后，光郁谋知道的就相亲了快八个，据说都不合适，也没有被带回家过。昨天这个阿姨，郁谋有预感，可能会和父亲走到一起。

他觉得挺好的，毕竟他一开始主动说要去爷爷家住，也是希望爸爸一个人能自在点。

徐阿姨有点胖，衣着朴素，年龄看不太出来，总之不年轻了，甚至感觉比爸爸还要大一些,人不难看,双眼皮,脸颊有肉,笑起来眼角的皱纹是往上走的,脾气很好,说话也温和。这令郁谋心里产生了很微妙的感觉,因为这个女人和妈妈实在是两个极端。

昨天他打过招呼后就回自己屋了,不久就听见他们出门的声音。他从窗户往外看,爸爸开车送徐阿姨回家。车转向的一瞬间,他似乎还看到爸爸和徐阿姨十指相扣……

虽然他不在意爸爸找新的伴侣,可看爸爸陷入甜蜜恋爱又是另一码事,尤其是他自己刚和施念吵了一架的情况下。

他更郁闷了,黑着灯在屋里枯坐,大敞着窗户吹冷风,发呆,看月亮。为了不去想施念说的那些狠话,他默默背诵银河系里各天体的自转和公转周期,直到他觉得头疼到要炸开。

十二点多的时候,他实在挨不住了,吃了片感冒药,然后就睡了。他不清楚爸爸当晚有没有回家,估计是没回。

施念问道:"那……这个徐阿姨有没有孩子啊?"
"有一个,比我大三岁,我得管他叫哥哥,在美国读书。"
闻言,施念似乎舒了口气。
郁谋好奇地看她:"怎么?"
女孩的眼神看向别处:"没怎么,瞎想来着。我想她要是有个女儿……然后……"没往下说了。
郁谋瞬间理解了她的意思,心怦怦跳,语气却依旧平和:"你想什么呢?"
施念好像也觉得自己想太多,乐道:"我看电视不多,这些桥段怎么都记得清清楚楚?"
少年嘴角开始上扬,原来不止他一人会吃醋啊。这下扯平了。
不过他顺着她的思路往下想,想到万一他爷爷和她姥姥谈恋爱了,那他俩算不算重组家庭的兄妹?应该不算吧?

这拿破仑蛋糕显然也是徐阿姨带来的,郁谋指了指蛋糕,问施念:"吃这个?"

施念摆摆手:"我真不想吃。"

郁谋又指草莓。

施念觉得总拒绝也不好,这才点点头。

郁谋起身去给她洗了一盆大草莓。

施念吃了一颗:"很甜。"她捏着草莓的绿色叶子找垃圾桶,被郁谋顺手拿去扔掉了。

垃圾桶隐藏在橱柜底部,她看着那个"机关",说道:"以前我去别人家不爱吃水果,总觉得很麻烦,又要扔核又要吐皮的。"

郁谋双手支在台面上笑眯眯的:"那为什么来这里会吃?"

施念眨巴了一下眼睛,不说话。她知道他明知故问,可她今天的"真情流露"额度已经用光,明明清楚他想听什么,她还是忽略了他的提问,

她开始假装研究岛台台面的大理石纹,遇到石头没被打磨光滑的缝隙处,她还拿手抠一抠,确认这是真正的石头:"你家真好看,就像美剧里的那种房子一样。"

"什么美剧?"

"我在文斯斯家看的,不是特定哪一部,而是一种整体感觉,挺……挺高档的,哪儿哪儿都看着冷冷的。"

郁谋"嗯"了一声:"家里所有这些,都是我妈选的。"

他在心里算了算,又说:"搬进来快十年了吧,看着也不过时。当年我爸还说,弄成这样子,一点家的感觉都没有,现在也说确实不错,挺耐看的。"

施念问道:"你妈妈是做装修设计的吗?"

"不是,她搞雕塑,也会画画。"

"哇。"施念觉得十分惊艳,"我家往上数三代都没有搞艺术的,总觉得这些职业离我们老百姓很遥远。你妈妈一定很有艺术天分。"

郁谋微笑点头:"这确实是她的优点之一。"

"你妈妈家是艺术世家吗?肯定从小受熏陶。"

郁谋去给施念倒水,半杯凉水半杯热水混合好,然后看她喝了一口才继续平静地说:"还真不是。

"我姥爷是航天工程师,退休前在五院。

"我姥爷家以前还算小富,他对自然科学十分感兴趣,那个年代家里送他留洋,麻省理工,学天体物理,学成后回来报效祖国。"

"我的天,你姥爷好厉害。"施念几乎要被郁谋家的履历震晕。因为郁谋的语气并不带炫耀,所以她也只是单纯感到震撼,没有像听到"智能马桶"和"设计师椅子"那样感觉不适。

她想,他们一家怎么都仙气飘飘的?郁谋本人也一样。

"确实,他脑子非常好使,所有人说起他,都说他是他们见过的最聪明也最自律的人,对自己所学非常有学术热情和追求。

"我有记忆的时候,大概三四岁吧,那会儿我姥爷患上了阿尔兹海默症。这种病恶化很快,起初他生活还能自理,后来清醒的时候越来越少,必须被关在家里,不然就会走丢。

"他糊涂的时候一个人在书房焦虑地转了一圈又一圈,嘀嘀咕咕。没人愿意听他胡言乱语,但我还挺喜欢去找他的。他把我当成他大学同学,跟我讲英文,意识到我听不懂,又会换成中文,拉着我讨论天文学,说教授的作业你做了没,论文你写没写之类的。

"我一概说没有,他就痛心疾首地给我从头开始讲,讲他年轻时在大学所学的内容。"

施念惊讶:"你那么小的时候能听懂?"

"当然不懂,只是觉得有意思。各大行星之类的,他讲得很生动,手舞足蹈的。"

"听描述,感觉你姥爷是个很有意思的老爷爷。"

"很难那样说,他……"讲到这里,郁谋停下,专注地看施念,"我说这些家长里短,你会不会觉得很无聊?"

"不会啊,我喜欢听,你继续说。"

"大家对我姥爷的评价褒贬不一。从工作和专业的角度,他的确是非常负责且权威的,可从他个人角度……"郁谋笑了,"你知道吗,单位同事给他起了一个外号,叫大炮。

"他讲话非常冲,忍受不了跟不上他思维的人,骂起人来十分难听,撑上级,撑同事,撑学生,别人又因为他的工作能力对他无可奈何。我知道很多聪明的人对周围人是很宽容的,他们只对自己严苛,可我姥爷不是,他觉得人的一生非常短暂,但真理和科学是无限的,他用有限的生命去追求无尽的真理,这让他非常焦虑,总觉得时间不够用,更不要提让他去忍受'一帮蠢蛋'。

"于是他寄希望于自己的三个小孩,希望有人能继承他的衣钵,作为他生命的延续继续去探索宇宙。

"可是他的三个孩子,我大舅,我二舅,还有我妈,没有一个对航天感兴趣。他的几个孩子都和他关系不好,因为他和孩子之间的沟通只有打和骂。

"我大舅喜欢车,玩过几年赛车,年轻时组过车队,后来在一次比赛事故中去世了。我二舅因为不满我姥爷的大家长作风,很早就去美国了,我姥爷去世时都没有回来参加葬礼。他现在在美国经营一家画廊,做艺术品生意。我妈和我二舅差不多,从小就喜欢艺术,后来考取美术院校,令我姥爷十分失望。"

施念就像在课堂上,举手:"我有个问题,你姥爷这么痴迷研究,竟然还愿意抽出时间打孩子？如果我是你姥爷，我可能就天天把自己关在小黑屋里演算公式，多说一句话都嫌浪费精力。"

郁谋展眉笑了下："你的角度很新颖。"

"我想，大概因为他把'让自己的小孩也拥有和自己同样的事业'当作一项学术使命吧，并且在他们那个年代，大多数人的观念里对待小孩子就像对待自己的私人物品一样，如果不合他意，就会利用言语暴力、身体暴力等方式试图去'修正'和'规劝'。他忍受不了私人物品竟然还能产生自我意愿，而与'私人物品'进行温和沟通更是对他自身权威的一项挑战。他觉得那样才是浪费时间、浪费精力的。"

"真过分。"施念有点生气，也许是共情了池小萍不让她玩游戏，"我以后要是有小孩，我肯定让他想做什么做什么，在诚实、善良、正直的基础上，自由发展。"

郁谋点头："嗯，我也是这样想的。"

说完，两人皆是一愣。

"那个……"郁谋岔开话题，兀自往楼梯口走，冲施念招手，"我带你看看我妈的作品吧？在地下室，你愿意来看吗？"

"好啊好啊。"施念停下抠桌面的手，跟了过去。

4

"这里一开始是我妈的工作室，有次下大雨，地下室被淹了，那之后她一直说能闻到霉味，就搬到了阁楼创作，地下室就变成了她堆放作品的杂物间。"郁谋打开门，摸到墙壁上的开关，"当然，这里还有个用处。"

他转头对施念说："我小时候关禁闭的小黑屋。"

听他这么说，施念站在门口观望了下。这和她理解的关禁闭小黑屋有点出入,毕竟这整个地下室比一般房间都要宽敞,有将近四十平方米,朝北的墙上靠近天花板的地方还有一溜儿很细的窗户,隐约透了一些天光下来。因为下雪,天灰沉沉的。

还有一面墙的书架,书架上堆满了书。郁谋指了指那里:"这些都是我姥爷以前的书,除了我,没有人会看。"

"这个小黑屋似乎有点大。"施念说道,"如果我被关在这里,大概能自己和自己玩一天。"

郁谋说:"小孩子可不会这么想。"他指了指占据了一半空间的雕塑,"很小的时候和这些家伙关在一起,我非常害怕,尤其是关了灯,外面天又黑的时候,我觉得它们在窥伺着我。我有时候还会产生错觉,认为它们趁我不注意时动了一下。"

施念看着那些奇形怪状的雕塑,起初她以为上面盖着白布是为了防尘,走近了,才发现那些白布也是雕刻出来的。那些像是被蒙在布里的怪物张牙舞爪,快要窒息了一样想要破布而出。

"我妈给这一系列的作品起名叫《希望》。"郁谋说。

施念觉得这些雕塑令她感到不适,于是退后,离它们远远的。

还有一整面墙是壁画。

这种一整面墙的贴画在千禧年前后特别流行。施念姥姥家的客厅也有,是一墙的牡丹花,上面还写着"花开富贵"。

她站远了看画,从左往右。

一片暗黑的星幕,壁画的视角是从森林往海边看的,所以离观画人最近的是影影绰绰的黑色树枝,好像"我"站在森林的边缘。森林后面是暗夜下的沙滩,沙滩上有一些嶙峋的礁石,再之后是黑色的海,海面上是散布着繁星的夜幕。

不得不说,画很美,有一种神秘的意境。可是因为这大片层叠的黑占据了一整面墙,人站在这样的壁画前会觉得有点压抑,更不要提关灯看的感觉了。

施念不禁往郁谋那边靠了一步:"这画有点瘆人。你小时候不害怕吗?"

郁谋看她凑过来,说:"这是我妈画的。"

施念指了指沙滩正中央的一块石头,那块石头最显眼:"你不觉得看久了会觉得这块石头像个老头儿吗?"

听到这话,郁谋侧头看施念,那眼神令施念捉摸不透,好像在审视她,看她是不是只是随口一说。

她咽了口口水,有点被吓到,小声给他解释:"就是……像一个佝偻着身子的老爷爷,老到抬不起头,本想看天空,结果只能看看海。"她边说边用手虚空描摹着轮廓指给郁谋看。

郁谋领会了她的意思,并不觉得意外,点点头:"看来不止我一个人这样想。"

"对不对?"

"小时候我说了,结果被我妈揍到起不来。"

"啊?就因为这个打你?"

"很难想象吧?"郁谋语气平淡,"这和我妈本身的个性有关。你之前夸她有艺术天分,这个我不否认,但也正是因为她有这样的天分,所以她对这个世界的人们有她自己独特的理解。她会把她认识的每一个人比作一样东西。这本身是件很玄的事,她看人看事完全凭直觉。"

"我不太懂。"

"我给你举几个例子。我妈对我爸算是一见钟情,因为她说,初见我爸,就感觉他的身上有种松树的气质。她搞雕塑,松木恰恰适合做木雕。可她这样说的时候,并不知道我父亲叫什么。"

"那你爸爸叫什么?"

"我爸家喜欢用树来取名。我爷爷叫郁长柏，我小叔在春天出生，叫郁醒椿。我爸呢，他在冬天出生，叫郁晨松。"他笑了下，"是不是很巧？"

施念惊讶得只知道点头："你妈妈灵得都能去寺庙门口摆摊了。"

郁谋扯开唇角："还有更灵的呢，一会儿再给你讲。"

施念乖乖点头说："好。"

郁谋继续刚刚的话题："郁家喜欢用树来取名，可是到我这里，我妈坚持给我起'谋'字。因为我出生时不哭不笑，她指着我尖叫着，说我怎么是个木偶人。对，她一直觉得我就是个木偶，说我从小到大的眼神非常冷酷，身上也没有人味儿。她很讨厌我用那样的眼神看她。"

虽然施念也时常觉得郁谋身上有种淡淡的疏离感，可想到还是小婴儿的他被这样说，不由得十分生气："刚出生能看出什么冷酷来啊？"

郁谋带着她席地而坐，两人靠着壁画对面的墙坐着。地上铺着素色地毯，地毯的绒毛摸起来凉凉潮潮的。

"她那样说是有原因的。我妈一直把自己比作啄木鸟，世人都说啄木鸟啄树是为了吃虫子、拯救树木，但实际上啄木鸟并不是什么益鸟，它会用坚硬的鸟喙用力啄食幼鸟的脑髓，也会降落在一棵没有虫害的树木上，把树啄死……认识她的人，若非特别熟悉，总会评价她是个不食人间烟火的艺术家。可她之所以选择雕塑，是为了释放内心的恐惧和愤怒。童年亲情的缺失、暴力催生的阴影，支配了她一辈子。

"其实不只对待雕塑用的石头、木头，她对我也是这样。有时候她打我，并不是因为我做了多大的错事，而只是她想那样做。我姥爷对孩子使用暴力，她也要对自己的孩子使用相同的暴力，好像那样她才会觉得自己不是个弱者。她打完我大概也会觉得内疚吧，所以她自己给自己找理由，说我是一说谎鼻子就会变长的木偶人，而她用这样的方式教育我，就跟啄木鸟啄掉匹诺曹说谎的鼻子一样，惨烈，但有效。"

不知为何，施念想起郁谋来到大院的那一天，她一直当作闹钟的啄木鸟飞走了。这背后惊人的巧合令她起了一身鸡皮疙瘩。

她轻轻拉了下郁谋的袖子："你说的这些怎么像听鬼故事一样？"

"啊，抱歉，那我不说了。"

"其实我想听，但又有点害怕。"施念犹豫。

"那怎么办呢？"郁谋有些无奈。

"我可以拉着你袖子听吗？"

"你拉我手也可以。"少年咧嘴一笑，伸出手来，还贴心地张了张五指，示意女孩扣进来。

施念摇头拒绝："不要。"

"哦。"郁谋很坦然地收回手，把手缩到卫衣袖子里，递过去给她。

施念伸手揪住他长长的袖子，心满意足。

郁谋浅浅一笑："我说到哪里了？"

"说到啄木鸟和木偶，你说还有更灵的。"

"更灵的……嗯，她见过你，还说过你的比喻。"

"真的吗？她怎么会见过我？"

"初中的时候，有一次你数学单科上了榜前三，有你的照片，收榜时年级组长喊我去收，我把你的照片留下了。"郁谋轻描淡写道。

施念想起来那张照片，尴尬地说："哎呀，我那张好丑！"还是小学毕业为了重新办身份证去照的证件照。

"不丑的，就是表情有点呆。我一直夹在英汉字典里当书签。那时候我妈已经住院了,我有天放学去看她,她从我的字典里翻到的。"

"那你妈妈说什么?"

"她没有问我这女孩是谁,只是指着你的照片说了一句话。她说,这姑娘像根灯捻儿一样。"

"灯捻儿?"

"嗯,蜡烛里面的棉花绳,灯芯,你知道吗?"

"知道知道。为什么说我是灯捻儿啊?"

"我也好奇,就多问了一句。我妈说,灯捻儿就是别扭着的白棉绳,外面裹上一层厚厚的蜡,点火就能发出光。"

"真是奇怪的比喻。"

"是啊,可我却莫名喜欢。你看过《木偶奇遇记》没?书里说,匹诺曹去了学校,在学校交到了他最好的朋友。他那个新朋友,看起来苦大仇深的,被其他小男孩欺负,还不敢吱声。匹诺曹和新朋友都不属于大多数人,两人都很难融入集体,同病相怜,又彼此吸引。"

"这个剧情我没印象了。"

"嗯,叫小灯芯。匹诺曹最喜欢的小朋友叫小灯芯。"

郁谋说这句话的时候,看施念的眼神温柔极了。施念感觉他的眼神要把她脑瓜顶上的"灯芯鬆鬆"点燃,便赶紧低下头一边揪地毯绒毛,一边嘀嘀咕咕:"可是匹诺曹是木头人,木头人不应该很怕火吗?他应该离灯芯远远的。"

"木头人又不傻,他知道很冷时木头会冻裂,很热时木头又会燃烧,去潮湿的地方长蘑菇,去海水里又会被腐蚀,但一定会存在一个适合他的地方。他靠近烛火不是为了把自己烤焦,而是为了让自己感到温暖。烛光没有强烈到会把他烧光,却能让他看清自己,不是刚刚好吗?"

施念心绪一动,不小心薅下一块绒毛。她赶紧把那块毛填回去,还拍了拍,结果一抬头,正好撞上郁谋的眼神。

他说:"我可看到了。"

施念确定道:"你不会让我赔的。"

郁谋假装吓唬她:"那可不一定。"

"可你之前说我把你家炸了都没关系。"

郁谋装正经:"我妈形容我是木偶,我整体是不认同的,可我觉得她有一部分说对了。小时候我读这个童话,说木匠杰佩托创造了木偶小男孩匹诺曹,匹诺曹与人类社会联结甚少,既想融入人类、变成人类,又深知自己与普通人的不同,于是他叛逆、轻蔑、行为荒诞不经,还谎话连篇。"

"我很擅长、喜欢说谎的,也喜欢说话不算话。施念。"他看向她,目光里有一簇火。

施念茫然,不知道该怎么接话,只得说:"这样吗?"

"嗯。我叫你来这里取东西,这是骗你的。我没什么东西可以拿,只是想骗你来,让你看看我从小长大的地方。因为你之前带我去了你爸爸家,我总觉得也应该让你进入我的世界,不只是爷爷家。"

"喜欢骗人的人才不会告诉别人他骗人了。"施念戳穿他。

"那是更高阶的骗术,一些小事告诉你也无所谓。"郁谋笑得有深意,"告诉你哦,别太信我说的话。可能我今天和你说的,明天就反悔了。"

他点了点那块地毯:"这块地毯的价格,要拉一下手才可以补偿。"

说着,他被施念抓住袖口的那只手轻松挣脱她的禁锢,从袖子里伸出来,翻一下手掌就捉住了她的手,牢牢握住。

施念"哎呀"了一声。

少年的掌心滚烫,还带着热热的潮气,她想抽掉,脸开始发烧。

郁谋却一动不动,他用劲儿不大,却卡住了她的手腕,根本抽不掉。

默默地握了一会儿,他又把施念的手放开,说了句:"瞧把你吓的。"再不放,他的手也要麻了。

两人静默了半晌,他又开始之前的话题。

"说真的,你觉得我是个怎样的人?是不是在你的眼里,我挺好的?"

看施念使劲点头,郁谋有些无奈地问道:"刚才骗你拉手,也觉得我好啊?"

施念又摇头:"那是不一样的。"她装作撒花一样在他周身摆手,"你可以发光,其他人不行。"

郁谋失笑。

"实际上我并没有那么高尚,我也会产生非常多阴暗的想法。很多事情不是我本来就想去做,而是我觉得那样做对我也有好处,但在外人看来,就会觉得我乐于助人。其实我的出发点是自私的。"少年说得很无奈,"我说认真的,不要觉得我好。总的来说,我是个不好也不坏的人。

"我很小的时候就意识到了自己和同龄小孩的不同。我学习东西很快,洞察力也好,无论是书本上的知识,还是书本以外的,我都能很快掌握,然后加以利用。你所看到的我,只是我表现出来的、愿意让大家看到的一面。我知道这样的形象比较讨喜,不会被大家当作异类,所以我才这样。这是我在我妈的喜怒无常下锻炼出来的生存本能。

"我一直在和另一面的自己做斗争。另一面的我,你绝对不会喜欢。为了逃避打骂,我会挑拨父母的关系,因为他们吵架时,我就有空喘息。我还会骗人,尽可能在外面游荡不回家,跑去网吧、游戏厅。甚至我妈生病住院时,我知道她那时已经非常脆弱了,内心想看见我,但我会刻意拖着时间才去看她……

"小时候,我妈每次打完我,都会把我关在这里。一开始我害怕、恐惧,在黑暗中,我独自一人,内心慢慢滋生了憎恨。我开始思考很多事情,譬如,她为什么要那样对待我?我能感觉到她对我的爱,同时也能感觉到她对我的厌恶。这是一种非常复杂的母爱。我想,这或许是因为她在我身上看到了小时候的她梦寐以求的东西。

"她害怕我姥爷,憎恨我姥爷,但如果再给她一个机会,我相信她会努力去讨好我姥爷。她大概也想看到父亲眼里的赞许和支持吧,她想和他谈论他喜爱的星空、宇宙,以及所有未知的高深的事情。你懂这种复杂的感觉吗?

"随着我们长大,无论是恨他们,还是爱他们,父母加诸我们身上的东西,我们既想逃离,又想讨好,最后我们会发现自己和他们越来越像。我妈性格里的那种偏执和极端就像极了我姥爷,而这种性格又在我身上出现。意识到这点时,我十分害怕,我想啊,我要如何做才能摆脱这些呢?她说我是个冷酷、有心机的小孩,我真的是吗?

"在我不断的思索中,我想到了一个方法。我要摆脱他们的性格特质,就必须首先摆脱因为他们而产生的害怕和憎恨。

"你看,我妈饱受暴力摧残,她惧怕、憎恶,但她最后还是成了我姥爷那样的家长。因为类似'恐惧'和'恨'这样的情感,是由下而上的。你恐惧一个人,就先把自己放在了低一阶的位置;你恨一个人,因为他对你做了过分的事情,你便把自己放在了被害者的位置。所有这些由下而上的负面情绪,最终会在你有能力时吞噬你。那个充满诱惑的声音会不停地在你耳边说:你可以登上台阶了,去成为加害者吧!难道你不想体会这种感觉吗?去吧,去用新一轮的掠夺填补你内心的空洞吧。随后,人们会毫不犹豫地对其他人做同样的事。这就是最基本的人性。人性慕强，欺软怕硬，一旦拥有绝对的权力和能力，大部分人都会使用它们。

"所以我不可以感到害怕和憎恨。我要怜悯我母亲，不断地告诉自己她这样做是不对的，是低级的行为。我把自己摆在了高处，我对她的情感是由上而下的。我相信我会成为一个更高阶的人，一个不会被母亲定义的人。这就是我自救的方法。

"真的很难很难，但我做到了。到目前为止，我可以很坦然地说，我是个不好不坏的人，是个灰色的人。我没奢望成为顶好的人，做到如今这样已经用尽全力了。这世界宽阔无边，我的命运不只局限在这地下室。我已经很满足了。"

说完这些，少年目光灼灼地看着女孩。

"和你讲这些，会动摇你对我的想法吗？"

施念很认真地思索了一会儿，然后坚定地摇头："不会啊。这个社会上，不去主动作恶已经很难能可贵了。换作其他人来过你的人生，不会比现在的你更好。你已经超级超级了不起了。"

郁谋看看她："你总觉得我特别好，对不对？"

施念大声说："这本来就是事实啊。"

少年起身，把她也拉起来："时间不早了，我送你回去。"

"你的自行车呢？"

"我们打车，然后放后备箱。"

走出地下室，关门前，施念突然想起什么来："咱们一开始说到壁画，为什么你说那块石头像老头，你妈妈要打你啊？"

郁谋催她上楼："说了你肯定害怕，别问了，不重要。"

"说啊。"

"不说。"

"说啊！"

"我妈给我姥爷的代号是一块石头。"

施念的汗毛几乎要竖起来,她"噔噔噔"跑上台阶时,身后传来少年的朗朗笑声:"说了你肯定害怕,非要问。"

第二章

一半是篮球，一半是施念

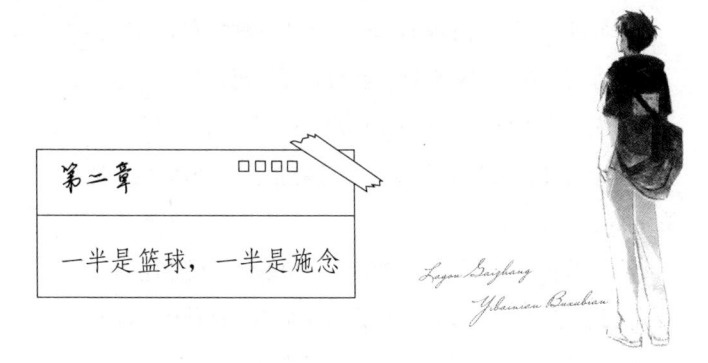

1

回家前，郁谋回自己房间简单收拾了几样东西。他的屋子在二楼，施念坚决不上去，站在楼梯拐角处抬头看他："我在这里等你啊，你快一点。"

郁谋扶着栏杆往下看，说："好吧，那你在楼下等着。"然后他捏着鼻子说，"石头——"

如他所料，施念吓得"啊"了一声，还回身看，就好像背后有什么一样，然后赶紧跑到楼上来找他。

"早点上来不就行了，你看，还非得我吓你。"郁谋进了自己房间，拉开书包拉链往里面塞书，又指了指自己的书架，"你进来看看有没有你喜欢看的书，有就拿走。"

施念惊魂未定，站在门口还扒着门框往后看，很不情愿地蹭着脚步进了少年的房间。

房间朝北，光线不是很好，是冬天那种特有的暗调。

施念问了句："好暗啊，我可以开灯吗？"

郁谋一边收拾，一边冷淡地说："不可以。"

施念愣住，结果看到少年坏笑着抬头，扬起手指她身后："开关在那边，自己开吧。"

"你以后对我不用那么客气。"他解释了他刚刚为何撑她，"你就说，我要开灯！我要回家！我要吃东西！这种语气就好。"

施念果断摇头："那不行，太不礼貌了。"

郁谋停下手上的动作："我没有让你和除我以外的其他人这样，你和我这样说话，我会很开心。"

施念假装去看郁谋的书架，没有接话，可是郁谋不罢休："听到没？"

施念换上了凶巴巴的语气："知道了！"

"哎，这多好。"郁谋心满意足，起身去衣帽间拿衣服。冬天除了大衣，他基本就是里面一件短袖外面一件卫衣。爷爷家只放了三件卫衣换着穿，他准备再拿几件回去。

他拨着衣架，仿佛无意地问："施念，我要穿什么颜色？"

施念正从他书架上抽一本"书虫"中英双语的小说《猴爪》，随口回答："都好看。"

"说认真的。"

"嗯……"施念仔细想了想，"就是都好看啊。"

她印象里，他很爱穿黑白灰，其中更偏爱白色。他似乎很怕热，初中时到了冬天，经常就穿着一件单衣跑操。打球也是，打着打着就把衣服脱了，穿着短袖投三分，手臂线条很好看。

郁谋觉得问了也白问，好像问她什么，她都觉得好，无脑夸那种。于是他决定给她几个选项："黑色、白色、藏蓝、灰色。哪个好？"

施念则回答了一个她觉得他应该会觉得好的答案："白色，可以吗？"

"不可以。"少年沉着脸回答，但是伸手把挂着的两件白色卫衣塞进了书包。

都收拾好后，郁谋走到书架旁，看女孩都挑了什么书。

施念给他解释："我英语最差，尤其是阅读理解和完形填空总拖后腿，看你这里有简单的中英双译。"

郁谋挑出她拿着的《猴爪》："这本里面全是神神叨叨的短篇故事，你可能会觉得害怕。"又给她塞回怀抱，"不过可以试着读一读，刨除恐怖部分，都还挺有意思的。"

"你以前买过这个吗？"说着，他又拿起书架上的一个小玩意儿。

是小时候流行过一阵的电子口袋宠物。当时店里五颜六色什么都有，不同种类动物的外壳颜色也不同。郁谋的这个是浅绿色透明壳子，上面还有白色的点点，形状大小和鸡蛋差不多，屏幕是小长方形。

施念好奇地看过来。

为了迁就施念的高度，郁谋特地把胳膊放低。他按了一下开机键，加载时屏幕上一颗带着点点的蛋滚过，滚到正中间，裂开，弹出几个大字：**WELCOME！口袋精灵！**

"我没有呢。我妈说这种东西玩物丧志，买了就老要盯着……文斯斯有，她养的是兔子。你养的是什么呀？"施念凑在郁谋的手臂旁，紧紧盯着屏幕。

屏幕转换画面前，郁谋的手盖住屏幕，笑眯眯地看她："猜猜。"

031

施念不太记得起来绿色对应的动物了,只好瞎猜道:"乌龟吗?蜥蜴?"

郁谋将手撤走,屏幕侧到她那边给她看:"是小恐龙。"

接着,屏幕上出现一头长脖子的梁龙,头又小又圆,尾巴和身躯很庞大。

郁谋熟悉地点进去查看它的饥饿程度还有健康程度,喂了水,喂了草,还使用"刷子"给它刷了刷脚掌。梁龙的脑袋上蹦出一个桃心,表示它很开心。

当初郁谋选宠物的时候,以为是直立行走的恐龙形象,背后带三角形背脊,结果到手才发现是长脖子梁龙。

也不能怪他想当然,因为他当时买的时候还问老板是不是他想要的那种,老板急于促成这单生意,敷衍道:"对对对,三十五。"然后他就掏钱了。那时张达站在小卖部外面等他,不进去,嫌丢人,说没见过男孩子买这个的。

"好可爱啊。"施念感叹,还点了点屏幕,试图收取那颗爱心。

郁谋笑了下:"不是触屏,傻不傻?"

"喜欢就送你。"他把这个小蛋交给施念,如愿以偿又看到了她那亮晶晶的眼神,"电池没了和我说,我去买。"

施念双手捧着那颗蛋,点菜单进去查看它的信息:"它叫什么名字啊?"

菜单显示:恐龙。

郁谋笑得有些抱歉:"没起名字。"

当初他回家开机一看,不是他想要的那种龙,就没有把早就想好的名字赋予它。因为如果他给了它那个名字,就会一直惦记着,总怕它渴,总怕它饿。他又不想将就,于是一直没起名字,只是隔三岔五打开看一下,也没什么负罪感。

"你随便给它起一个吧。"话是这么说,他还是用余光去看施念输入的什么名字。

看到她输了个"m",郁谋抿唇笑:"我们走吧,我好了。"他把施念的书包也接过去,带着她下楼。

郁谋让出租车司机在离大院两个路口处把两人放下,然后推着自行车往回走。道路上的雪被汽车轧过,变成黑色的雪泥,人行道上也一片泥泞。郁谋让施念走里侧,里侧还算干净。

施念深一脚浅一脚地走着,问道:"你是要买什么东西吗?"

"不买什么啊。"

"那你干吗要司机师傅提前把咱们放下来啊?我以为你要去买东西。"

"我倒是无所谓,但我想你可能会介意被院里的人看到。"

施念"哦"了一声,觉得郁谋说得有道理,便不再说话。她低头踩雪,嘎吱嘎吱的,刻意每一步都踩在新的雪上,留下一串干净的脚印。有时候她面前的雪少了,郁谋还会把自己前方的白雪让出来给她踩。

"施念,你生日是什么时候?"

"八月二十五。你呢?"

"十二月二十八。"

"你是……摩羯座?"施念算了算,"哎?不就是前几天吗?"

"对啊,你还找我吵架。"郁谋笑着说。

施念长长地"啊"了一声,很是内疚:"对不起……"

"没事,我逗你的。我不过生日,从小到大没有过过,所以也不在乎。"少年推车往前走,走得很慢。

"你想补过一个吗?"施念提议。

"不用，我其实就是想问问你生日是什么时候。"郁谋说，"过生日是不是都要送礼物？抱歉啊，我不太清楚流程。送礼物，写贺卡，吃蛋糕，吹蜡烛？我说得对吗？"

"其实我也没有很正式地过过生日。我妈挺忙的，想起来就会买一个蛋糕回来吃，没想起来就不吃，但是每年我妈都会给我煮一碗长寿面，这是必须的。有的时候，我妈还会说过生日带我去买新衣服，可现在基本都穿校服，我也不是很需要新衣服。生日礼物也没有特意收过，我家不太搞这些形式上的东西。"施念认真回答。

"你会渴望过那种很隆重的生日吗？"

"发自内心地说，我不太想，感觉很尴尬，不太喜欢被一堆人围着。不过，我很喜欢参加别人的生日会，还很喜欢给好朋友准备礼物，还有写贺卡。送人礼物时的那种心情比自己收礼物还要开心，自己收礼物时要说谢谢，可我不喜欢欠别人人情。但是我送别人礼物时听别人和我说谢谢，很爽的。我喜欢做大债主，到处收债，哈哈哈。"

"这样啊，我知道了。"郁谋点头，"那么大债主，我可以管你要生日礼物吗？"

"可以呀，你想要什么？不超过两百块钱的礼物，我给你买。"施念说得很豪迈。

"两百块钱，你好大方啊。"

"因为是你要啊，我特地往多了说的，还怕你会嫌弃呢。你的东西都看起来质量很好，我那是故作大方。"施念假装捂心口，"像我给其他好朋友，许沐子和文斯斯，我的预算都是一百块。周杰伦、王力宏的新专辑五六十块，然后再买一个好看的本子，扉页上写几句祝福的话，就这样子。"

"我不要花钱的那种，现买的没有意义。我想要一件跟随你很久的东西。"郁谋停住脚步，低头看她。

这却让施念有点为难,坦白说,目前她身上没什么拿得出手的、可以被当作礼物的东西。

她想啊想,最后干脆把书包摞到地上,拉开最里侧的拉链,拿出一个银线缝制的布口袋,布口袋上面有彩线绣的符文。

她紧紧攥着那个布口袋,表情纠结,带一点舍不得,随后下定决心地说:"我现在身上没什么好东西,文曲星你大概也不需要。这个的话不贵的,不过它寓意好,是我妈从日本的金阁寺请回来的学习御守,可以送给你。"

郁谋静默着,没去接。

"这个御守你收好,让它继续保佑你。我想要的东西其实是另一样。"

施念惊讶:"还能有什么呀?"

"这个。"他指了指她马尾上的浅绿色头绳,"可以吗?"

施念以为自己听错了,还同他确认:"头绳?"

郁谋点头。

施念有点为难。刚刚拿出御守为难,是因为多少有点舍不得;如今给他头绳为难,则是实在拿不出手啊。

"你是男生,要女生的头绳干吗呀?"施念小声问道。

郁谋没解释,只是摊开手,静静等着她。

施念小心地把头绳捋下来,上面还缠着一根头发,她把那根头发摘掉,轻轻将头绳放到了男孩的掌心里。

"这个我都用了三年多了。"

"嗯,我知道。"

"很旧,都褪色了。"

"嗯,我知道。"

"你拿了也用不到呀。"

"嗯,我知道。"

听到他近乎固执的回答,施念最终妥协。

"你、你可别绑在自己手上……"施念想到在文斯斯的少女杂志上看到的肉麻桥段,赶紧嘱咐道。

"放心,我不会那样做,我会把它放在枕头下面。"少年一字一句,说得郑重,"希望每天都能和你做同样的梦。"

施念因这话愣住,郁谋则持续地对她笑,试图让她明白他说的都是认真的。他不会采用那些让她尴尬的老套方式,但他有自己的打算。

随后他说:"施念,以后你考去北京吧。"

两人又重新开始往前走。

走了几步,施念才说:"我还没想好。北京好一点的学校分数都太高了,我怕我考不上。"

"我可以带你一起学习。我们两个各自给自己定一个目标,然后一起好好努力。"

"那你的目标就是Q大咯?"

"嗯,我压力也不小。"郁谋说得很严肃,严肃到他自己差点都信了。

"那我也要选一个高一点的目标。"施念似乎被鼓舞了。

"可以先从专业入手,看学校排名。你想学什么专业?"郁谋问。

"我妈想让我学医,或者学药,说我学这些出来找工作她还能帮上忙。我不愿意,我化学和生物都很差劲,学得也很痛苦。"

"那你想学什么?"

"计算机,可我妈说女生学这个专业很苦。"

"计算机挺好的。那目前对于你来说,Y大是个不错的目标。"随后郁谋补充道,"其实什么专业都苦,和女生男生没关系。如果是自己喜欢的专业,特别苦的时候还能咬牙撑下去。"

施念默默记住，点点头："Y大，好，那我回去搜一搜。"

"嗯，Y大偏工科，男生挺多。"郁谋尽量说得轻描淡写。他有什么可害怕的？呵……

可施念压根儿没往他想的那处想，转而问道："那你想学什么？"

"宽泛点说是应用物理，具体的话大概是天体物理那方面。"

"我猜就是。"说完，施念笑出声。

"笑什么呢？"

"我要是真学了计算机，头发就会都掉光了，也不需要头绳了，正好放在你那里保管。裘千尺你知道吗？在绝情谷底的，就是《神雕侠侣》里那个吐枣核的老太太。以后我可能会变成那个样子，哈哈哈……"

看女孩笑得弯了腰，郁谋评价："你笑得好傻哦。"

施念还在咯咯笑："不好笑吗？"

"好笑，但是不会笑成你这个样子。"郁谋有些无奈。

"胡说，你明明嘴角也上扬了，你肯定在憋着装酷。"

"我是在笑你，不是笑你说的那个笑话本身。"

天色渐晚，地上的雪反射着路灯的光。

贺然将球抓在手里，和傅辽晃晃荡荡地往家走去，聊球赛、聊技术、聊游戏。

快走到进大院的那个巷子时，傅辽拉住贺然："哎，你看。"

贺然抬眼，看见不远处郁谋推着自行车走进巷子，而他身旁跟着一个女生——施念。

两人没离很近，好像也没有说话，甚至中间还隔着一辆自行车，可是贺然想起，明明施念说她回家了啊，怎么这么晚又跑到外面来，穿着校服背着书包，像是没有回过家一样。

脑海里瞬间闪过好几个想法，随后他觉得有些烦躁，将手里的球往地上一摔。球没有弹起来，而是沉沉地陷在混合着泥土的雪堆里躺着。

傅辽有些犹豫："贺然？"

贺然弯腰拾球，平静地说了句："没事儿。"等他直起身，又微不可闻地小声重复，像是安慰自己，"没事儿。"

2

网上说，阿伦·艾弗森在1996年NBA选秀中于第一轮第一顺位被费城76人队选中，是那一年的状元。

这个身高一米八三，司职后卫，在联盟里并不具身高优势的球员，在进入联盟的第一年就凭借惊人的技术天赋成为球队核心。在之后的五年里，艾弗森开疆破土，大杀四方，先后拿下了"最佳新秀""得分王"，入选第一阵容，并在五年后，也就是2001年，获选联盟最有价值球员。

2001年，贺然九岁，上小学四年级。

这一年，贺然的班主任对李春玲说："你家孩子像是有多动症，浑身使不完的精力，全用在课堂上和老师作对了。一般对这样的孩子，我们有两个建议，一呢，家长回家投入更多的精力管教一下，因为老师不是他一个人的老师，还要管班上其他的同学；二呢，带孩子去学一项体育运动，说不定以后能走职业运动员这条路，也算没有埋没天分。"

2001年，贺然还没有施念个子高，但身高不能封印他骨子里的皮，走在院子里连狗都躲着他。

他第一次被带去见教练，教练来之前，他用脚踹篮球。这种皮孩子教练见多了，但还是例行公事般问他："说说你为什么来打球？"

这个身高不到一米四、瘦猴儿一样的小男孩站直了，指着场上的师兄们，眉毛吊着摆出混混样，狂得不行："他们都是 No，而我，会告诉你篮球的正确答案。"

答案，The Answer，是艾弗森的绰号。

教练当然懂贺然在自比艾弗森，卡着计时器，眼皮都不抬："来，篮球的正确答案，先围着操场跑十圈。"

自此，贺然的青春被分成了两半，一半是篮球，一半是施念。无论是训练、比赛，还是和兄弟们打野球，他每进一个球，无论是两分、三分、打板进、空刷进、远距离，还是篮下进球，他都会在心里默念：这球送给施念。

他数学不算好，可是他得的每一分都会被记下。他想，总分是偶数，念念会成为我媳妇儿；总分是奇数，我会成为念念的媳妇儿……

施念从没来看过他打球，无论大小比赛，可他依旧坚信，自己既会是篮球的正确答案，也会是这个女孩的正确答案。不为什么，就因为他是贺然，他的梦想一定会被他追到。

事事都有两面性，最了解贺然的人是他妈妈。李女士对于儿子在赛场上的一腔孤勇有个很贴切的评价：盲目乐观，绝对自信。李女士对于儿子在追施念这件事上也有个很贴切的评价：贱骨头。

真的不赖他妈妈说话难听，所有人都看得出施念对贺然一点那方面的意思也没有，但贺然就是喜欢她不喜欢自己的样子。

说真的，施念能对他好言好语当朋友已经算仁至义尽了。

从小到大，贺然给施念起过"屎撵儿"的外号，给她送过毛毛虫，走路喜欢踩她鞋后跟，上课喜欢揪她马尾辫……

12 岁以前表达喜欢的方式：杀人不过头点地。

12 岁以后多少明白过来了，开始围追堵截送早饭，偶尔叫一声"念儿"又让施念把吃进去的早饭吐出来。也开始假模假式地问她要作业抄一抄,结果原封不动地抄害得两人一起被罚站。他学会了老老实实跟在她后面,不踩鞋,不揪辫子,可是楼道里谁见到他都会主动喊"嘿,然哥",施念却不愿意出这个风头……

贺然感觉自己在用全部的热血和青春打篮球、追随施念。篮球是越打越好,从替补打到首发,从首发打成队长,从队长打成市里第一得分后卫,那个女孩却离他越来越远。他不清楚是哪个环节出了问题,还是压根儿就是错的。

可是,他是贺然啊,好像一件事越错,他越要做,越不喜欢,他就越有斗志。骨子里那股叛逆被压缩压缩再压缩,锤炼锤炼再锤炼,最后凝聚成一颗核弹,神挡杀神,誓不罢休,更何况对方仅仅是郁谋呢,肉体凡胎,不足为惧。

进单元门前,贺然好像已经把自己哄好了。他的颓好像只延续了从大院门口到单元门这一分钟的路程。

傅辽试图安抚他:"然哥,一起回家也不能算什么。你想开点,说不定还有机会。"

贺然用球砸傅辽:"你这什么语气?是我绝症晚期的体检报告出来被你看见了吗?能不能给哥们儿长点志气?"

傅辽欲言又止。他其实很想说,他早看出些端倪了,但他然哥好像今天才意识到危机。这智商情商的差距,怎么比呢?

贺然没察觉异样,自己给自己鼓劲:"不过你前半句话说得对,一起回家不算什么。我和施念小学六年天天一起回家,他这才哪儿到哪儿。"

傅辽挠挠头,说:"不对吧,我记得你那叫跟踪尾随,施念压根儿不愿意和你回家,是你死乞白赖跟着的。人家女生走一条线的队,你非要去和她并排走。"

贺然"啧"了一声:"一会儿你不许吃我妈做的晚饭,站一边儿干看着我吃。"

傅辽不以为意:"那你打算以后怎么面对郁谋啊?都是哥们儿,太尴尬了吧?"

贺然一脸瞧不起:"该怎样怎样,一码归一码。他要是也喜欢施念,那好啊,欢迎欢迎,热烈欢迎,我找啦啦队给他喝彩,夸他品位不错,然后公平竞争。再说了……"防盗门打开,他压低声音,"以我对施念的了解,她那么胆小,不可能早恋的,你拿菜刀架在她脖子上,她也不会早恋。你在她耳朵边喊一声'你妈来了',她能直接蹦到天上去。这就不怕了,等高考完再说。"

炒菜的李女士听到最后一句话,吼了一声:"等高考完干吗?等高考完你准备上天?瞧给你本事大的,你把这里炸了得了,整个502号门跟着你上天。"

傅辽嗅了嗅:"阿姨,今晚上吃什么?真香。"

"尖椒肉丝,昨天炖的肘子,再炒个番茄鸡蛋。快去洗手。"

听到这几个菜,贺然喉咙突然涌上一股酸,冲到厕所就是一阵干呕。

李女士站在厨房门口和傅辽一起面面相觑。

李春玲以为贺然又在作什么妖,大声嘲讽:"这是害喜了?"

贺然什么都没吐出来,抱着马桶呕了几声,回归正常,可是什么食欲也没有。刚刚打完球回家前,他还说自己饿到能吃四碗饭呢,现在一个人瘫在沙发上缓劲儿。

傅辽给李阿姨解释:"贺然这是怒火攻心。"

李阿姨把剩下的两个肘子都夹到傅辽跟前:"咱不理他,你都吃了。谁又惹这祖宗了?"

傅辽动了动嘴唇,刚想说,被贺然制止:"傅辽,不许说!不许告诉我妈。"他有气无力的。

李春玲根本不陪他玩小孩子游戏，无情戳穿："念念喜欢别人了吧？还用你告诉，我用头发丝儿想都能猜到。"

　　她起身给傅辽添饭，说道："然后你妈再给你猜猜，肯定喜欢的是熟人，不是熟人你肯定去揍人家了，不然还能在家里这德行？那还能有谁？不能是辽辽吧？知道了，老郁家那大孙子。妈说得对吗？啧啧，我要是施念，我也喜欢人家，人家学习好，又听家里话，又有礼貌……你再看你。"

　　傅辽插嘴："阿姨，您猜得挺对，但……凭什么不能是我呢？您这样分析可就有点伤人了。"

　　李阿姨用饭勺比画："啊？贺然和我说，你不是喜欢你们中学的谈什么吗？谈君子？我这记忆力还是可以的啊。"

　　傅辽的脸瞬间变红，被米饭呛到："阿姨……咳……"

　　被猜中心事的贺然开始在沙发上滚，两米二三的沙发被他的身材衬得像玩具，垫子凹下去一块，他一伸脚，把茶几上的纸巾盒踹到了地板上。

　　李春玲大声说："你给我适可而止啊，再给你三分钟，立马过来吃饭！"

　　贺然像条虫子一样在沙发上蠕动了一会儿，随后坐直，从兜里掏手机出来，心里的难受全写在脸上了。

　　他眼圈红红地给施念发短信。

　　贺然：哎，问你件事，大事，你以后打算考哪里？

　　施念：又犯病了？怎么突然问这个？有事打电话说，我一个月套餐短信50条，快用完了。

　　贺然：成，我打过去。

　　然后拨施念家座机。

　　电话接通，那边好像正在嚼东西。

贺然："吃饭呢？"

"嗯。"

"吃什么呢？"

"我妈卤猪蹄了。"

"哟，咱妈会卤肉了？好吃吗？"

"是我妈，不是咱妈。不太好吃，有点嚼不动，你等下，我去吐掉，我好像吃进去一根猪毛。"

贺然闷笑，本来心情不太美妙，可是架不住听到女孩声音的喜悦，于是攥着电话线乖乖等。

施念趿拉着拖鞋回来，拿起话筒："说吧，啥事，为什么突然问大学？"

少年声音难得沉静："问问不行啊？我得早做计划。"

"你做你的计划，问我干什么？全中国那么多高校呢，适合我的又不一定适合你。"

"施念，你不要明知故问。你也知道我这性格，我肯定是你去哪里我去哪里啊。这种事你没必要瞒着，告诉我也不会让你少两肉。那我直说了，L大、K大、Y大……这些学校让你选，你会选哪个？"

那边沉默了一会儿，好像也在团电话线，因为话筒里传来摩擦的声音。

施念声音变小："我哪儿知道。怎么，这些学校给你降分了？"

"没明说，但是之前打比赛，那边的教练都私下来找我谈过未来意向。别磨叽了，你快选一个。你不会说谎，说我也能听出来，所以你最好不要蒙我。"

"那……Y大吧，它的计算机专业很好。"

"你要学计算机啊？"

"嗯。"

"得嘞，那我也去Y大。"

说着，贺然就要挂电话，被施念叫住："你抽风了今天？怎么没头没脑的，突然就规划未来了？呵呵，我真替李阿姨感到欣慰。"

贺然听出她淡淡的讽刺，毫不在意，反而咧嘴笑："我不是天天都抽风嘛，你又不是第一天认识我。挂了，拜。"

"哦，拜。"

施念要挂时又被贺然喊住："哎。"

"还有什么事？"

"没事。"贺然的笑意渐渐收回，声音不自觉染上落寞，"好好学习，好好吃饭，争取长大个儿，比我还高。"

"滚。"

打完这个电话，贺然又生龙活虎了。他回到饭桌上，拿着圆珠笔在纸上写写画画。

傅辽凑过去看："算什么呢？"

"算算如果大学给我降60分，我每科考多少才够Y大的分数线。"贺然这科添点，那科减点，最后都不太满意，算来算去，自己离降分后的分数线还有很大距离。

一般来说，贺然在饭桌上作妖总是会被李春玲骂，但是这次李女士笑眯眯地给他加饭加菜，任他计划未来。

"儿子，妈支持你，要是你能上Y大，咱家祖坟就冒青烟了。小学时每次开家长会，你们班主任都拉着我说你怎么怎么不好，当着全班家长的面就批评你一个人。给我愁的，逼得我自己给自己做心理辅导：我和你爸都不是读书的料，凭什么我儿子就得学习好？没这基因啊。不过也是要感谢你们当初的班主任，如果不是她让你去学体育，我们都不知道还能'曲线救国'。"

贺然完全忽略了李春玲的唠叨。他在手纸计划上画了几个大叉叉，自顾自地说："不行，我得上补习班，至少要上物理和语文。"

"补习班都开了快两个月了，之前唐华让我们填回执，你不是说你不需要吗？"傅辽剔着牙，"不过补习班师资不好，我们几个都在吐槽还不如学校老师讲的呢。之前郁谋还说大家可以去他家学，他给我们讲。"

说到"郁谋"两个字时，傅辽刻意囫囵过去。

李春玲正穿衣服准备出门去棋牌室，突然停住："什么回执？"

傅辽拍了一下天灵盖，一脸完蛋的表情："然哥，你没给你妈妈看哪？"

3

吃完饭后，傅辽按了下电视柜下面的游戏机开关，拉出两条手柄线，递给贺然一只手柄："来来来，打两把。"

贺然握着手柄在沙发上坐好，傅辽换着游戏问他："咱玩哪个啊，然？"

贺然没吱声。

傅辽一转头，发现贺然在盯着手柄发呆。他递给贺然的是施念经常用的亮蓝色那个，男生的手和女生的手大小不同，所以经常抓握的地方痕迹也不一样。贺然正努力比画着自己的大手，试图与施念留下的痕迹重合。

好早之前，施念说这个亮蓝色的手柄好用，另一个黑色的不好使，所以每次来只愿意用贺然正拿着的这个。明明两个手柄只有颜色不同，男生们都说她就是喜欢颜色好看的。施念否认，说很明显这个就是比另一个按键顺滑一些。后来，大家发现施念是对的，她说不好使的那个黑手柄，之前被贺然他爸洒了半杯啤酒进去。贺然当时跳到沙发上张开双臂说"我媳妇儿厉害不？真神了哎"，被施念用手柄砸，结果这一砸，好手柄也接触不良了。

"然然，我问你，你到底喜欢施念什么啊？"傅辽一直觉得贺然喜欢施念这事特别无聊，他喜欢运动型的开朗女生，所以理解不了贺然。

贺然整个人往后仰，在沙发里一窝，手柄扔到一边，看着窗外，神色怅然："好看呗。"

"好吧……这么肤浅吗？"傅辽挠挠头，他寻思着施念顶多算是干净舒服的长相，也不能算大美女。

贺然"喊"了一声，双臂枕到脑后，挑了一下眉，说："这就是肤浅吗？大概吧，谁让我没文化呢。"

傅辽刚想说"您对自己认知还挺客观"，就听见贺然又开口了："可是吧，我觉得她对我翻白眼的样子最好看，对我冷嘲热讽时好看，见到我先是一撇嘴，然后赶紧转身走的样子好看，看我不顺眼又拿我没办法气得咬牙切齿的样子也好看。她掐我是真疼，但我就喜欢她掐我，掐得越狠我越开心。她讲大道理很烦，可她讲的时候我能听进去，比我妈说的话管用。我说浑话，她想笑又不想让我骄傲，憋得满脸通红时也挺可爱的。她抠抠搜搜跟我计较几毛几分非要还我钱时不大可爱，但她从她那个小破月票夹里翻钱出来时我又很想捏捏她的手指头……她和我讲话我就想大喊着去操场跑圈，她看我一眼我就能训练五个小时不带停，有时候我做梦……"

"哎打住。"傅辽给贺然比了个停的手势，"我不想听你做梦梦到啥，我怕我把刚吃进去的大肘子吐出来。"

"你想什么呢？"贺然瞥傅辽，"哥们儿可纯情了。我做梦是连续剧，最近一个梦，我俩刚拉上手，拉的还是手指尖。也是奇怪了，人不都说梦是反的吗？为什么在我的梦里，我和她拉手，她把我揍进了 ICU？怎么这么像是现实里会发生的事情？啧。"

傅辽哈哈大笑："怪不得您做梦做了十几年，才进行到拉手这一步，估计是梦一次好的，后面接连几个月都在 ICU 躺着，再梦好的，再去躺着……兄弟，送你三个字，"他拍贺然肩膀，比了个"三"的手势，"贱骨头。"

贺然没否认，而是把 T 恤拉上去抓了抓肚皮，随后开始欣赏起自己的腹肌："我就是贱骨头，怎么了？教练说这是我的天赋。好多球员在赛场上只能打顺风球，节奏好的时候一场能砍十几分，节奏不好的时候，心态崩了，罚球白给的都进不了。我不一样，顺风逆风我都照样打，因为我觉得自己能赢。没办法，天生的王者，说的就是我。"

说到自己擅长的领域，贺然弹着坐起来，神采奕奕："搞体育竞技就是有这点好处，什么风浪没见过？哎，你还记得初中那场决赛吗？"

"咱学校和沿河沿儿那场？那场咱们赢得挺艰难的。"

"对，说实话，我一直觉得沿河沿儿打球脏，那场裁判还故意放水，对面五次犯规里能吹一次哨就烧香了，把我给气的。但一码归一码，乔跃洲技术不错，也有天赋，他防我防得挺好，甚至能预判我的动线。"贺然回忆道，"下场后教练都说，然啊，这个乔跃洲，你要好好研究他，记住他，不要小看他，因为以后你俩要是在更大的赛场上相见，他就会是你的劲敌。"

"教练还说，这不是什么坏事，强大的对手会让你变得更强，这是命运给你的礼物。你看 NBA 里所有传奇巨星，他们和他们的对手是彼此成就的。所以一个真正的强者，要学会尊重对手、欣赏对手，学习对手身上的长处，再打败你的对手。"

贺然眼里的火光燃起，继续复述教练的话，神色无比肃穆庄严：

"一将功成万骨枯,你记住我的话,一个伟大的运动员的身后是成百上千的敌人。但你得磊落,要永远坦荡地追逐第一,不要惧怕,不要退缩,上了场以后,你只有一个目标,就是堂堂正正地打败他们。

"所以说,我不是没遇过劲敌。无论是赛场上,还是赛场下,郁谋也好,乔跃洲也好,他们不是第一个,也不会是最后一个,但无论如何,我都会告诉他们什么是正确答案。"

说完这些,贺然像个出征的大将军一样站起来,抬臂、起跳,空着跳投……不小心打到了客厅顶上的吊灯,灯光摇来晃去,给贺然的脸带来凌厉的阴影,坐着的傅辽都看傻了。

"哇……然哥,你知道吗,你刚刚在发光。"傅辽喃喃道。

难得见贺然如此严肃,傅辽想拿手机把贺然脸上的神情拍下来:"这话真不像是你会说的,我都有点不习惯了。"

贺然很是不屑:"我的内在一直都是这样啊。你才肤浅,只看到我的外在。喊……"

两人都放下手柄,走到阳台,指点江山般看着大院里的几栋楼,心头无限豪迈,虽然头顶上还晾着贺然的裤衩和袜子。

看了会儿,实在没有风景可以看,傅辽不清楚这是站着干吗,问道:"然哥,咱们在看什么?"

贺然幽幽开口:"真想揍他一顿。"

回家吃过饭的郁谋正躺沙发上呢,浅绿色头绳被他轻轻放在脸的正中央,发呆。突然有一种想打喷嚏的欲望,他赶紧将头绳拿下来,"阿嚏"一声。

嗯,说不定是施念在想我。郁谋想。

补习班在期末考试的前一周停课了,但是开始进行下一学期的报名缴费。贺然兴冲冲地拿着勾选表问周围的同学:"哎,许沐子,你们都上哪些课啊?我也一起。"

大中午的,周围没什么人,许沐子压低声音同贺然说道:"我们几个不打算在外边上了,郁谋说周末一起去他家刷题。"

贺然皱眉:"为什么啊?"

"嗨,不好呗,还能为什么。补习班的老师感觉都好几年没带过应届了,给我们的题都是五六年前的。而且和其他学校的一起上,进度都不太一样,好多时候要么慢,要么简单,要么是没意义的超纲,要么为了难而难。还不如大家一起找题刷题,谁愿意复习什么就复习什么,然后有不懂的问学神。"

"你们几个都是哪几个?"

"目前说定了的有我、文斯斯、施念、张达、罗子涵,之前傅辽说来,后来又说不来了,不知道为啥。"

"噢。"贺然又问,"这事你们怎么不告诉我啊?"

"你之前补习班都不来,我们就以为你这个也不来。再说了,你什么时候补习过呢?太阳打西边儿出来了?"

"那你们也得问我一下啊。"

"我们错了成吧。所以你来吗?"

"不来。"贺然神色郁结,往后靠墙,椅子前两条腿悬空。

"你看,问你也是白问。你耍我呢!"

贺然不说话,盯着天花板看。

郁闷的不止贺然一个人,其实郁谋也挺郁闷。他发现,自从两人上次确定了一些事情后,施念反而开始在学校和他装不熟,有人的地方把他当空气,每次他稍稍要离她近一些,她就像多了毛的野生动物一样对他凶得不得了。挺逗的。

比如老师让最后一排收卷子。之前施念还会赖皮说:"你先去收前面,给我一分钟!"现在呢,没写完也不耍赖了,直接把卷子往右上角一放,他走她身边时她都不敢抬头看,只留给他一个后脑勺。

比如中午去食堂。施念排鸡丝米线的队,郁谋插着兜站到她身后点她肩膀,笑眯眯地说:"你也吃这个啊?"施念却一脸"你不要和我讲话"的神情,左看看,右看看,然后小跑着去排别的队。

比如施念要去接水。郁谋把自己的水壶往桌角一放:"帮我接下水呗。"施念根本不接他这撒娇的茬儿,撂下一句:"大活人有手有脚,自己接。"瞧瞧,凶得嘞。

可是呢,周围一旦没人,施念便会飞速从小饭兜里掏出个小零食放到他面前。

郁谋笑着逗她:"给我的啊?"

施念催促:"你快吃呀,别让别人看见。"

"看见怎么了?"

"看见不好!"

"怎么不好?这你偷的?"

"笨哪,我就只给你带了!"

少年大声地笑,还要被她使劲拍一掌。

郁谋发现施念的小饭兜越来越沉,每天上学跟赶集回来一样,包里鼓鼓囊囊的。

好像什么都没变,但又什么都变了。晚上睡前,他会给她发晚安消息,聊两句没有营养的话题。月初时她次次回,月末就不回了,因为短信套餐次数超了。

郁谋就说:"你打给我,电话响一声就挂掉,我不接,不会占你的通话分钟,这样的话我就知道你也要睡觉了。"

期末最后一科考完这天，唐华还留着大家不让回家，说是要交代一下寒假的事，然后再发卷子。

课间施念去打水，她们这层排队人多，她就去了一楼接。

一楼之前是高三的，后来一中把高三学生单独拉到另一个校区上课，所以这一层就空出来了。走廊的尽头是一扇窗，这一年的雪似乎就没停过，下了又下，化掉的雪淌在马路上，脏水横流，下水道没办法完全收纳，城市还因此陷入过瘫痪。

锅炉里正在烧新一轮的水，突突的声音回荡在走廊里。施念接了一半，发现水流没了，只好盯着水龙头等。

她期末考得不错，是可以开开心心过年的分数，所以她在想自行车要买什么样子的。

她正想着，身后传来声音："又下雪了，他们都在外面打雪仗。"

施念回头，看见郁谋站到了她身后。几个月前，他穿着崭新的校服出现在一中，几个月后，校服变得和他们的一样旧，藏蓝色的部分泛着水洗白。可是校服里的这个男生，施念依旧觉得他很新，无论是对于一中、对于大院，还是对于这个城市来说，无论他站在哪里，永远干净、崭新又从容。

一点也不意外，期末考试郁谋又重回了第一的宝座，比第二名高出二十多分。出名次时，班里人都沸腾了，好多人跳到桌子上鬼叫，还组团去一班门口晃悠，兢兢业业地替郁谋拉仇恨。这可把施念急坏了，搁以前，她是那个"恨不得全世界都知道郁谋很优秀"队伍中的小队长，现在的她则巴不得班里这堆二五仔不要声张，甚至想打爆这帮人的头，因为她知道郁谋不喜欢这么张扬。

施念愣愣地说了声："我好了，你来吧！"

她想走掉，随后被郁谋一把拉住。少年语气中带了点奚落："陪我接水。"

郁谋一手拉着她,一手拧开水龙头。热水哗啦啦地流出来时,他转头看了眼女孩。她静得像只鹌鹑,脸却红得能爆爆米花。

隔着厚厚的冬季校服,又没有碰到手,但好像两人都能感受到对方的温度,甚至连脉搏都开始同步。

郁谋逗她:"我放开了啊。"

"好啊。"

可水接好了,他都没放。

施念说:"怎么还没放啊?"

"我说话不算话啊。"郁谋回答得大言不惭,拉着她就要往外走。

施念不动,郁谋笑了下,回头看她:"放心,见到人我自然会放开的。"

两人就这样走了几步,郁谋觉得自己像牵了一头倔驴,施念的步伐沉重得很,就像她的心理包袱一样。这时,楼梯上有人跑过,郁谋放开了手,施念舒了口气。

"怕成这样啊?"郁谋有点无奈,放慢脚步走到她后面,不跟她并排,对着空气说,"走,去操场上转转,看他们打雪仗。"

操场上已经按班级分好了阵营,好多人还去楼后面的后勤处拿了一些破木板当防御工具。雪球在空中呼啸来去,施念看到许沐子和文斯斯正蹲在男生建好的"大坝"后搓雪球,供给雪弹,她也跑了过去。

郁谋知道施念不想让大家看见他俩走一起,所以不紧不慢,插着兜,神色自若。

他走过一班时,听到张达冲他吹了声口哨:"兄弟,对不住了啊,为了班级荣誉!"

后面的罗子涵将手套扔到飘着雪的空中:"冲啊!"

郁谋转头一看,几十个雪球冲他砸来,然后就是认识的不认识的男生们攥着奇形怪状的雪球越过"防御系统"奔了过来……

五班那边男生见状,大喊:"保护我班学神!"

浩浩荡荡的混战开始了。

4

雪球在空中炮弹般炸开,操场中央很快就见不到郁谋的身影了。不知道谁说了句"谁砸中学神谁就能蹭考运",全年级的男生都疯了一样拿着雪往郁谋身上扣。他们也不扔雪球,干脆就把雪攥在手里往他身上抹,沾到点雪沫子也算蹭到了。

后来又有人说摸学神也算数,大家又拿着雪往他身上乱摸。

张达直接一个助跑把郁谋压在雪地里:"来吧,谋谋!这是你命中注定的劫数!"

郁谋闷哼一声,手在空中无力地抓了抓,几乎吐血:"达……你竟……背叛我……"无数双手摸他头摸他脸,有人摸不到的就摸他的手……他觉得自己脏了……

旁边的傅辽跃跃欲试:"然哥,咱帮哪边?"

贺然蹙眉:"这还用问?"

傅辽点头:"懂了,帮张达!"

他雄赳赳气昂昂地推着装满雪球的独轮车就要上前,后背被贺然揍了一拳:"没听人说班级荣誉吗?咱肯定帮郁谋啊!磊落,懂不懂?揍他是我自己的事!"说完,嘴里狂吼着奔上战场中心,"有什么都冲我来!搞我们班兄弟算什么?"

场上很快分成了三个阵营——五班的、砸五班的,还有蹲在"防御系统"里看戏的女生。

施念忧心忡忡地看了眼战场中心,确定郁谋还活着,心想:留得青山在,不怕没柴烧。

文斯斯在堆一个迷你小雪人，许沐子则在汇报战况："咱班又折一个，哎呀，傅辽那个二百五被拍在了地上，独轮车也被抢走了……"

最后五班男生全体覆灭，一人对好几个，全年级的"敌人"，根本打不过。

五班男生都被雪埋起来，像一个个蛹一样被堆在操场中央，站着的男生对蛹鞠躬，嘴里念念有词地装作烧香祭拜。

被埋起来的男生们彼此交换眼神，随后点点头，趁周围人拿出手机拍照的时候大吼一声，从雪堆里暴起，雪花崩裂四溅……新一轮的混战开始了……

最后，鄂有乾穿着他那双镂空皮鞋从教学楼里奔出来，拿着喇叭大喊："都给我回班！回班！还没正式放假呢！"

学生们哪儿听得进去，考完试的那一刻起就是放假了。

一群男生又将目标统一成鄂有乾，不怀好意地冲着他嘿嘿笑，然后一拥而上。

鄂有乾不到一米七的小个儿被大家举起来，在空中转，他喷着唾沫星子吼："放下我！反了你们了！"但随后他手里的大喇叭也被抢走了，开始播放喇叭自带的鸡血音乐："滴滴嘟滴嘟……"仿佛战斗号角响起。

大家堆好一个巨大的雪堆，所有人倒数："三、二、一！"

空中抛过一个物体，"咚"一声，年级组长被扔进了雪堆里。

所有人被轰回班时，眉毛上、头发上、耳朵里，全是雪。

贺然在抖衣服，刚才不知道谁直接往他领子里灌雪，丧心病狂。他干脆把校服和卫衣全脱了，只剩一件短袖，手臂一拧，外衣都可以挤出水来。他脱衣服时不小心带起里面的短袖，露出运动员身材的腰线，好多人起哄："哟——"

郁谋本来也想把湿漉漉的衣服都脱掉，转念一想，不行，不能被别人看到，他不能再被占便宜了。

但当他扭头去找施念时，发现施念三人组都在盯着周围纷纷脱衣服的男生看，眼花缭乱，目不暇接，过年了一样，好像还在讨论谁身材好。施念脸上的笑尤为憨，就像捧着丰收了的玉米棒子一样，傻傻地边点头边乐。少年的脸色一下子黑下去，呵，女生，亏他自己还时刻谨记守身如玉。当施念亮晶晶的眼睛偷偷瞟他时，他立马把眼神别到一边去，希望她能自行体会自己哪里做错了，为什么他不和她对视。

进班前，施念看看其他方向，像是被人挤着似的顺势凑过来，趁人不注意，塞给郁谋一包纸巾。

郁谋下意识抿唇笑，随后把笑容屏住，打算和她说几句话时，她已经匆匆回到自己座位上，若无其事地将卷子的边角对齐叠好。

少年抽了张纸，象征性地擦擦头发，用过的纸没扔，塞兜装好。他路过施念的桌子时，顺便把手掌心里藏着的纸巾包拍在桌上。

一旁的傅辽见了，大刺刺地伸手把剩下的纸巾截过，转身放在贺然桌上："然哥，这是施念给的纸巾！你快擦擦！"

贺然正往书包夹缝里藏期末卷子呢，听到这话不由得一愣，大声说："哟，谢谢啊！"他看了眼纸巾，"你怎么知道我最喜欢哆啦A梦了？"

许沐子目睹了全程，无情插嘴："你不是最喜欢莫妮卡吗？"

放学时，鄂有乾挨班过来点名，组了一队人，让各班级打雪仗最凶的男生去操场铲雪。

施念一边收拾书包，一边支着耳朵听，找不到机会问郁谋要不要一起回家，所以故意收拾得特别慢。郁谋路过她桌子时，轻敲了下她桌面。他目视前方，也不看她，晃了晃手里攥着的手机屏幕，示意她看手机。

施念从小饭兜的夹层里拿出手机，开机，盼着信号赶紧来，然后成功地接收到提醒，偷偷瞟了一眼，看到郁谋给她发了一条短信。

郁谋：你先回，今天不用等我，一个人坐公交车注意安全。晚上再找你。

最后竟然还打了个最最简陋的，并且看起来不那么开心的颜文字。呃……

施念一个人回家时，她就去坐"王之宝座"了。

"王之宝座"海拔高，她把小饭兜和书包都放在膝盖上，围出一块小天地，然后拿出手机放在小天地里，屏幕只有她看得见。她把这条短信翻出来反反复复地看，好像每次看都能品出新的意味，并且每看一遍就在脑海里想象一遍这话被郁谋亲口说出来是什么语气、什么神情，然后把脸埋在小饭兜里疯狂扬起嘴角，一颗心扑通扑通的。

车上的人如果注意到这个女孩，便会看到她一会儿看手机，一会儿傻呵呵笑，一会儿看窗外。

操场上的都是老熟人了，领奖不见一起，挨罚次次凑一块儿。

鄂有乾给他们每人发了铲雪的工具，铲好的雪要统一扔到教学楼后方的水池里。

铲雪时，郁谋和贺然挨着，两人步调差不多一致，一人一行，静默地往前推雪。

郁谋忽然想起什么，说："哎，下学期周末在我家有个学习小组，你不训练时一起来呗，刷刷题什么的，还有傅辽。"

贺然推着铲子往前走，裸露出来的塑胶操场泛着白印："你求我我就来。"

这语气明摆着找碴儿。

郁谋转头:"怎么了?"

郁谋分到的铲子比较小,他大概推了两米就要去倒雪。旁边贺然也转过头,说:"谁推雪推的距离长谁赢。"

郁谋这下明白了,立住,面无表情:"赢什么?"

贺然将铲子往地上一杵:"谁赢那谁就喜欢谁。"

这句话太幼稚了,就跟揪花瓣儿占卜一样。郁谋第一反应是轻笑,明知故问:"你说谁?"

贺然偏不说那两个字,他想了想:"名字是两个字的,从小到大老往我家跑的,还经常吃我妈做的饭,我妈特喜欢……的人。"

郁谋点头,噎道:"噢,你说傅辽啊?那你赢了。多大点儿事,名字都不敢说吗?这么不自信啊?"他拿起铲子就要往楼后走。

他故意激贺然,又撂下一句:"谁铲雪铲得快谁赢,谁赢那谁就喜欢谁。"

贺然一挑眉,拿起铲子跟上来:"你说谁?"

郁谋学着他的话说:"名字是两个字的,数学好,在自己擅长的领域非常自信,外表凶巴巴实际上很温柔……的人。"

贺然反击:"哦,你说咱班主任啊?唐华结婚了,孩子都有了。你赢了。"

随后两人你一句"让给你赢,傅辽是你的",他一句"让给你赢,你喜欢咱班主任"走到了教学楼后面。

到了大水池边,少年一起把铲子往里面一扬,挺起胸膛说正事。

郁谋:"哦,你知道了?挺好。"

贺然:"挺好什么?我知道什么了?你这语气是领证了啊还是发喜帖了啊?我怎么听着这么刺耳呢。"

郁谋一脸坦然:"迟早的事啊。好好学习,好好毕业,好好工作,然后该干啥干啥。这话对我们所有人都适用。"

贺然被郁谋那副淡定面孔刺激到,上前一步揪起郁谋的衣领。郁谋也不甘下风,狠狠扣住贺然的手腕。两人个头差不多,身量差不多,谁也制不了谁,眼神交锋间写满了不服和不屑。

"我真想揍你一顿。"贺然说。

"别光想,就这儿吧,乐意奉陪啊。"郁谋成竹在胸,指了指一旁的空地。

"你……"贺然额上青筋暴起。

平时郁谋脾气好,男生都觉得他没架子,此时看他这副根本不把自己的威胁放在眼里的懒洋洋的样子,贺然恨不得一拳招呼到他脸上,把那碍眼的笑容打得稀碎。

两人之间紧绷的那根弦马上就要断掉,就在这时,鄂有乾背着手走过来:"干啥呢干啥呢?"

两个人对视了几秒才齐齐松手,往两边看,整理衣服掩饰尴尬:"抢水池呢。"

"水池这么大用得着抢吗?拿上铲子跟我过来!"鄂有乾气得眉毛都竖起来了。

操场上罚站的两人中间隔着太平洋,因为鄂有乾在不远处,他们冲突降级,面朝前方继续刚刚的幼稚口水战。

"你不行。"

"你不行。"

"你幼稚。"

"你幼稚。"

"想揍你。"

"快来啊。"

"念念不可能喜欢你的。"

"那是你以为。"

"念念最后肯定喜欢我。"

"那是你以为。"

"我就不明白了,她看上你哪儿了?"

"你终于承认了。"

"我可没有。"

"可你刚说了。"

"你个傻子。"

"她喜欢我讲文明懂礼貌。"

"你等着。"

"等什么?"

……

寒假本身就二十来天,过年占了一多半的时间。郁谋终于等来了贺然,还是在大年初四的上午。

肜城在 2005 年颁布了市区内禁止燃放烟花爆竹的条例,所以大院里几个家长约好了,在大年初五的下午开车拉着孩子们去郊区放炮仗。

初四一大早,家里积攒了五个塑料兜子的空饮料瓶,小叔让郁谋带去附近的垃圾回收站。

郁谋问了声垃圾回收站在哪儿,就罩了件外套下了楼。

他走到自行车棚时,特地往里面看,想看施念到底有没有买新自行车,买的什么颜色。这几天施念似乎都不在这边,前两天去姥姥家过年,昨天还去了她爸那里,发短信也回得很慢,说是亲戚在一旁,不能总看手机。

不过明天去郊区放炮仗她说她会回来。

当时小叔和他一起去选烟花，他选了一后备箱的儿童仙女棒，特意确认过颜色变换时会出现绿色。

小叔一边搬，一边摇头说："男大不中留。"

郁谋说："我自己想玩，不行啊？"

小叔拉开驾驶位的车门："你看我信你吗？"

郁谋往大院门口走时，发现贺然正好也拎着几兜子饮料瓶下楼来。两人一对视，随后下巴一扬，懂了彼此的挑衅。

出了大院，贺然撞上来，郁谋肩膀撞回去。

贺然将装满的塑料袋往肩上一甩："谁先跑到垃圾站谁赢！"

该来的总会来，谁怕谁啊？

第三章

既是乌龟，也是龙

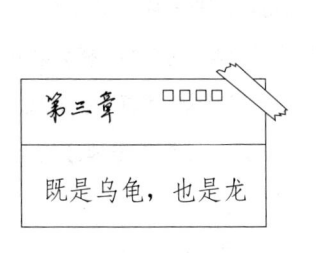

1

贺然说完那句，大跨一步跑在前面，在北方冷硬的冬天里像个开心的傻子一样在街道上忘我狂奔。空饮料瓶在塑料袋里碰撞，发出丁零当啷的声音，不知道的人还以为他偷了哪个老头的全部家当。

郁谋反应慢了半拍，但是意识到自己落后了以后立马接受了这个由贺然制定的比赛规则，一边想着"好幼稚，我凭什么跟你比"，一边不自觉加快速度跑了起来。

两阵热血东风跑在刺骨的北风里，奔过小卖部，不小心踹翻了福来的不锈钢水盆。福来冲出来对着他们的背影破口大汪，追着他们跑了一阵儿，发现他们的速度狗都撑不上，这才骂骂咧咧三步一汪地罢休。

上坡，下坡，左拐，右拐，一个人抄近道撑着低矮的砖墙翻过，另一个人也紧随其后。最后两人跑到垃圾回收站跟前，震耳欲聋地齐声大喊"我先"，把垃圾站正踩扁易拉罐的大叔吓了一跳。

郁谋弯腰喘着粗气，冷空气进肺里，喉咙到鼻腔都火辣辣的。他伸手轻触了一下垃圾站的外墙，说："碰到墙才算到，我先。"

贺然手臂撑在膝盖上，垂着头先是骂了句，挥手甩掉额头上的汗，指了指脚下："以鞋尖为准，我先。"

两人毫不畏惧地看向对方，空气中似乎都摩擦出了电火花。

郁谋冲贺然说："谁的垃圾贵谁赢。"

贺然一挑眉："怕你啊？"

最后还是大叔出来打圆场："收废品以数目和重量为准啊，孩子们，谁先都是一样的价格。"

他们剑拔弩张地绷了半晌，随后都没忍住，嘴角上扬。

两人卖了废品出来往大院走，相对无言，但又不觉得多尴尬。路上有个空水瓶，两人还传来传去踢了一会儿，最后找了个垃圾桶扔掉了。

贺然跳投进"球"，展眉一笑："哥们儿准吧？科班出身，老天爷赏饭吃的准头。"

郁谋"喊"了声："你还能离得再近点儿吗？我三岁的外甥来扔，也能进。"

"你还有外甥啊？"

"我没有。"

郁谋的瓶子卖了二十五块七毛，贺然的瓶子卖了二十五块八毛，本来是贺然赢了，但是大叔本着四舍五入的原则，笑嘻嘻地给两人凑整抹零，都给了二十六。

再次路过小卖部时，不锈钢水盆还是倒扣着的。贺然蹲下，给福来把水盆翻过来。郁谋则进小卖部买了瓶矿泉水，给小狗满上，还拿了根火腿肠放在地上。

两个少年围着福来，福来一会儿摇着尾巴看看贺然，一会儿又看看郁谋。

"这狗是真丑啊，不知道念念为什么喜欢它。"贺然感叹，说完他意识到这句话有歧义，抬头拍了下郁谋的肩膀，"不是说你啊兄弟，别多想。"他故意拍得重了些，郁谋蹲着后撤一步才平衡身体。

郁谋抓了抓福来的头顶，给小狗舒服得不得了，说道："认识狗才多久，认识人十几年，喜欢狗都不喜欢人，说明人有问题。"然后他也拍拍贺然的肩，给贺然拍得一趔趄，"哟，不是说你啊，别多想。"

斗嘴的苗头眼看着又要燃起，两人悬崖勒马，突然觉得怪没劲的。大过年的这是在干吗？于是很有默契地闭上嘴，表示休战。

在单元门前分别时，贺然讪讪地说："跑一身汗，回家洗澡去了。拜。"

郁谋挥了下手，慢悠悠走进单元门，顺手掏出兜里的手机点开看，发现有一条来自施念的短信，十一点三十七分发的。

施念：我今天就能回来！我姥姥的亲戚又给了两箱土鸡蛋，蛋黄很大很黄的那种你还记得吗？我妈说让我给你送点来。大家都有份，但是我会偷偷给你多拿几个嘿嘿。

他边上楼边点着屏幕数字数，算上标点正好七十个字，不禁莞尔一笑。

063

施念和他说过，比起发短信，她更喜欢打电话，因为她的手机套餐通话时间一般用不完，但是短信次数总是超。套餐内一个月只能发五十条短信，而且短信有字数限制，一条最多七十个字，超过七十个字就会被拆分成多条发送。所以她每次给他发短信，都要满打满算卡七十个字，少发一个字都会心疼这条亏了。有时候她为了把想说的话都打进一条短信内，还会省略一切语气助词以及标点符号。像今天这条都算阔气的，既有标点，又有语气助词，甚至还豪迈地加上"嘿嘿"，一看就是过年了。

　　他很想说，短信超出套餐也不会多很多钱，也就一毛钱一条，可后来想想还是算了，因为她总是会在奇怪的细节上和自己较劲。她是一个很优秀的规则遵循者，就像玩游戏一样，规则内她可以玩得很好，却从没想过要跳出她妈妈，还有其他人给她指定的框框。这并没有什么不好，他反倒觉得，如果一个人能够在这些方面给自己找到安全感，也未尝不是一件幸福的事。更何况，她为了他都踏出小半步在框外了，他非常心满意足。

　　前段时间他还做了个梦：温暖的午后，他面前有一只巨大的绿毛龟，他手里有一把软毛刷，他拿着刷子轻轻柔柔地给乌龟刷壳，一定要顺着它壳上的苔藓刷，刷得猛了它就会彻底缩进去自闭着不出来。

　　在现实中，这应当算是桩顶级无聊的事了吧，可是在梦里，他做得津津有味，刷了一晚上，直到手酸才醒过来，发现手臂被压麻了。

　　此时，少年眼神带笑地在昏暗的楼道里停住，手指飞快打字。
　　郁谋：那我必须多很多。
　　撒娇本领无师自通。
　　那边不再回信息了，这是他预料之中的，因为施念说她一天只能给他发两条,今天剩下的那条额度是要留到晚上回晚安的。可是他都能想象施念收到这条短信时的表情,她一定颇有使命感地认认真真点头,说那是肯定的啊!

所以她啊,既是乌龟,也是龙,涉世未深的笨龙恨不得把山洞里所有宝贝都堆到他面前:喏,人类男孩,这是本龙宠你的方式。

他十分受用。

贺然回到家,拿了件短袖打算去洗澡。他爸爸坐在沙发上看足球重播,说:"我和你傅叔今明两天不出车,带你们明天去郊区玩。"

贺然"哦"了声,转进浴室,又被李春玲叫住。

李春玲上下打量他,看他汗津津的:"洗澡啊?今天咱们这一片居民楼停水。大冬天出门卖个废品怎么出这么多汗?"

贺然将一绺一绺汗湿的碎发拨到后面:"什么时候?"

李春玲说:"今天十一点到明天早上。"

见贺然伸脖子去看电视上方的挂钟,李春玲又说:"别看了,现在十一点四十五,刚刚水管里已经不出水了。"

厕所里接了几桶水,显然不是给他洗澡用的。

贺然转头问:"爸,咱明天几点出发?"

他爸爸挠着肚皮嗑瓜子:"一大早。"

少年揪起衣服闻了闻自己,有汗味儿,不能说难闻,但也绝对不香。这可不行,明天施念也去,他可不能臭烘烘的。

贺然茫然地站客厅:"那怎么办?"

李春玲说:"昨儿居委会贴的通知,我告诉你了啊。你这脖子上的东西干吗使的,一天天什么都记不住。怎么办,忍着吧。"

贺然重重叹了口气,当下下了决心,进厨房拿了塑料袋,把衣服和裤衩装进去,转身又要出门。

065

"干吗去啊?"李春玲问道。

"去公共澡堂子,中饭不用等我了。"

他下楼时,碰到郁谋。郁谋手里也拿了个塑料袋,也装了衣服,里面还有双拖鞋。两人又见面了,都有点尴尬。

"听说停水了。"

"对。"

他们看了看彼此手里的塑料袋,对视一眼,心领神会。

"走吧。"

"走。"

贺然带郁谋去了就近的小时候他经常去的澡堂,结果人家过年期间不开门。他们在附近转悠,熟悉的几个都不开,最后走了几站地,都快到学校了,才找到了一个过年期间还营业的澡堂,名叫"好人家大浴场"。

"好"字和"家"字的灯坏了,灰灰的,远处看着就是"人大浴场",再配合着门口几根盘着龙的金色柱子,很是气势恢宏,又显得不那么正经。

郁谋小时候家里住楼房,没去过澡堂,此时站在柱子下面犹疑地问:"这不会是那种奇怪的地方吧?你懂我什么意思吧?"

贺然笃定道:"应该不是,人家不是写了好人家嘛,那肯定是好人可以去的地方啊。我是好人,你不一定,但你跟着我应该没问题。"

两人一前一后进去,说要洗澡。

前台在键盘上噼里啪啦:"普通的还是豪华的?"

少年面面相觑,觉得这个"豪华"背后的意思似乎不太简单。

贺然心里也开始打鼓:"怎么个豪华法儿?"

"有人给你们搓澡,还有独立桑拿房。"

郁谋环视一圈浴场内部装潢，墙壁上挂着许多来洗澡的名人和搓澡工的合影，便说道："就普通的吧，我们可以自己搓。噢，我的意思是我们各自搓，不是我们给对方搓的意思啊。"

前台小哥奇怪地看了他俩一眼，鼠标一点："那什么，普通的没位置了，只剩豪华的了。"

贺然和郁谋看了看对方，决定这澡是一定要洗的，于是一起点点头："那就豪华的吧。"

贺然手指在前台桌面上敲了敲，有点羞于启齿："我有个问题啊，这个豪华……负责搓澡的人是男的还是女的？"

小哥从抽屉里拿出两个手环递给他们："小孩子想什么呢？我们这儿正规浴场，没看见牌子吗？好人家。"

前台再无耐心，翻了个白眼，指指身后浴场的豪华宾客入口："流程给你们讲一下，先冲，再泡，池子里泡够了去蒸，蒸完看指示牌去搓澡台子上躺着，有师傅进来给你们搓。记住了。"

小更衣室里雾气氤氲，刚刚还差点大打出手的两人此时背对着背一件件脱衣服，都有点儿局促。

太奇怪了，打死他们都不会想到最终二人会一起来洗澡。出于雄性的某种虚荣心，贺然偷偷往郁谋那边瞟。

郁谋将更衣室的铁门锁好，用毛巾围着下半身往浴池那边走，冷冷道："偷看我？这么不自信啊？"

"是你自己心里有鬼吧。"贺然也不敢穿浴场的浴袍，怕得皮肤病。他学着郁谋用自己带的毛巾裹住屁股，光脚走在湿滑的地砖上跟了过去。

郁谋一撩帘子，哂笑："你自己心里清楚。"

话说完，两人不约而同地又飞速地互相瞟了一眼，挺直脊背，心里暗暗得出结论：对方不如自己，身材不如，腹肌不如，哪儿哪儿都不如。

2

"豪华场"人不多，郁谋和贺然挑了个没什么人的池子，一脚迈入热气腾腾的药浴，池子的另一角坐着两个老头儿。

郁谋和贺然不远不近不尴不尬地泡着，头一回"赤裸裸"相见，不约而同地闭上嘴。

药浴的水不是完全透明的，热水漾到二人的锁骨，水汽蒸腾，水面以下的身体部位看不确切。两人目光里的暗暗较量只好作罢，偶尔余光比较一下两人淌着水珠的胳膊。

贺然觉得这波自己稳赢，他不经意地抬起胳膊，绷起肌肉线条，刚想炫耀一下，只听池子那边肤色较深的老头率先开口："老谢，所以说咱们还是不比年轻时啊。你这手术完两周没锻炼，肉都松了。"

"你看我。"说着，黝黑老头便给老谢展示了自己的三角肌，故作谦虚，"斯科特举每天五组，一天都不敢懈怠，也就勉强练成这样了。老咯，老咯。"

贺然轻声笑，用胳膊肘撞了下郁谋，让郁谋也听听。郁谋理都不理，眼睫低垂。

被称作"老谢"的老头眼皮都不抬一下："你说得对，老程，是老了啊。所以最近我都修身养性，不去做那种野蛮训练了。我的医师说，老年人适当锻炼即可，切不可因攀比虚荣之心挑战自身极限。我这两周偶尔在老年大学同爱芬一起练练字，画画国画，也能达到锻炼效果。"

郁谋好像终于回过神，扭了扭脖子。贺然则装作没注意，用拳头握水玩，水被拳头握住时能够激起小水柱。

老谢说了那么多,老程只听到"爱芬"二字,声音拔高:"原来爱芬每天晚上来跳广场舞之前,是和你去画破画了。她说坐在桌子前腰酸背痛,需要跳跳舞松松筋骨。"

贺然握住的水从虎口处喷出,不小心滋到郁谋脸上。

"抱歉啊,不是故意的。"贺然笑嘻嘻的。

郁谋从水下抬起手,缓缓将水拭去,面色晦暗。

老谢风轻云淡地笑了笑:"你这说话就难听了,老师夸我们小组的大作业线条稳重、上色雅致、留白余韵悠长,说我和爱芬是神仙组员,心意相通才能画出这样的佳作。你到底懂不懂,还破画,你举你那个破杠铃吧,小心别把腰闪了。"

郁谋将手放回水中,看似无意,实则力道大了些,拍出水花打了回去,溅了贺然一脸。贺然"呸"了一声,呸出药浴的苦汤子。

老程气结:"你这糟老头子,你咒我?"

这边贺然两手齐上,握水当水枪。

老谢动了动嘴皮:"你是糟老头子。"

郁谋背过身去防御,然后防守反击往身后拍水。

"你糟老头子!"

"你糟老头子!"

说着,两个老头站起来推推搡搡,腰间的肉摇摇晃晃,动作间,围在腰间的毛巾落下。

贺然和郁谋本来兴致勃勃打水呢,猝不及防看到这场景,呼吸一滞。

"豪华"独立双人桑拿房内,两人坐在长长的木凳上,世界回归安静。他们都在努力将刚刚看到的画面从脑海里删除,于是开始闲聊。

汗珠从脸上滑落,怪痒的,贺然挠了挠脸:"我爸是开出租的,90年代末开出租还能赚点钱,他和傅叔连轴转,天天出车。

"我妈开棋牌室,也挺忙的,但至少不用到外面跑,所以我放学就去棋牌室待着。那时候棋牌室没有现在这么正规,鱼龙混杂的,不禁烟不禁酒,烟雾缭绕,酒气熏天。我妈没太多时间盯着我,我这桌看看,那桌逛逛。

"有一帮小混混经常来打牌,那时候我才读小学,没有什么分辨能力,还觉得他们挺酷,就学得也流里流气的,兜里揣着个废弃打火机,还假装自己给自己点烟。我妈发现以后揍我,被揍了以后我才知道什么是好,什么是坏,什么不能学,但依旧我行我素了一段时间。越揍我我越学,和所有人对着干。

"在学校,我是出名的混子,家长都叮嘱自家小孩儿不要跟我玩,说我是个小混混,坏孩子,没家教。这些我都知道,我也知道不好,可是不想改,毕竟这样特别有存在感,还能收获不少关注。

"接下来这句话可能有点俗,但我必须要说,施念和班上其他小孩不一样。

"班上上自习,班委要在讲台上看纪律。我一节课要违反纪律几十次,其他班委都懒得记我,当我是空气,不存在,自动忽略我。施念那时也是班委,她也很烦我,可是每次轮到她看班级纪律时,我出怪声她记,我站起来她记,我找别人说话她记,我吃零食她记……总而言之就是我违反的每一次纪律她都一横一竖记在黑板上的'正'字里。下课时,我名字下面十几个或几十个正字,都是她写的。

"你说小孩子那会儿的我懂喜欢吗?我不清楚,应该不太懂。那时候我只知道,我希望施念一直当班委,然后她一直看纪律,我希望全黑板上都是她记的归于贺然名下的'正'字,我特喜欢她记我。除了她,没人在乎我又犯了什么错。大家觉得贺然是个混小子,父亲开出租，母亲开棋牌室，家里没文化，没什么钱，也没人管我，所以我表现差是天经地义的，记我的'正'字是浪费时间、浪费精力，班主任都管不好不愿管的小孩，班委更不愿意管。但是呢，就她愿意搭理我。也不是搭理，你懂吧，就她愿意光明正大地讨厌我，而不是忽视我。

"长大后我收敛了许多，改邪归正，开始在大部分时候遵守纪律，也不去惹其他人了，就只招她。为什么呢？因为我知道在她那里，我招的每一下都能得到反馈和回应。虽然这反馈和回应都是负面的，可是有求必应，哈哈哈……

"哎，咱物理课不是讲过'黑箱'这个概念吗？输入一个信号，经过黑箱，输出相应的反馈。我物理不好啊，不是要跟你探讨学术，我就是借用这个概念。我一直觉得施念就是黑箱，不管我怎么闹腾，别人都忽略我。可是施念不一样，我每次逗她，她都有反馈，以至于我最喜欢做的事情就是观察她有什么反应，一猜一个准，无非就是固定的那几种，比如翻白眼、掐我、踹我、告我妈等，屡试不爽，一天不逗她几回我就难受，就特别喜欢看她爹毛。"

说着，贺然叹了口气，桑拿间的温度让他有点晕，于是他闭上眼，眼角的湿润不知是汗还是泪："唉……说了这么多，我也不知道我想表达什么。你能理解吧？

"傅辽和我说，施念不是最优秀的女孩子，也不是最漂亮的女孩子，为什么我就这么喜欢她呢？我说不来，可是从小到大，我知道我的心里只装着她，哪怕她现在变得没以前那么开朗了，我还是喜欢。但我也清楚，像我俩这样的相处方式，她应该也是很烦我的吧……我但凡话少点、学习好点，估计就没你什么事了。你可不要骄傲，我和你说，我不是在认输。"

郁谋转头看贺然，看见这个皮肤黝黑的男孩脸上浮起不正常的红晕，不由得皱起眉。

贺然越说越觉得缺氧，但他执着地问："所以，你俩现在……是什么情况？那天我看见你俩一起回家了。施念从不和别人一起回家。我猜了七七八八，想听你说实话。"

郁谋深深看贺然一眼："没什么情况。不过，未来，你应该是没有机会了。别想了，长痛不如短痛吧，难过难过就得了。"说着，他一把推开门，清凉的空气灌入小桑拿间，"我建议咱们今天就蒸到这里，感觉你要晕过去了。"

贺然步履虚浮地走出桑拿间，听到郁谋在他身边说："听你说这么多，其实我能懂。礼尚往来的话我好像也应该说点什么，可是实在抱歉，我不太习惯把自己对一个人的感觉和第三个人说。不过以后等我俩正式在一起了，我一定第一时间通知你。"语气真挚诚恳，好像真的有被贺然和施念的幼年情谊感动到。

贺然呼吸着新鲜空气，感觉头晕稍稍好转，按着太阳穴在心里骂了一声。

说那么多也白说，自己果然不适合走悲情路线，看来还是要正面硬刚。不过这郁谋软硬不吃，难搞得很哪。

搓澡的地方摆放了几张长条形台子，与水池用一道贴满白瓷砖的墙隔开了。地上也是白瓷砖，光脚走上面一步一滑。

搓澡师傅光着膀子坐在小板凳上聊天，一个高壮，一个劲瘦，搓澡巾搭在脖子上。见有人来，两位师傅站起身，将搓澡巾抽下来，抖开、拍拍台子，示意他们赶紧过来趴下。

北方人爱好搓澡，无论是自己在家搓，还是到外面澡堂子搓，好像都跟自己的皮有仇似的，搓起来那叫一个使劲。少年们心里有点犯怵，但是事已至此，谁说"咱要不别搓了"都好像是在说"我不行"。

走过去前,郁谋审时度势,心思已经过了几轮。《天龙八部》里的扫地僧是不起眼的,干巴瘦,所以他的第一层分析是,这个瘦猴师傅应该是隐藏高手。但是他又想,看问题要多角度多层次,所以他的第二层分析是,现实生活中应该不会有那样的反转,从人口正态分布的角度来看,个子高身材壮的人普遍来说还是力气大的。这是概率问题。

几秒钟的时间,郁谋已经做好决策,于是他故意指了指高壮师傅,摆出一副上位者的怜悯姿态冲贺然说:"那我选这张台子吧,另一张让给你。"

如他所料,贺然不甘示弱,直接抢上去趴好:"别,我皮痒了,就想找个力气大的。"

郁谋面无表情地点头:"随你。"

然后,他如愿以偿地走到瘦猴师傅的台子上趴好,脸冲下时才微微弯起嘴角。他真睿智。

可是下一秒,瘦猴师傅拍着他的背像拍砧板上的猪肉,同他做自我介绍:"小伙子有福气啊,我是咱们浴场排名第一的搓澡师傅,好多明星来咱们彤城还专门打车过来让我搓澡。"

郁谋后背一紧,啊?什么?

说着,两位师傅像抖空竹似的抖着搓澡巾,开始起范儿:"来了哈。"

趴着的两人暗暗咽口水。

郁谋的手攥成拳。搓澡第一又如何,来吧,眼一闭一睁,很快就过去了,就当这是他为爱情吃的苦。他可是从小被打到大的,这点伤痛算什么!

贺然闭上眼睛,感觉小腹的某一处在抽筋。比起疼,他更怕痒,浑身上下都是痒痒肉,这秘密他不曾跟任何人说过。

搓澡巾落在后背上的那一瞬间,两人都没忍住哼出声。

后背就像被钉耙狠狠划擦着,一下又一下,左左右右,以一种缓慢又坚决的力道摩擦着他们的皮肤和灵魂,几乎升天。

听到对方的痛哼,他们转头看向彼此,脸紧绷,眉头皱起,眼神破碎,嘴上却咬牙切齿地说:"啊!好爽!要的就是这种感觉!"

这种脆弱的逞强却令师傅们很不爽。

瘦猴师傅觉得自己的江湖地位岌岌可危,大声跟郁谋说:"这才刚开始,接下来就让你看看我真正的本事!搓澡第一式:黑旋风去角质!"说话间,手臂大开大合,搓澡巾几乎只余残影,少年光洁的后背瞬间红了好大一片。

郁谋紧紧闭嘴,不让懦弱的呻吟从自己嘴里泄露出来一分一毫,可是他的脚趾出卖了他,他的手指出卖了他。少年指节泛白,鼻孔重重地往外喷着粗气,声音几近颤抖:"不!疼!啊!再!来!啊!"

那边的贺然一看,好家伙,郁谋搓澡搓成了礁石上的海豹,高昂着他那欠揍的头颅。高壮师傅一直觊觎"浴场搓澡第一"这个名号,此时也不甘示弱,拿出了十八分的力气,专找贺然的嫩皮下手:你竟然还有余力看别人搓澡,那一定是我技术不好!

贺然疼到觉得自己每一根头发都竖了起来,疼到深处竟是深沉的痒。他低吼,暴捶台子,嘴角呈现出扭曲的笑容:"没感觉啊!痒痒啊!"

到最后,竟然还是瘦猴师傅技高一筹。

贺然至少可以直立着从台子上下来,郁谋的脚接触地面时,竟然没法发力——刚刚一直绷着,现在好像脚趾抽筋了。

贺然终于在这一轮找回场子,斜睨郁谋:"这就不行了?用我扶你吗?"

郁谋挥手："呵……不用。"说着，他深吸一口气，从台面上站起，一瘸一拐地往淋浴区走，留给贺然一个决绝孤傲的背影。

回到更衣室，郁谋的抽筋还是没有好转，除了脚趾抽筋，他觉得自己不是搓澡，而是搓了一层皮下来。穿衣服时，他的手臂在颤抖；穿裤子时，不得不靠在铁门上借力。而这种笨手笨脚被贺然看在眼里，脸上的笑几乎收不住。

郁谋身经百战，对这样的一时落魄不以为意。他强自硬撑，告诉自己，海洋里的鲸鱼身上有很多藤壶，但它却一刻也没有停止前行；藤壶附在蓝鲸身上，以为自己会让这位海洋霸主感到痛苦，但藤壶终究只是藤壶……以后的人生路还长，还会面临很多挑衅、困难和冷眼，所以要坚强，郁谋，这不算什么……啊……疼。

走出大浴场，两人站在门口。来时是走着来的，回去时……

贺然看见郁谋的脸上露出些许惆怅忧思，心思难得灵活起来，刚想到一个主意，身体就随心而动。

只见他一把夺过装了郁谋全部家当的塑料袋，迈开大步前留下一句："谁先到家谁赢！拜！"他本来想跑起来的，后来立马想到不能再出汗，变跑为颠。

站在台阶上的郁谋要被他气笑了，也被自己的一时迟钝气到了。

看着贺然远去的背影，郁谋想了想，掏出兜里的全部家当：三块钱零钱，还有手机。

打车是没可能了，不如……他点开施念的短信，打字。

郁谋：你到家了吗？我在学校附近××书店这条街，钱包被人偷走了，你能来接我一下吗？

过了会儿，手机"叮"的一声响，施念破天荒用了晚安额度给他回信。

施念：刚到家。马上来！

3

郁谋在浴场大门口前的台阶上站了一会儿。他个子高，沉静时气质又比较显眼，过往行人都会把目光落在他身上打量一会儿。这个男孩子站在金色柱子下若有所思，与背景格格不入，又莫名让人挪不开目光。

被盯得有些烦，郁谋就想换一处不那么开阔的地方站着。他知道施念如果坐公交车的话会从哪个方向来，在心里估摸了个时间。

环顾四周时，他看见马路对面有辆卖冰糖葫芦的三轮车，于是他穿越马路走过去，兜里只有三块钱，底气却很足。他站在车前细细挑选，先是指了指最最豪华的糖葫芦：“阿姨，这串多少钱？”

"十块。"

"能便宜到三块吗？"他态度坦然，完全不心虚。

阿姨看他不像是故意杀价的，单纯就是问问看，问的时候有礼貌又笑眯眯的，所以也不生气：“不行啊，小伙子。”

"噢，没事。那三块能买哪个？"

阿姨指了指最普通的山楂糖葫芦：“这个三块五，可以算你三块，大过年的。”

"好的，谢谢。"郁谋最后选了根看起来焦糖块垒得最高的，让阿姨用糯米纸包好，举着站到一旁没有叶子的杨树下。

风不算特别大，但是以防万一，郁谋侧过身用身体挡住风，将糖葫芦护在身前。糯米纸的一角飘啊飘，他伸手撕了个三角下来，放进嘴里融化掉，糯米纸沾了点糖味，四舍五入也相当于他吃过了。

郁谋的视线一直落在公交车站。过了十分钟左右，车站过去了一辆13路，一辆22路，两辆587路……他看着公交车上下来的稀稀落落的乘客，仔细辨认着。

两人大概五六天没见面，对此他没什么太多感想，只是觉得施念妈妈家那边的亲戚真多，看那么多天都看不完，看不完就不能回来。施念是腊月二十九去姥姥家的，这两天她说她和妈妈还有姥姥去城郊村里的舅姥爷家，每天去这儿串门，去那家拜年什么的，鸡蛋应该也是在那边拿的。

他本来还想问施斐有没有和她一起去，后来转念一想，不对，施斐是她爸爸这边的小孩。

这样看来的话，她真的不太提她爸爸，不过她应当也没有真的讨厌她爸爸，只是她爸爸变成了她极力想要隐藏的人生部分。这是一种很难用语言形容的复杂情感。这样的关系像是被捅了一个洞的有分量的水球，不撕开它时，它只是汩汩往外冒水，时不时让人刺痛一下，不会有什么真正的危害。所以重新体会她带他回爸爸家这件事，他都会一阵悸动——被毫无保留地信任原来是这样的感觉啊。

之前贺然挑衅时，郁谋还在想，要是贺然说了他和施念认识多久多久，他们之间有过什么有趣经历，就会把"你说的都对，但我去过她爸家"这句话抛出来。这样引战太容易了，两人没准儿真会打上一架。

郁谋后来又想，没必要，真的没必要。施念的信任不可以被他当作攻击的武器，而贺然的心意也不可以被这样侮辱践踏，就好像他一定不会和施念说他和贺然之间的纠葛一样。什么该说，什么不该说，他心里有数。只不过，他什么时候道德标准这么高了？真是奇怪。

每天晚上睡觉前，郁谋其实都会刻意地不太去想和施念有关的事情。因为如果想了，一整晚的梦都会是和她有关的碎片，那些看似无关紧要的细节似乎都能被他体会出新的含义，醒来往往还会觉得一阵酸一阵甜，太磨人。

她睡衣上的小黄绒线球被他用同色系的棉线拴在了她的头绳上，做成了一个非常简陋的捕梦网，然后压在枕头底下。捕梦网要挂在床头，他当然不会犯这样的常识性错误，他压在枕头底下只是为了避免小叔不怀好意的笑容。

郁谋本来看着公交车站，后来变成了发呆。

这时，他听见远处有人喊他："郁——谋——"

声音由远及近，裹挟在风里，像个沙包一样被扔到他耳边。

少年转头，看见穿着浅灰色长筒羽绒服的女孩正冲他而来。

施念顶着风，站起来艰难地蹬自行车，所有碎发全被吹到后面去了，脸冻得红一块白一块。她单手扶车把，眯着眼睛使劲冲郁谋招手。

"吱——"施念刹车刹出了秋名山车神的架势，稳稳停在了郁谋面前，一脚踏地，冲他扬了扬下巴，"我快不快？要不是前一个路口被三辆三轮板车挡住，我还能更快。"

郁谋点头，忘记要说什么话了。施念被风吹得流眼泪，看他时眼睛里盈盈有光，而那光又不完全是眼泪带来的。她眼里带着的那种光，只有冲他奔来时才会有，每次都会让他以为全世界只有他一个人。

少年看得一阵恍惚，愣怔几秒才回过神，换上一副从容的表情，把糖葫芦递过去："给你买的。"

施念则不满意："你怎么不说说呀？"

"说什么？"郁谋这才去看她骑着的自行车。

"噢，你终于买了。"他笑道，后退半步打量她的新自行车，"不错，挺好看的。我本来以为你会买另一个颜色。"他虽然夸着好，语气则带了点失落。

施念买的是纯白色的自行车，款式很复古，车把有个很优雅的弧度，像是油画里乡村小道上才会出现的那种自行车。

她知道郁谋在说什么，脸红扑扑的，压低声音：“我肯定不能买你的那个颜色呀，那样太明显了。不过你看……"说着，她起身，展示给郁谋看，"你看！车座是绿色的！"说完仰头对他傻笑。

少年被哄得内心开心得不得了，表面则是淡淡微笑：“我可没说什么。"

"本来我妈说要回来买的，但是村里商业街的东西卖得便宜，质量也不差，看上就买了。我挑了好久好久，比较来比较去。倒不是没有喜欢的，其实我一眼就看上这辆了，但这辆比其他都贵好多，五百五十块呢，其他的也就三百多……后来我妈说，如果特别喜欢就买吧，没必要因为两三百的价格差选个退而求其次的。我妈还说，买东西就是这样，一定要选能力范围内最好的，这样才能保证选回家的东西能开开心心用很久……"施念是真的喜欢这辆新自行车，喜欢到一定要把买它时的心路历程絮絮叨叨地说给郁谋听，让他也体会花钱买来的快乐。

听她讲话时，郁谋去拨了一下车铃，评价道："嗯，声音也清脆好听。"

施念猛点头，也去拨了一下车铃："是的是的。"

她接过糖葫芦，"咦"了一声："你不是说钱包被偷走了吗？怎么还有钱买？"

手上空了以后，郁谋插兜，揪出口袋给她看："嗯，兜里就剩三块钱了。"

"这糖葫芦多少钱？"

"三块五，阿姨人好，给我打了个折。"

施念感到不可置信："你兜里总共就三块钱，竟然都花了，你就不怕我不来接你吗？"

郁谋耸了下肩："我知道你肯定会来啊。"

"其实有三块钱你都可以自己坐公交车回去了。"施念看了看一旁的公交车站。

郁谋手放兜里带起裤腿，露出一小段脚踝："没办法，我右脚崴了，走路疼。"实则只是脚指头抽筋，现在已经好得七七八八了，但是他很喜欢在她面前夸大其词。

贺然说得没错，他们两个似乎都喜欢看施念的反应，就像小时候往水里丢石子，听着扑通扑通的声音，看看小水花，并且知道，只要丢石子，就一定会有小池塘的回应，这份安全感弥足珍贵。另一方面，他也的确不比贺然成熟多少。贺然是明招，他是暗逗，逗施念关心他。这样的满足感是幸福家庭里成长的小孩没法体会的，但于他而言却是能上瘾的，上瘾到他要贪婪地、一次又一次地去体会。在明确的爱里长大的孩子，对失去和得到爱同等慷慨大度，但是他不行，他不放过一丁点爱意，夹缝里的野草只有这样斤斤计较才可以顶出石缝。不仅如此，野草还要拼命地往上顶，每个叶片都叫嚣着"我需要更多"。也是没办法的事呀，他没打算纠正这部分人格。

听郁谋这样说，施念从车上跳下来，到他面前蹲下，研究他的脚踝。可是除了他皮肤挺白挺滑的，她看不出任何不对。她轻轻点着他几处皮肤，抬头望他："疼吗？"

郁谋蹙眉："疼。"

他蹙眉时，施念也跟着蹙眉，很是感同身受。

"哎呀，那我不碰了。"施念收回手，站起来，有些担忧，"这也是那个抢劫的人弄的？"

郁谋点头："是的。钱包里钱不多，也没有身份证件，只是有件重要的东西。我追了几步，然后脚崴了。那点钱也不至于报警。"

施念叹气:"我妈每年都说年根儿不安全,看来是真的。你这么高个子的男生也会被打劫,真是太离谱了。"

郁谋无所谓道:"个子高的男生怎么了?歹徒面前人人平等,像我这样的人,偶尔也需要被保护的。"他高出施念快一个头,说这话时大言不惭。

"别担心,我可以保护你。"施念说得笃定。

男孩心里开了朵花出来,他可不需要她真的保护他,但他喜欢听她这样说。他听听就开心,承诺不被践行也无所谓。

于是他不动声色道:"你说什么?"

施念认认真真地重复了一遍:"我说我会尽我所能保护你,你看我这不就来了。"

她把糖葫芦先交回给他:"你先拿着。"然后把车推到他跟前,拍拍后座,"坐上来,我带你回去。"

郁谋逗她:"你不怕你妈妈看见?"

施念摇头:"我妈还在我姥姥家,我姥姥家下午还要来客人,她们一起包饺子。我自己申请提前回来的,因为明天要去郊区嘛,我说我回来收拾下东西。院里人的话……我大不了在大院后门把你放下来。"

郁谋蹦到车跟前,牵动脚踝时还会配合着皱眉,这演技成功地让施念伸出手扶他。

他跨上去,单手抓着座位,乖乖坐好。他腿长人高,盘踞在26寸的女士自行车后像有点大病,可他毫不在意。

"哦,对了,今明两天院里停水,你晚上一个人的话,来我家吃饭呗。"他说。

"没关系,小卖部胡叔叔那边可以打水,打回来烧就行。"施念推着自行车往前走,一推没推动,是郁谋的脚放在地上。

他要听她肯定回答,所以没让车动:"那晚饭呢?你来不来?"

施念假装看他的脚,耳朵却红了:"可以来呀……哎,你脚收一下,这样我没法往前。"

施念坐上去蹬脚踏,自行车摇摇晃晃地缓慢向前。

"我沉不沉?"郁谋看她起步费劲,两条腿在两边点地给她助力。

施念还以为是靠自己的努力蹬起来的,脸憋得通红,嘴硬道:"一点也不沉啊,我弟……我都能带……更何况你……你有两百斤吗?"

"七十多公斤。"

施念铆着劲儿站起来蹬:"你可太轻啦!嘿!哈!"

郁谋在她身后轻笑,双脚在地上走得也更卖力了。从远处看的话,这两人一车像是一条扭动向前的蜥蜴,腿脚是呈九十度角支棱出来的。

施念终于借着劲儿蹬起来后,郁谋才把脚收回来,悬在空中。

他犹豫了一会儿,手在女孩的腰边比画着,在想要不要抱住那里,会不会太得寸进尺。

他这样想着时,施念先开口:"你可要抓好了,我要加速了!"

"好。"少年悬在她腰边的手收紧,勾在她腰上。蓬松的羽绒服被他按着排出气,他似乎都能感受到她内里的体温。她的腰真细,一只手臂都能搂过来。

他明显感觉施念身体一僵,看她脖子后面全是红的。

她侧头:"哎呀,没让你……抓……我这里……"

他装傻:"没找到地方可以抓。"

她感叹他太笨:"算了算了,就这样吧,别摔下去就行。脚也要小心,别卡进车轮里,本来就崴了。"

郁谋暗暗好笑,摔下来……我一伸腿就能停住你这辆小白车。

施念越骑越快,大口喝风,马尾像小旗一样迎风猎猎,郁谋手里举着的糖葫芦糯米纸也展成了小旗。午后温煦的阳光落在她头发上，柏油路反射着金灿灿的阳光，他能看到她头发边缘泛着金棕。

他去看她的侧脸，发现她在偷着乐。

"傻乐什么呢？"他问。

"嗯？"施念飞速地转头又飞快转回去看前方，大声说，"我开心啊，开心你遇到困难第一个想到我。"

第四章

仰望星空与脚踏实地

Yangwang Xingkong
Yu Jiaota Shidi

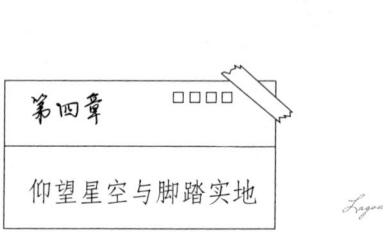

1

郊区昼夜温差比市里大，晚上十点多，气温降到零下八摄氏度。

郊区这一片大空地上人挺多，三五成群靠在车边抬头看夜空。小叔给几个孩子找了个好地方，安置好后还不忘从车里拿出事先准备的小棉被给三个女孩子盖上。

夜空中已经有其他人放的烟花飞上天，一簇一簇地炸开，大家都没太专心看，因为知道好看的还在后面，前面这些都是"便宜的"。

贺然爸爸说买了个王炸，烟花摊的镇摊之宝——金龙腾飞，他当时和一个戴金链子、黑墨镜的大哥猜拳三局两胜才赢得的购买机会。

等其他人手里的这些小鱼小虾放完了,他们再放,到时候漫天金火,压轴出场。

算上文斯斯的爸爸,四个大人靠着三辆车,站在不远处抽烟聊天。

七个孩子在旷野里"躺"成一排,他们每个人从家里拿了三个小马扎,一个垫头,一个垫腰,一个垫屁股,脚支在地上,就相当于躺着了。

空气中弥漫着硝烟的味道,夜空一会儿亮一会儿暗,星星都被人造的光亮掩盖了本来的光芒。

许沐子感慨:"来郊区本以为能顺便看星星,今天这种情况什么都看不到。"

文斯斯:"看星星得平时来,今天本来也不是给你看星星的。"

施念:"其实市里也能看星星,有人说夜空里最亮的天狼星在哪里都能看到。"

施斐爬起来喝了口可乐又躺下:"什么时候轮到咱们放金龙腾飞啊?"

傅辽:"急什么,我爸说至少等到十二点以后,现在让他们先嘚瑟嘚瑟,大戏最后才登场。"

施斐:"那现在几点?"

郁谋看了下手表:"十点三十五分。"

贺然在嘈杂声中竟然打了个哈欠:"平时这个点儿我精神着呢,怎么现在有点困?聊天吧,聊点不困的。班长呢?快,想个话题出来。"

文斯斯:"饶了我吧,平时当得够够的了。我最不喜欢动这方面的脑子。"她嘴上这样说着,还是立马想出一个,"要不这样,我们每个人说一个别人肯定不知道的秘密。"

其他人一齐嘘这坏主意,都说是秘密了,不可能真的说出来,嘘完又不约而同地沉思起来。最后,所有人约定,必须是真正的秘密,不能是为了完成任务现编的，而且大家听到后都要保守秘密，不可以说出去。

傅辽率先开口："我想好了。"

大家："那你先。"

傅辽拍了拍脸，总感觉有烟花壳掉在上面："你们别打我啊，我真没什么秘密。这个是我硬想出来的，之前不说是觉得没必要，而不是不愿意说……"

贺然："别废话了，你快说。"

傅辽："我仰慕一班的谈君子。"

"嗯，这我们都知道。"

傅辽："其实我每年元旦都会给她写一张匿名贺卡。施念，你别生气啊，你不是每年都会给我们几个写贺卡吗……我用的是你给我的贺卡，然后把中间你写了祝福的那张白纸替换掉，我自己再写上内容塞进她桌斗里……这算秘密吗？"

傅辽说完，等大家的反应，大家都默然。

傅辽急了："你们别不说话啊，尤其是施念，你想骂我就骂啊。我知道自己这样挺不地道的，把你送我的转送出去。"

被叫到的施念有点尴尬："……呃，其实我不知道说什么。你就不能自己买新的吗？一张贺卡很便宜的，教辅书店就可以买。"

傅辽："这不是钱的事。我就是觉得你挑的贺卡都很好看，应该很符合女孩儿的审美。还有一点，我一天到晚都和贺然混一块儿，一举一动都在他眼皮子底下，不好意思去给君子挑贺卡，因为肯定要被笑话……哎，贺然，我不是埋怨的意思啊。沿河沿儿那边的人都说我是你跟班，试图激怒我，但是我这个人就是喜欢当跟班。我喜欢当二把手，认真的。"

施念想到什么，抓着小棉被的一角坐起来："不对，你贺卡都写什么了？别是深情告白吧？"

傅辽："啊……没有没有，我们都还是学生，所以每次我就是祝她越跑越快、学习越来越好之类的，都是很普通的祝福。"

施念舒了口气："那就好。"

傅辽问："怎么了？"

施念道："有件事我觉得我应当给你讲一下。我不仅在贺卡内页附的纸上写字了……还在每张贺卡的背面写了你们的名字……所以理论上说，谈君子肯定知道每年的匿名贺卡是谁送的。"

傅辽猛地坐起身，眼睛瞪得像铜铃，吓了大家一跳。他同施念确认："你说真的？"

施念缩回小棉被："是啊，骗你干吗？"

"啊啊啊！！！"傅辽一脸绝望，开始揪自己的头发，揪完又开始捶自己大腿。

大家安慰他："没事，普通祝福啊，很正常，你又没写什么别的。"

傅辽恨不得撞墙，面如死灰："对不起大家，我刚刚说谎了……其实我有写别的了……我的确祝她越跑越快、学习越来越好，但每次打头的一句都是'你好君子，我一直很欣赏你'……你们谁捅我一刀吧……"

大家又都默然。

最后傅辽自己消化，接受了这个事实："算了，反正她对我应该也没印象。"

施斐补了一句："可是辽辽哥，我姐的字和你的字不一样啊，人家谈君子一看，贺卡背面和内页上的字不是同一个人写的，稍微聪明的人都能懂……"

傅辽像个二踢脚一样弹起来，堵着耳朵跑到一边蹲着："别说了别说了！我听不到！"

大家的笑声几乎要盖过天上的烟花。

笑了会儿，许沐子开口："傅辽完了那我说吧，我下学期不在篮球队了。这事你们早晚都会知道，但我感觉现在先打个招呼比较好，省得开学你们问，怪尴尬的。"

大家一片惊讶："为什么啊？"

她解释："之前初中在沿河沿儿打比赛，腿筋拉伤做过手术，可能没好彻底吧，最近越来越严重。医生说我要是继续保持这种运动强度，以后正常走路都困难。"

文斯斯十分惋惜："啊……我妈还说希望以后能在奥运会上看见咱们院的大沐子呢。"

许沐子笑了笑："唉，你别这么说啊，搞得我心里很不好受。很正常的，伤病本来就是比赛的一部分，是每个从事体育运动的人都要做好的心理准备。只能说我运气不好，又或者说运气很好，在十几岁的年龄知难而退，早点改变人生方向。

"实话说，是不是要一辈子打篮球这件事我一直没有想好。我三岁多上公交车就得买票了，从小到大，所有人都和我妈说我个子高，不送去打球可惜了，教练也说，他带了几届才能出一个像我这样有身体天赋的球员。这种话我听得太多了，以至于我觉得我好像生来就要做这件事，没有其他的选择，也不可以有其他的想法。但实际上呢，这对于我来说只是个任务，我并不喜欢打篮球。

"说得更笼统些，我不喜欢强对抗。比赛时教练总说我，技术是有的，天赋是有的，就是面对对手时不够霸气。可这本身就是我的性格啊，给我一个亿我也还是这样，没办法的。比起对抗，我更喜欢篮球里面和队友之间的协作。篮球这项运动给我带来的最大乐趣，就是陪队友们练投篮、练体能，作为队长组织大家训练，顺便指导指导学妹学弟。

"我也很反感别人一见到我就说，哎呀，你好高啊，你这么高打篮球一定很好吧。我知道大家可能没恶意，可我很想让大家看到除了个子高、打篮球的我。我去年身高就一米九了，我一直对外宣称一米八八。"

贺然："我就说你肯定比一米八八高，你每次说自己一米八八，我在你边上一站，搞得好像我们身高有水分一样。"

施念："不打球的话，你想好以后做什么了吗？"

"先好好学习，再看可以报什么专业吧。其实我各科成绩一直还凑合，捡起来跟上应该不难。如果可以，我想去T大，那儿有个体育教育学院，以后出来可以去院校当体育老师。最好就是回咱们学校顶替谢老师，继承她的成绩单小板子。作为学生的我终有毕业的那一天，可是作为老师的我可以永远留在我喜欢的校园里。我真的好爱咱们一中啊，哈哈哈。"

"沐子，你说的有关身高那里，我真的一万个同意。"文斯斯接话道，"从小别人就说我长了一张班长脸。"

傅辽走回来重新躺好："你这么一说，我发现是啊，你长得确实很春晚。"

文斯斯给了他一个白眼："……然后可能因为我爸妈和老师关系比较好，所以我从小到大就是班长。我真的很烦这件事，当班长成绩不能特别差，可我真的不爱学习，我静不下心读学校的课本。你们别看我现在成绩中等，这已经是我头发一把一把掉的结果了。我很努力很努力地学习，也只能到达现在这个程度，所以我很早就意识到我不适合走学习这条路。每个人都有自己的局限，这就是我的局限。施念和沐子都知道我喜欢看漫画、看动漫，还喜欢收集漫画书。我的喜欢不是随便说说的那种喜欢，而是真的有考虑把画漫画当作未来事业的那种喜欢。

"我看漫画的时候会想很多很多场景和故事，还会想，要是我自己有能力多好啊，我就可以把我脑海里的这些分镜和人物都画下来。但实话说，我没什么绘画基础，小学时学过三年素描，现在也全都还给老师了。

"所以我有一个秘密是，我很久以前就在偷偷自学日语。我想以后去日本留学，学漫画专业，等毕业后我打算在日本的动画工作室当几年学徒，如果有顶级工作室肯收我，比如说CLAMP，我不要钱、倒贴钱都愿意去端茶倒水打工学习，然后回国开自己的工作室，或者进入动画行业。

"我真的觉得现在的动画越来越难看了，你们还记得咱们小时候看的国产动画吗？《九色鹿》《哪吒闹海》《大闹天宫》《黑猫警长》……都好棒好棒。"

许沐子问："你去日本留学的话，还要高考吗？"

"当然了，我打电话问过留学中介，那边好大学都是需要高考成绩的，还要有语言成绩。如果语言成绩不达标，我还得先过去上一年半的语言课程，不过这些都不是问题。没有下定这个决心前，我觉得上学很痛苦，数学、物理、化学、语文、英语，这些科目学起来都很吃力和痛苦，但是一旦明确了自己未来的道路，而且中介说为了申请好大学我得好好高考，我一下子好像又有学习的动力了。果然，为了心里喜欢的事物去努力和付出，无论如何都不觉得难啊。"

大家感叹："班长，你好牛啊，各种意义上的牛。"

文斯斯："嗯，我也觉得自己很牛，哈哈哈。班长总算是有班长的样子了，对不对？"

施念强调："你本来就很有班长的样子。"

"谢咯。"

"不客气。"施念接着举手，"斯斯说完我来说吧，正好我俩的梦想差不多。施斐，你还记得上初中时，我在你电脑上玩的《仙剑奇侠传》吗？"

"当然记得，咱们玩了一整个暑假。"

"是啊，那真的是我玩过的最喜欢的游戏之一了。斯斯说现在好看的动画越来越少，其实我觉得游戏更惨。每年新游戏很多，好游戏却很少，国产的好游戏更是少之又少，凤毛麟角。我在网上搜，说至今咱们国家还没有一款可以被称为3A大作的游戏，《仙剑奇侠传》是最接近的，但它依然不是。

"我很不服啊，就好像斯斯说她脑海里有很多想法，我也是。我晚上睡觉前，总会在脑海里想世界设定，想游戏玩法……我想创造一个高度自由又开放的游戏世界，可以是武侠背景，有很多门派，也可以是奇幻设定，有各种神仙或超能力，还可以是星际魔幻，有人族、虫族、外星人等，然后几乎所有年龄层的人都可以在这个游戏里找到快乐。喜欢动作的可以打怪，喜欢探险揭秘的可以跟着故事主线走，喜欢经营的可以自己建造家园。家长也不会不同意自己的小孩玩这款游戏，因为里面会涵盖非常广的知识面，上到天文，下到地理……我真的好想好想实现自己的想法，甚至让我花十年二十年三十年的时间去实现都没有关系。为什么中国没有自己的3A大作呢？如果可以有，那我希望由我去参与创造。我很想亲眼见证这样一款里程碑式的游戏诞生，可以被一代又一代的人玩下去……"

施斐又起来喝可乐："姐，你突然变得好能说。"

贺然越过郁谋的头顶抽了施斐一下："你姐能说是好事，咱得鼓励鼓励。"

大家稀稀拉拉地鼓了鼓掌。

贺然喊施斐："小胖，你说吗？"

施斐说："被你们几个一比，我都有点说不出口了。哎，对了，咱是说秘密还是说梦想啊？我被你们搞糊涂了。"

文斯斯："都可以吧，你随便说。"

"好吧。"施斐继续说，"我其实没太想好未来，想混个大学上，走一步看一步。我爸说希望我能出国读个商科镀镀金，这样在他们那个圈子里就有面子，毕业回来也好接手他的生意。我对眼镜城没什么太大兴趣，兴许自己再搞搞副业吧。对了，我挺喜欢收集球鞋的，以后想开个球鞋博物馆，免门票，孩子们都可以进来参观，然后每年开办篮球夏令营，请球员来给中学生上课。我然然哥以后要是进了CBA，那我就可以请他来。"

施斐犹豫道："唉，都说了我没什么梦想，其实也可能是想做的事情太多。我还想开火锅店，或是自助餐厅，也想过开健身房连锁，和餐厅是一条龙的，来我这里减肥的学员都要去我的餐厅吃减肥餐。就这些。"

大家鼓励道：

"也很不错啊，小胖。"

"对啊对啊，这不挺好的。"

施斐有点羞涩："话是这么说，但你们仔细想，我说的这些都建立在我爸给我钱的基础上，所以归根结底，我的梦想还是要有钱，很多很多钱。最后大家还是会说，哎呀，这个死胖子，还不是靠他爹他娘。"

文斯斯摆出班长的架子了："你不要什么事情都还没做，就自己给自己泄气。你们家那么有钱，这也是你的资本之一，没什么好羞愧的。我如果去日本，也还是要我家掏钱啊。"

傅辽则说："什么世道啊，还得我们这些普通老百姓反过来安慰你。你别矫情了成不成？"

施斐不说话，对着夜空叹了口气。

贺然:"你再叹气信不信我抽你?好啦,轮到谁了?郁谋同学,是你先说还是我先说?"

"随便,反正我的秘密就是一句话。"郁谋无所谓。

"好吧,其实我也就一句话的事,那我先说。"贺然将双手枕在脑后,"我啊,我想进CBA,替咱国家男篮在奥运会上拿一块奖牌。

"咱国家在奥运会上历史最佳成绩是第八,我觉得我可以让这个名次至少前进五名。别笑,我认真的。我这人你们也知道,如果傅辽没秘密,那我更没秘密。非要说的话,这就是我的秘密:我想让所有人为我感到骄傲,一说起我来,不再是那个家里开棋牌室的小混混,而是,贺然,噢,国家队的英雄,然后竖起个大拇指。"

施斐感慨:"然然哥,那你可是任重道远啊。"

"是啊,梦想大一点,万一实现了,下半辈子就不无聊了。"贺然望着天空,眼里也都是火光,"你看咱班长和你姐,哪一个的梦想不是让咱国家的某个行业崛起?都很任重道远啊。"

"轮到你了,谋子。"他推了下郁谋。

"嗯,好啊,我说。"郁谋声音很冷静,"我被Q大提前录取了。"

这话一出,大家先是极度安静,而后一阵"哒"声。

郁谋解释:"之前不说,是怕传出去动摇军心,鄂有乾也支持我不说。他说我一个不用高考的混在同学中间,即使不做什么,大家多少心理也会不平衡,然后影响发挥。"

大家纷纷插话:

"我现在就已经开始不平衡了。"

"我也是。"

"你骗得大家好惨,还说什么组团学习。"

郁谋回答:"并不冲突啊,我也很想度过正常的高中三年。陪你们刷题我很开心,给你们讲题也是。"

贺然关心起来："那你是什么专业？物理吗？"

"他们有个理科班，到了大二才分方向。我打算走应用物理这条路，如果本科期间有交换机会，我也很想去 UCLA(加利福尼亚大学洛杉矶分校)，或是 MIT(麻省理工学院) 的天文 / 物理系，这样以后去 CERN(欧洲核子研究组织) 访学的机会更大些。"

"CERN 是什么？"

"欧洲核子研究组织，在瑞士，确切说是在法瑞边境上。那里有大型强子对撞机 LHC，预计今年年末正式开始运行。"

"这个对撞机是干吗用的？"

"寻找、观察、发现、探测，或是验证'上帝粒子'（希格斯玻色子）的存在。如果能够证明它的存在，那我们就能……"

"好的，你不用解释了。"

"哈哈，好。总而言之，就像念……施念说的，她很想见证一个中国游戏行业的历史里程碑，我也想以一个物理学者的身份亲自在 CERN 见证'上帝粒子'被发现这个自然科学界的里程碑。这是意义非凡的，对全人类而言。"

"你要真去了，以后还回来吗？"贺然其实是想问，那施念呢？你俩什么打算？

贺然和施念之间还隔着两个人，所以他没办法直接看到施念的表情。

"去的意义就是为了更好地回来，虽然这可能会花费我好几年的时间。"

闻言，贺然点头，竟然有些惆怅。

察觉大家情绪低落，施念突然很肯定地开口："可是生命的意义不就在于此吗？追逐自己热爱的事物，找寻自己想要的答案，决定自己想要的人生。"

她试图用振奋的语气总结:"我觉得真的很棒很棒!"

贺然接话:"你这番话倒是很适合去国旗下讲。"

文斯斯则同意施念说的,她又说:"不过话说回来,你们觉得生命的意义是什么啊?"

施斐:"这个问题有点假大空。"

傅辽"嗯"了声:"没想过,开心吧,开心就好。"

施念接话:"可是怎么才能开心呢?你们能不能认真思索我和斯斯的这个问题再回答啊?"

郁谋说:"那我认真来答。这要看怎么理解意义这个词本身了。我总在想,说不定生活、生命、人生,在没有人作为观测者的前提下,本身就没有意义。如果加入人这个变量,那么意义就变成我们相信它有意义。所以归根结底,我们人生的意义在于相信,相信就是意义本身。

"因为我们不是作为独立的个体存在的,所以我们总会接收到来自他人的偏见,比如你是跟班所以你一定不开心,你个子高你肯定很适合打篮球,你是班长所以你一定学习很好,你很乖所以你一定是个书呆子,你是胖子所以你一定脾气好很宽容,你经常闯祸你以后肯定没出息……因为我们身上的一些显而易见的特征,导致大家对我们的理解出现偏差,人们总是会将视线放在我们最最突出的特点上,然后忽略我们作为一个人的复杂性。我们就这样被扭曲定义了。

"偏见产生的另一个原因,也是因为大部分人很容易'自己即世界'。他们理解你,是在认知自己的角度上去认知你。比如说,我是个很阴暗的人,那么我会倾向于把周围所有人的行为都阴暗化;如果我爱钱,我会倾向于觉得钱很重要,进而觉得周围所有人都爱钱,都盯着我钱包里那仨瓜俩枣;如果我善斗,我会以为所有人都在削尖脑袋往上走,所有话都是话中有话,其根本目的就是将我踩在脚下;

如果我不相信真善美，那么我看到的人无一不卑鄙、自私、下流；如果我觉得人性本恶，我会拿着结论去寻证据，一旦看到了黑暗、尔虞我诈、世间险恶，我就会一拍大腿，说我是对的！我看过什么书，去过什么地方，懂得什么道理，我就认为你应该也看过，也去过，也懂得。啊？你没看过？你没去过？你竟然不懂？那你简直太无知了，你是个扁平的人。我用我之世界去画你世界的轮廓，我用我之心理去揣度你的维度，在我的大脑里产生了和你处在同一时间轴上但是不同世界的世界，我为你创造出了一个偏见的平行宇宙。

"当这种绝对的定义、偏见越来越强、越来越多，我们就会被塑造成大家嘴里的那个人，而不是我们自己本身，然后我们就会自我怀疑、自我否定、自我贬低。当然，辩证来看，我的这番推断，你们也可以理解为我对人类这个群体本身的偏见。

"所以我很相信'相信'的意义，并且我认为，相信他人和相信自己是同等重要的，甚至后者更重要一些。我们必须不断地审视自我、挖掘自我、鼓励自我，以脱离别人对我们的绑架。我们要用相信的力量，努力将自己的腿从别人构造的泥泞世界里拔出来，回到自己的世界里去，成为自己想要成为的人。我认为这是成长的必修课，而相信本身，也是人生的意义所在。"

郁谋说完这好长一段话，七个人回归起初的寂静无言。他们盯着璀璨无比的夜空，有的走了神，有的入了神。

最后是贺然打破寂静："虽然我觉得郁谋很烦，但不得不说学习好就是好，能把我想说的，但没办法表达的事情表述出来。我提议咱们也给他掌声。"

大家松了口气，开始鼓掌。

这时，小叔来喊大家："压轴的来了。"

金龙腾飞被放到夜空中时，真的如大人所说，不愧是镇摊之宝。

整个夜空都被点亮，好像一场盛大的流星雨。观望的人群爆发出欢呼，迎接新的一年来到。

文斯斯提议："大家来许愿吧！"

郁谋许愿如他的秘密一样简短又简单，当他睁开眼后，大家也都陆陆续续许好了自己的愿望，只有施念还在合掌闭眼。

带来的零零散散小炮仗在看烟花之前就已经放完，郁谋准备的一箱子儿童仙女棒还没放。女生已经快冻僵了，拒绝再站在外面，她们跑回车里，跪在车后座上从车后窗往外看。

小叔打开后备箱的门，喊道："那男生们过来吧，你们负责把我这'聪明'侄子非要买的烟花放完。"

文斯斯的爸爸举着相机，提议用仙女棒拼成单词，他负责拍照。男生有四个，每个人都要想一个四个字母的单词出来。

贺然哼着《灌篮高手》的主题曲《直到世界尽头》，一拍脑袋："Love(爱)。"这个最容易想。

傅辽说："好无聊啊，我干吗要陪你们整这个？非要摆的话，那就game(游戏)吧。"

施斐说："字数限制了我的想象力，想半天也只有money(钱)。"贺然给他出主意："小胖，cash(现金)也行啊，你英语竟然还不如我。"

郁谋冲贺然笑道："咱俩一人画一个S吧，我们拼个miss出来。"

傅辽道："姑娘的那个miss？"

施斐冷眼旁观："miss不是还有错过的意思吗？可别说我英语差了啊。"

郁谋和贺然对视一眼，荧荧火光将两人的眸子都照亮了。

文斯斯的爸爸调整相机参数，在黑夜里一次次按下快门。

照片里被迫上岗的四个人表情都很腼腆，还带了点不情不愿的尴尬笑容。

漆黑夜色里，只有这边火光明亮。郁谋转向车那边，眯着眼睛试图寻找施念，看她有没有在看。可是越亮的地方越看不清黑暗处，他只看到了反光的车牌，车里看不确切。

高一下学期开学时，大院的自行车棚里多出一辆崭新的白色自行车。

施念早起去车棚推车，弯腰开锁时，听到身后有脚步声。

"早啊。"郁谋站到她身边，看她开锁有点费劲，直接一抬臂就帮她把自行车拖了出来。

施念或许是没睡醒，还有点蒙蒙的，说了声"谢谢"，然后低头开锁。

郁谋看她一眼，先走过去把自己的车开了锁推过来："走吧，一起上学。"

两人骑车上路，施念一直情绪不高，郁谋说的话，她能点头的就点头。

"那天你许了什么愿？"郁谋想到就问了。

施念说："我比较贪心，我像你借我的《猴爪》里说的一样，许了三个愿望。"

"可以告诉我吗？"

施念老老实实回答："一个是希望我妈开开心心健健康康，一个是希望我能顺利考上想去的大学，还有一个……"她转向他，"我希望你的人生永远所向披靡、意气风发，希望你不受挂碍、一往无前地去追逐你的梦想。"

说完她就不看他了，看向前方。

郁谋看施念在努力笑，可是眼睛却好像迷了沙子，眨啊眨，她还用手背狠狠去抹，也没抹出什么。

施念不等他说什么，又补充道："我可是很真心很真心地这样想的。"

少年笑了笑："我知道。"

郁谋还想说什么时，后面传来喊声："施念，快让开！"

郁谋和施念一齐转头，看见傅辽和贺然正飞速骑来，他们后面还跟着慢悠悠的许沐子和文斯斯。

施念赶紧避到一旁。

两个男生鬼叫着冲郁谋而来，两边夹击，三辆自行车一时间贴得非常近。

贺然坏笑："这叫'三明治攻击'！辽！贴上去！"

三辆自行车努力维持平衡，在车道上扭来扭去。

最后是贺然对这把戏感到厌烦才慢了下来，放过郁谋。

贺然盯着前方，说："嘿，你之前说的，还算数吗？"

郁谋有些心不在焉："嗯？"

"我说，组团学习的话我时间不灵活，要比赛，要训练，实在没办法参加，但是我有任何问题，可要问你了啊。"

郁谋"哦"了一声："当然，这不废话，随时啊。"

几个人像一团马蜂一样，在自行车道上大声说笑，疾驰前行，朝学校飞去。

自行车上学小分队，正式成立。

2

1992 年出生的这批孩子们大部分属猴。

2010 年，这批小猴子们十八岁；2010 年 6 月初，这批小猴子们上考场。

"高考"是从高中入学就念叨到毕业的字眼，三年的高中生活是无数卷子、月考、周测、刷题的日日夜夜堆叠起来的……真到坐在考场上的那一刻，似乎过往的所有努力和泪水都被压缩成了面前的空白卷子，一切都不那么真实了。

这样的形容太俗，可是施念实在想不出更好的形容。

第一科考语文，她翻了翻卷子，发现跟她经历过的无数次模拟考没什么两样，甚至作文题目都被郁谋押中了一半。

带他们几个冲刺时，郁谋要求他们一周写两篇议论文，有的题目用的是往年高考的，有的题目是郁谋自己找的素材让他们围绕着写——有次他拿给他们一篇诗歌《仰望星空》，要求以这篇诗歌为题写一篇议论文。

而2010年他们高考的作文题正是《仰望星空与脚踏实地》。

施念落笔时，脑海里还回荡着郁谋给他们讲作文时说的话。

他说，高考作文对于大部分考生来说都是"戴着镣铐跳舞"，剑走偏锋拿高分的毕竟是少数，能写出规规整整的议论文，保证拿到48分以上，就算他们完成任务。

而议论文对于他们几个最难的就是提炼题目以及最后段落的拔高升华。

他说提炼题目其实很简单，如果是平铺直叙的作文材料，就去看最后几段话；如果是文学性较强的作文材料，就去分析它用到的修辞和名词间的逻辑关系。

他还说，最后作文段落的拔高升华也不难，你就问自己三个问题：是什么？为什么？怎么样？

仰望星空是什么？脚踏实地是什么？

我们为什么要仰望星空？我们为什么要脚踏实地？

仰望星空、脚踏实地以后我们会怎么样？

层层递进地总结论据，升华主旨，这篇议论文基本就算稳了。

于是在拿到这个作文题时，施念在"星空"二字上画了个圈，旁边写上"星空是比喻，比喻梦想。仰望星空就是心怀崇高的梦想、目标、理想等等"。她又在"脚踏实地"旁批注"实现梦想的过程和方法"。

她从自己脑海里建立起的素材库里搜索可用论据时，已经化为熟练工种往作文格里写字时，一遍遍点题点"星空"时，又总会情不自禁地想起初中第一次期中考后的周一，那个站在国旗下讲话的少年。

十三岁的郁谋还是个身量单薄、个子不高的小男孩。他走上台，年级组长把话筒递给他时，他腼腆地笑着说谢谢，还不小心被麦克风的线绊了一下。站在前排的同学发出笑声，当时施念也跟着笑。全年级的人都站在下面看着他，看着这个从普通班里凭空蹦出的年级第一到底是何方神圣。

少年站上了高处，拍了拍话筒，从兜里掏出一张皱巴巴的纸。台下的人又笑了，这个男孩也回给大家一个笑。

郁谋说话不疾不徐，娓娓道来，不属于慷慨激昂的风格，却能让大家听进去。

他说，前几天老师交给他一个题目，"善藏锋者成大器"，让他给大家说说努力、谦虚这些厚重品格的重要性。

他觉得这是个很有意思的辩题，因为和题目想表达的正相反。一直以来，他都很欣赏那些有棱有角的人，像辛辣、直白、粗糙、锐利、一腔孤勇、锋芒毕露……在他眼里其实都是很浪漫美好的词汇。

但另一方面，他又很能理解老师为什么希望学生们在挥剑之前先学会藏锋，因为人所有的张扬、大胆、鄙薄、不屈，最好先要匹配自身的实力，而这实力背后可能是五年、十年、二十年，甚至一辈子的蓄力。

驱动你自己的，是自己同自己的约定，而不是为别人证明、和他人立誓，这样刀锋才能永不卷刃。

写作文时，施念一直在想郁谋的那番话。她忽然觉得，六年前他在国旗下所说的和六年后她正在写的这篇作文想表达的，本质是一回事。

好像当一个人意识到自己的所有行为都是为了自己心中的某个内核，就会自然地丧失炫耀锋芒的表达欲，变成坚定地、沉默地独自往前。

考试最后一科是英语，放听力时，外面下起了暴雨。

施念的考场在其他学校，但是外墙上的爬山虎和一中的爬山虎一模一样，几乎将教室的大窗包围，黑天暴雨中的爬山虎叶片是那种苍苍的绿。收卷时，天又放晴，施念再去看那叶子，上面带着雨珠，翠绿油亮的。

许沐子说她很喜欢一中的一个原因是，和北方大部分校园不同，一中非常绿，有很多很多树，甚至学校还斥巨资在教学楼后建了一个植物园。

施念忽然发觉自己也是。

她是个需要很长时间才能消化一件事的人。

施念小学毕业时，池小萍拿到了单位很难得的出国培训名额。名额一共两个，池小萍是其中之一。要去德国一年时间，为此她拍照片、办签证，还去做了财产证明，前后准备了差不多三四个月。

这三四个月里，施念每天晚上都会躲在被子里哭。因为池小萍不在的这段时间里,她就要去施学进那里,她不愿意,非常抵触,可是她又没办法同池小萍说出心里所想——

妈,你别去了,我不想你去,我不想和我爸朝夕相对。他自己都一团糟,我和他没有什么可聊的,我说的话他并不真正记在心里。他说的话我烦,他管我我也不服气,他摆出家长架势只会让我恶心。我还是喜欢和你住,我喜欢妈妈。

白天施念正常上学,放学回来吃饭、做作业,但是一到晚上,她就一遍一遍地想妈妈不在的时间里,她即将过什么样的生活。她绝望又害怕,觉得天要塌了。

等她终于慢慢接受了这个事实时,有天池小萍回家,非常平静地和她说不去德国了,单位将名额削减成一个,池小萍主动放弃了。

当时池小萍说:"一想到我闺女要给施学进那个不靠谱的男人带一年,我想还是算了吧,妈妈也放心不下你。女孩子十几岁正是敏感时期,我怕我走一年,回来以后你有什么心理问题,得不偿失。"

施念抱着妈妈哇哇大哭,什么都说不出来,只是哭。

等她再稍大些,重新回想起这件事时,十分难过自责。她想,妈妈为了她真的放弃了好多啊。

池小萍非常要强、严谨、努力,事业上能独当一面,生活里重情重义。施念上小学时,池小萍正是事业上升的黄金期,不去德国算是一次,后面还有好多次学习机会,也都因为不愿意把施念交给施学进而放弃。

池小萍说她从不后悔,可施念替她后悔,她觉得自己真是个累赘。爸爸是累赘,自己则是超级大累赘,如果没有他们父女俩,说不定池小萍已经在业界叱咤风云了。

每当施念说出这些言论时,池小萍就说:"你不可以这样想,因为每个人都要对自己的选择负责任。既然做了,就不要往回看,人生的每一步都有意义。我们要做的是感谢，而不是后悔。"

池小萍替施学进还钱，是因为她觉得施学进出事，有一部分原因是他想让家人过上更好的生活，虽然结果和过程都走偏了，但初衷至少是好的。

她和施学进离婚，是因为她认为施学进在欠钱这事上欺骗了她，最后债主找上门时，她才知道。因为这样的隐瞒，夫妻二人的信任没了。

所以这两者并不冲突。

她放弃了很多工作上的机会，的确是有些惋惜的，但这跟她不后悔也并不冲突。

小孩子总会倾向于黑是黑，白是白，等施念到了池小萍这个年龄，就会明白生活中所有事情都并不简单，矛盾是普遍存在的，就像妈妈不是完美的妈妈，小孩也不是完美的小孩。大部分时候，你不认同我的教育方法，我们也总是吵架，可是我永远爱你，就像你永远爱我一样。

施念真正接受"郁谋以后要出国很久"这件事，则花费了她更长的时间。

郁谋在这件事上相当坦诚。他说他是一个想做一件事就一定会做到的人，但最热爱的事和最喜欢的人，并不冲突。他说总有办法的，即使目前不做承诺，可他心里有数。

如今施念坐在位子上盯着那几片叶子看，之前一直担忧的、纠结的、害怕的事情似乎在这一刻随着某种决心尘埃落定。

最后监考老师过来拍她肩，她才发现教室里其他考生都离开了。

她出校门时，考生和考生家长已经散得七七八八。

她来时是自己走着来的，不让任何人送。

校门外，槐树下，郁谋坐在浅绿色山地车上，冲施念拨了一下铃。

施念没有立刻走过去，而是隔着巷子看郁谋，看他那总是温煦又从容的表情。

郁谋替她看了看四周，说："没车，快过来吧。"

施念快步走过去。

他去拿她手里的透明考试袋，她没给，而是仰起头，说："郁谋，有件事我要和你说，我考虑很久了。"

"嗯，你说。"

"我不想考去北京了，无论北京的哪所学校，我都不想去。如果分数够，我想去南方，我想去Z大。"

郁谋沉默了一会儿后一笑："看来考得不错，念念真厉害。"

第五章

毕业成人礼

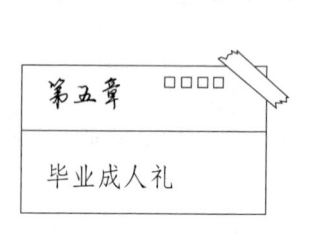

1

郁谋极少这样称呼施念，从来都是叫她大名。倒不是因为"念念"其他人也叫，他不想和其他人一样这类俗套的理由，单纯只是他明白她会被这种摆到明面上的亲昵吓到。无数次，他也会在心里给她起个可爱的名字，说出口时却会自觉变成"施念"。

自放烟花那晚以来的两年多时间里，郁谋觉得施念就像一个逐渐充气的河豚，她一直憋着一口气，仿佛稍微泄气，一切追赶和努力就都白费了。现在她肯说出打算考去Z大，他抓到了两个点，其一是她应当考得很有把握，其二是这当中多少带有赌气成分，她生气了，或者说,她好像是在划清界限。

意识到这点,郁谋既欣慰,又有种难言的酸涩。

他知道这两年施念压力巨大,是被他影响了。她不可能不在意他那晚说的那番话,即使她给他的许愿亦是真诚的。她不是盼他不好,她把他像菩萨一样供到那个高高的单座上,从来不会盼他落下神坛,她是怕自己追不上。他什么都不用做,只要往那里一站,对于她来说就是山一样的重压。

郁谋的心绪被她的那句"无论北京的哪所学校,我都不想去"搅乱,喊了声"念念"。他有点懊恼,于是闭口不再说话。

施念在等郁谋的反应。她仔细观察他,树荫里,阳光下,他的笑足够包容和清澈,看不出任何违心和逞强。莫名地,她有点失落。

不过这样也好,他但凡表现出一丁点儿难过,她可能都会心软,然后导致她的那个决定没有办法往下一步执行。

"嗯。"施念装作没心没肺地点头,"昨天回家对了下语文和数学的答案,数学最后一道大题我竟然做对了。本来最担心的是英语,英语考完,感觉大概和模拟考的水平差不多。理综、数学,还有语文都比预想的要好些……所以总分应该是模拟考再往上浮动二十分的水平……我还给自己打出了判卷严的富余。"

其实就算没考好,她也不会去北京了。她应当会去更远的南方,那边有些好学校分数线并不高,算是"性价比"很合适的去处。说着说着,她感觉从鼻腔到喉咙开始发酸,于是刻意放低声音,不让郁谋察觉出异样。

郁谋听了她这一番话,也只是点点头,说:"真好。"

施念不敢看郁谋的眼睛,于是垂下头自顾自往前走,一边走一边回忆考试题目,有一搭没一搭地说起些她已经不关心,他应当也不太关心的做题细节,好像生怕他问起以后的事,还怕他问这个夏天她打算做什么。

她打算做什么呢？她打算渐渐、悄悄、缓缓地离开郁谋的圈子和生活，以一种绝对不回头的决心。如果让一个旁观者来评价她的此种行为，大概会说她是个卑鄙又懦弱的人吧。过河拆桥？落井下石？不守承诺？都可以，随便旁人怎么说，因为她提前认清了一些难以跨越的现实，然后觉得自己这样做对两人都好——基于她家庭的前车之鉴。

她突然觉得自己有点好笑，很像施学进那会儿。施学进出事后的几天里，已经不去单位了，她和池小萍还不知道这件事。那几天施学进天天早出晚归，装作正常上班的样子，回来后还旁敲侧击地问她们有没有陌生人上门来找他。她现在的做法也很类似，明明知道郁谋在等她"还钱"，他从十六岁起就在等待答案，给足了尊重和耐心，如今她却没有勇气大声说出来让他开心和放心。

郁谋骑车来的，本来是要载她回去，此时却推着自行车沉默不语地走在她旁边，落后大半步的距离，让她在前面带路。他无声无息，施念走走停停，有时还会用余光去确认他还跟着。

"我们好像在玩一个游戏。"她竖起食指，假装俏皮，"一二三，木头人，谁都不说话。你玩过这个游戏没？"

郁谋不答，因为这个玩笑一点也不好笑。

顿了顿，他轻笑一声，很是了然地说："施念，你不用这样的。"

被戳穿心思，施念有些错愕。郁谋太聪明了，以至于这样直白地被他指出她的心思，她有种没理还气壮的委屈。

她看着郁谋，鼻子发酸，兀自嘴硬："我怎样呢？"

"我来接你，只是想着其他考生都有家长接，不想你考完一个人回家。不管考得好与坏，都是人生的一件大事了结了，值得庆祝一下。"郁谋声音逐渐变冷，"你的心理包袱太重了。你不用把我想成那种迫不及待堵在这里要立马确认什么事情的人,这不是我的性格……至少可以这样说,我对你不会用那样的行事作风,你可以放宽心。"

郁谋看眼前的女孩开始手足无措,语气不禁软了几分,心里却一时半会儿难以消解这种憋闷,于是他重新跨上自行车,垂眸说道:"人的想法总在变,我理解。以后异地与否,异国与否,的确存在很多不确定性。如果你想和我讨论以后的事,我很乐意;如果你现在直白地同我说,你不想……或是不愿意……我也完全接受。况且,自始至终,你对我、对咱俩之间……也从没有说过什么一定怎样的承诺。

"知道你刚经历过这样一场大考,可能不想说什么,那你一个人回家路上小心,我和朋友还约了打球,我先走了。拜。"郁谋说完,冲施念挥了下手,骑着山地车向着她的反方向飞速离去。

施念站在原地,看郁谋的背影渐渐缩成一个小点,先是感到如释重负,接着心里开始一抽一抽地痛,最后缓缓蹲了下去。

旁边还有好心的学生家长过来安慰,以为她是没有考好有点崩溃。

施念摆摆手,站起来重新往家的方向走,对路人说:"谢谢。我好像是考试考饿了,胃痉挛。"

现在已经进入北方最燥热的月份,六月的晚风也一点不清凉。

施念回到家时,池小萍已经到家了。

"考得怎么样?"

施念扶着墙换鞋,声音闷闷的,有气无力:"一切正常,没什么怪题。"

"正常就好。"池小萍在水池边洗油菜,没再多问考试的事。她回头,看施念穿着长袖长裤的校服,脸颊通红,额头都是汗,"啧"

了一声:"热着了吧?大夏天的穿长袖长裤不是有病吗?不知道你们小孩子怎么想的。"

她一抬手,帮施念把热水器打开:"快去冲个澡,冲完吃饭,冰箱里还有冰西瓜,吃完饭可以吃。"

狭小的浴室里,洗澡变成了一场漫长的发呆。

在给头发搓泡沫时,她想起自己已经一年没有剪过头发了,此时长发悬到腰际,扎中等高度的马尾也会慢慢垂成低马尾。

关于考哪所大学这件事,她考虑许久了。一门一门考完,她看着网上的答案默默估分,直到最后的英语考试结束,她觉得去Z大八九不离十。她应该开心的,三年前,或六年前,她可从不敢奢望自己能上这样的大学。

可她现在的心情很复杂,既为自己感到骄傲,又在心里叹气,这下没有任何跟着他去北京的理由留给自己了。

以前她和许沐子看文斯斯的少女杂志,读到那种青春伤痛故事时总会三个人一起哭,哭完又一起大笑,笑里面的人如何犯傻,如何矫情,如何急死人也不澄清误会。还笑那种圣母桥段,自以为是为对方好,然后好心办坏事。

如今她在评估自己和那些读过的杂志故事里主人公的不同,似乎没什么不同,但似乎也有不同。

她的确是有过沉湎于自己是在做牺牲的扭曲满足感里的阶段,可她现在早已跳过了那个阶段。她慢慢体会到,很多在别人眼里的矫情、自以为是、没必要的自我牺牲,对于当事人而言,本质上是怯懦和惧怕。

她好像是放弃了些什么,然后因此委屈和心酸,也似乎能从中获得一些自我觉得高尚的情绪价值,但实际上更多的是她害怕自己在乎的人因为自己没有实现理想,没有去达到本该达到的高度。而怯懦的来源是她没有更多的勇气和信心追随他的脚步,去与他并肩同行。

在她拼了命地备战高考的这两年半以来,施念深深地意识到了自己的局限。局限,还是文斯斯说的词,被她借用来,一遍遍地否定自己,让她认清自己和郁谋之间的差距有多大。

可以说,她从来没有这样努力过,每天都学习到凌晨两点,睡四个半小时爬起来上学。有时候她边做题边哭,哭的时候恨得不行还拿笔尖戳自己的大腿,明明觉得自己还挺聪明,为什么这道题就是死活不会呢?她最终能达到的高度,是付出了一百二十分的努力才够到的,而郁谋已经达到的高度,远远超出了她努力的范畴,这让她望而却步。

而她又一遍遍地想到,当时郁谋因为她的缘故弃考一门,人生第一次没有拿第一。她甚至还想,或许郁谋这高中三年有更好的机会,但因为她的缘故选择留在一中。那么以后呢?如果他们两个真的在一起了,以后说不定这样的事情还会更加频繁地发生。

对于在高处的人,选择下台阶一步,或是原地不动,是件再轻松不过的事。而对于她这样在后面追赶的人来说,往前迈一步缩短差距都是奇迹,都是前方的人的恩赐。可是她并不开心,她希望郁谋不要回头,大步往前走。他是要去摘星的人,不可以再次停住脚步。

施念一边冲水一边趋于平静,没什么想哭的冲动了,所有的眼泪好像换了一种流淌的方向,在向心里流。她坚定地认为自己在做一件正确的事,虽然这样的"正确"在别人看来有点虚伪。

饭桌上,池小萍一直看着施念,伸出手捋她的头发:"有点长了,热不热啊?吃完饭妈带你出去剪头发。"

施念想了想,认真说道:"我想换个发型,剪短到耳朵边,然后剪两绺刘海在这边。"

池小萍比画了几下："文斯斯那样啊？不好不好。"她猛摇头，"适合人家的不一定适合你。你长头发挺好看的，毕业了也可以披下来了，有小姑娘样。"

她看了看施念穿着的灰色短袖睡衣："这几天再去逛逛，给你买几条裙子。我记得你们是不是到时去学校取成绩单，还有个成人礼啊？到时候穿裙子去，多拍几张照片，漂漂亮亮的。"

2

半个月后出分数。周一，学校安排高三应届生统一回学校取成绩单，成人礼也是这天。一中没有礼服样式的校服，所以让学生们自己准备。

这天只有高三毕业生返校，校门口进出的高三毕业生俨然是半个大人的模样了。夏日微风里，女生们穿上裙子，男生们穿白衬衫黑西裤，三五成群聚在彤城一中的校牌前照相。

已经不用上课了，所以时间也没按课铃来。此时施念躲在厕所里不出来，她里面穿了妈妈给她买的新裙子，可是外面被她罩了一件长袖校服。

文斯斯和许沐子在她旁边给她做心理工作，恨不得上手扒她校服："你就把校服外套脱了吧，磨叽不磨叽？快回班了，赶紧的，你看都打铃了。"

施念反驳："又不是上课铃！你们再让我躲一会儿！"她一定要最后一刻进班门，这样才能有效避免穿裙子给她带来的不安全感，以及……避免和郁谋讲话。

何止现在啊，她已经躲了十几天了。应该没有哪个高考完的学生比她还宅吧？她窝在家里直到今天，偶尔池小萍叫她去小卖部拿个东西,她都是在窗口看半天,等没人了才小心翼翼溜下去。

她自己也说不上在躲什么。其实郁谋和她表面上一切都正常,甚至每天还会发一两条短信——只有她知道两人有多不正常。两人都在极力避免去聊某个话题,装作无事发生,装作没什么重要的可以谈。

前几天的短信中,说起成人礼这天几点到校,她告诉了郁谋具体时间和通知上写的流程,而郁谋回给她一个"谢谢"。她看着那个"谢谢"好半天,差点给噎出眼泪来,随后平平静静地给他回了个"不客气",一个标点都不带。

"今天所有人都穿成这样,你看我和沐子也穿了啊。沐子也不喜欢穿,觉得怪忽闪的,但你看人家多大大方方。"说着,文斯斯指了指许沐子。许沐子穿了件藏蓝色连衣长裙,腰间有条特别秀气的腰带。

文斯斯继续说:"你信我,根本没人会注意到你,你不要这么自作多情好吧?真是被你急死了。"

最后实在没办法了,许沐子干脆从后面抱住施念,文斯斯上手把施念的校服脱下来。文斯斯不小心挠到施念腰上的痒痒肉,施念弯腰笑出声,结果许沐子被她一折腾立马放开手也开始乐,然后两个人一起按住文斯斯挠她的腰,文斯斯扭啊扭的:"你们有病啊?我没痒痒肉,哈哈哈,我不痒……哈哈哈……"

施念和许沐子也跟着笑。

郁谋从卫生间出来,路过女厕所,听到里面熟悉的笑声,脚步顿了下,随后他禁止自己多听,快步径直走回教室。

教室里,贺然正在位置上揪着前座傅辽的领带,像是要把傅辽勒死:"你再说一遍,信不信你今儿躺着照毕业照?"

郁谋拉开椅子坐下。

傅辽假装龇牙咧嘴,国字脸通红:"我说事实啊,艾弗森早该退役了,一个总冠军戒指都没有,科比已经拿五个了。时代变了,哥,接受现实吧!"

贺然又是踹傅辽凳子又是勒他,非要逼他倒戈再倒戈,倒回来,自己一身白衬衫也弄得皱巴巴的。

"我错了行了吧?哥,您别把我领带扯坏了,这是我爸唯一一条领带,饶了我吧。"傅辽苦笑。

待贺然松手,他又小声补了一句:"我改喜欢科比了,关门关窗防止反弹……"誓死不改。

看贺然又要暴起,郁谋来了句:"兄弟,坐下消停会儿吧。你不热吗?"说着,他揪了揪领带,试图清凉一些,未果。

早上九点多钟,还不是很热,教室里没开空调,而是开着窗。旁边贺然这么折腾,本来不热的郁谋都替他出了一身汗。少年靠着椅背若有所思,双眸黯淡,看着不那么开心。

贺然逗他:"哎哟喂,学神,看这表情,是高考没拿状元不开心啊!"

旁边傅辽捏着鼻子怪声附和:"可不是嘛,哎呀,咱给忘了,他不拿状元是没有考试资格。"

郁谋不答话,旁边的两人觉得有点没劲,这么好的梗怎么不接话呢?

贺然拍郁谋的肩膀,换了个正式语气:"对了,有样东西是给你带的。"他从书包里掏出一个篮球,在桌面上滚给郁谋,"收着吧。篮球巨星签名的篮球,价值几千万,就当是你辅导我们功课这几年来的报答了。"

小团体成绩都不错,意料之中。

施念中考放了一次"卫星",高考放了一次更大的"卫星",

她的分数比这一年一中的实验班平均分都要高，门口红榜上，她的名字紧挨着一班的谈君子。

傅辽刚才进校门前还说："我和施念挨着，施念和君子挨着，四舍五入，就是我和君子挨着了。"

说完，他就被贺然扇后脑勺："人家大名谈君子，你喊君子，肉麻不肉麻，恶心不恶心？"

傅辽说："总比你喊施念'念儿'强得多！还有你的莫妮卡！"

两人一起扭打着进了班。

文斯斯找中介申请日本的大学，中介说她的高考分申请关西还有东京的几所美大绰绰有余，就是语言没过，要去那边上一年半的语言学校才可以。文斯斯也不在意，高考分够就行，最最担心的一环总算没有掉链子。

同样打算出国的施斐没告诉众人他的分数，只说成绩一般，至于去什么学校，学哪个专业，都没说。

许沐子去北京的T大基本是板上钉钉了。

这几天施念剪了头发，许沐子也去找同一个理发师换了发型——她剪成了那种适合留长发的短发，说是长长以后很好看的，基本不用动，顺着往下长就可以。

傅辽说贺然去哪儿他去哪儿，最后决定去北京的L大。

贺然考了500多分，算上高校给他的优惠分，去Y大悬了点，L大应该没问题。不管怎么说，李春玲相当满意，当晚蒸了一笼肉龙给郁谋送来，说以后郁谋就是她干儿子了，郁谋对她家贺然等同再造之恩。

贺然靠在郁谋家门框上闲闲接话："妈，你怎么不说以后郁谋就是你拜把子兄弟了？"说完，贺然住嘴，傻吗？怎么自降辈分？

出分当天，他兴冲冲给施念打电话。

115

电话接通，他抢先报了自己的分数。他挺满意的，可以说相当满意。他又问了施念的分数，被惊到了，然后略带惆怅地说："唉，说好了一起去Y大，我应该去不了了，但是没关系，反正都在北京。我一会儿搜搜L大到你们那儿怎么坐车。"

施念难得没讽刺他，也没说他不要去之类硬邦邦的话。电话里，她的声音温温柔柔："真好呀，你很厉害，贺然。我们都为你开心。"

贺然握着听筒的手一下子就软了，差点把听筒扔掉。这样同他说话的施念简直太难得，他有点后悔怎么不把刚刚那句话录音下来。

少年的声音被她带得也柔了几分，一个从喉咙里挤出的"嗯"把他自己恶心到了，随后他清清嗓子，假装那个"嗯"有失男子汉水准。

施念又说："对了，有件事忘记和你说，我决定不去北京了。"

贺然还沉浸在刚刚突兀的温柔表扬中，她这一棒子下来弄得他毫无防备，急了："为什么啊？那……你不去我也不去，你去哪儿啊？我跟你……"

"别。你自己有点主见好不好？"施念语气不变，"算我求你了，你别跟来，我想一个人去个新城市。"

施念要是像以前那样用杀猪的语气说话，他能立马梗着脖子反驳，但此刻她这副柔软的样子让他的一颗心仿佛浸润在温水里，什么厉害话都说不出，而"求你了"更是几乎要让他窒息。少年只好缓了缓，压低声音问："你怎么了？"

"没怎么啊，就是北方待腻了，换换环境呗。"施念回答。

"噢。"他一点脾气也没敢有，没出息得很，甚至都没问她和郁谋现在的关系。好像施念不正常时，他就不会往歪了想，想谁能成为她男朋友的事，而是满脑子都是疑问——你怎么不骂我了？是不是得病了没力气了？算了，我大人有大量，等你病好了我再找你讲话。

听到贺然说价值几千万，郁谋就没想着能是好事。

他去翻那所谓的篮球巨星的签名，果不其然，上面油性笔笔迹还未完全干透，"贺然"两个大字很飘逸。

不错了，至少篮球是新的。他手指翻转篮球，将签名那面冲向贺然："谢谢巨星。"

"不客气！"贺然咧开一嘴白牙。

突然，郁谋愣住了。

三个男生呆呆地坐着，静下来反而出汗。

贺然身上没纸，念叨："施念怎么还不来？我想擦汗都没纸。"

傅辽用手擦汗："我刚刚想上厕所来着，也没纸，憋到现在。"

贺然大剌剌地说："哪天真应该和你好好算算这笔账，你说你中学六年用了我媳……施念多少纸？"他说完还特意去看郁谋的反应，结果郁谋呆呆的目光落在课桌上，一只手放在桌面，手指一下下打着不发出声的响指，对他的话无动于衷。

傅辽将视线放在一个个进班的女生身上，回身八卦："咱班女生都穿裙子了，真新鲜。"

"啊，怎么，你也想穿？"贺然见逗不动郁谋，转移目标去逗傅辽。

"我觉得她们应该很凉快吧？我都快热死了。"傅辽持续地淌汗，眼神一个劲儿往门口飘，无比盼望拎着小饭兜的施念快点出现。

两人不咸不淡地聊天，聊一会儿女孩子，聊一会儿足球，聊一会儿大学生活，总在争吵的边缘来回试探。一旁的郁谋也不加入，他不说话的确是因为有点热，班里也吵闹，大家都忙着合影拍照。开窗吹进的晨风并不能带走他现在一分一毫的浮躁。杂乱思绪中，一个念头悄然滋长——她穿裙子是什么样子呢？

郁谋正想着，贺然和傅辽突然闭嘴，班里也静了下来，郁谋往门口一看，哦，是唐华进来了。但是唐华身后还跟着三个女生，走最后的那个他需要定睛看才可以认出，打无声响指的手指停住。

很显然，旁边两个男生也是如此。

兴许是平常见过许沐子穿裙裤，见过文斯斯穿裙子，就是没见过施念今天这样子，三个人的眼神跟在她身上，看她从班门口低头走向自己的座位，都不和他们打招呼，静静坐下。

女孩穿着带领子的短袖白色连衣裙，面料不厚，走近看能隐约透出胸衣的带子。裙子不算长，将将过膝盖，样式非常简单，唯一一点小小的特别之处是袖子那里有一点泡泡袖设计。腰那里收进去了，从领子到腰还有单排的小圆扣。

男生们说不上这是什么款式，也说不上哪里好看，只是觉得……还不错。

傅辽起了一身鸡皮疙瘩，没好意思开口要纸，还把桌子往旁边挪了挪，不想和这般"奇怪"的施念挨着。他觉得自己对这样的女生有点过敏，还是穿校服的施念正常一点。

贺然咽了口口水，捅了下施念的肩膀。

施念回头，有点不耐烦，但又有点害羞，于是眼睫低垂，短促地问了句："干吗？"

施念开口还是熟悉的调调，只不过这样的语气配上这样的裙子，真是要命了。贺然突然忘记自己要说什么，脸不被察觉地发烫，一时半会儿眼睛都不知道往哪里看，讷讷道："你穿裙子……还挺可爱的。"咦，怎么夸上了？他好像不是要说这话。

"滚。"施念白他一眼，然后笔直地坐着，装出一副很认真听唐华说话的样子，不再理会他们。

郁谋全程一言不发，他让自己不要老盯着施念看，可是瞳孔还是下意识收缩了一下。尤其是施念回过头又转回去时，披下的发尾弹了好几下，随后被她夹在了后背和椅背之间。他想，那绺微卷的头发会不会被夹疼了啊?

3

唐华站在讲台上,看着台下小大人似的学生万分感慨。

平时台下总是有讲小话的,现在唐华不组织纪律,班里却安安静静,一双双眼睛看向她。

对于学生来说,一生只有一次高中三年;而对于老师来说,他们陪着一群群孩子经历无数次高中三年。或许很多人会好奇,这些老师真的能记住自己带过的每一个孩子吗?答案是真的能。无论是最受瞩目的学生,还是最默默无闻的学生,在过了十几二十年后,老师都能叫上名字来。

有人迟到,穿着正装在门口老老实实喊"报告",唐华招手让他进来。被放行的男生还有点受宠若惊,似乎不习惯这么温柔的班主任。

"好,同学们,我再说一遍今天返校的流程啊。"唐华抬手腕看表,"现在是 9 点 50 分,我叫上名字的同学挨个上来领高考成绩条,然后差不多 10 点 30 分的时候,我们在楼道外排好队,到操场拍毕业照。鄂老师说四班大概 10 点 25 分拍完,我们后面是六班,时间比较紧,所以到点儿班长……嗯,文斯斯,你组织大家下去。

"全年级都拍完后,我们在操场站好,鄂老师讲话,然后颁发奖状,之后的时间你们自行安排。我知道你们想照相什么的,不要着急,给你们的时间很富裕,等正事都弄完你们再尽情拍,好吧?"

大家拖长声音答"好",答完又集体安静,好像在等唐华说一些正式的结束语。

"最后呢,老师很开心陪伴你们走过这三年。三年来我这个咽炎从来就没好过,天天吼你们,也希望你们不要责怪老师啊。"唐华有点哽咽,下面这段话她说过很多遍,每说完一遍,她知道又一

119

个三年过去了,"我教数学的,说不来什么感人的话,老师只能祝你们前程似锦。未来,无论是学业上,还是工作上,都能一往无前、所向披靡,去勇敢实现你们的梦想,努力成为你们想成为的人!"

说着,她转过头去看向窗外,同学们也随着她的视线看窗外。

外面阳光正好,又是一年盛夏时节,一中的爬山虎浓密翠绿,在微风中摇曳。唐华叹了口气:"这大概是咱们班所有人最后一次通过同一扇窗户看夏天了。大家多看几眼啊。"

大家都领完成绩单,离出门排队还有十几分钟,便在班里找人拍照。

傅辽实在憋不住了,管施念借纸跑出教室直奔厕所。施念旁边的位置空出来,贺然一屁股坐了过去。

贺然面对施念坐,一只手放到郁谋的桌子上,一只手放在施念的桌子上,将女孩半围起来,笑得不怀好意:"哎,给我瞅瞅你的成绩单。"

郁谋此时被班上其他同学拉去拍合影,他用余光看这边,发现贺然那张欠揍脸就差贴施念身上了。

"学神,看镜头!笑啊。"边上的人在催,郁谋这才把头扭回来。

施念不想给贺然看成绩单,怪嘚瑟的。她搬着椅子往边上挪,离他远点:"你不是有吗?你看你自己的,看我的干吗?"

"看看呗,看看又不会少一分。你怎么这么小气啊?"贺然一只手支着下巴,笑眯眯的。看施念挪远,他拉着她的椅背又把她连人带椅拉回来。

施念撇嘴,这人三天不打上房揭瓦,她摆出平时凶巴他的样子就要瞪,结果贺然伸出手,指指她的嘴:"哟,你这儿……怎么流血了?红红的。"

施念吓一跳，摸了摸嘴唇："哪里？"

贺然翻出手机用手机背面的反光照给她看："你自己看看吧，红了一大片，怪吓人的。"

施念凑过去仔细瞧，瞧半天才意识到，这是她为了照相特意涂的唇彩。

因为女孩的凑近，一股淡香扑来，贺然瞬间僵住，本来想借这机会碰碰她的，也不敢动了。施念头发落肩，前额学着文斯斯的样子弄了两绺龙虾须，那龙虾须搔得他脖子怪刺痒的。

施念确认完毕，缩回头，白了他一眼："你个老土，那是口红。"不再理他。

贺然嬉皮笑脸地挠了挠脖子："我能不知道那是口红吗？我逗你玩呢。"

施念面无表情："呵呵，真好笑。你成功逗到我了，快回去坐你位子上吧。"

刚刚被她头发撩到脖子，此时少年的心也跟着痒起来。施念不理他，也不朝向他，他就主动跟过去，趴在傅辽桌面上看施念生闷气的侧颜。

"你有口红吗，也借给我抹抹呗，我也想上镜。"贺然没话找话。

施念被他吵得脑子嗡嗡，从书包最底层翻出一只胶棒甩给他："这是口红，你快涂，涂完闭嘴。"

贺然还真当真了，旋开胶棒闻了闻，一边说着"怎么透明的？这味道真奇怪"，一边往嘴上按。他快要按上时，施念抿唇笑了下，把胶棒抢回来盖上盖子："这是胶棒，傻啊你，还真抹？"

看她笑，贺然也跟着傻笑。他觉得今天的施念格外好看，属于那种会发光的好看。她顶着这张脸，让他干啥他都愿意，哪怕是用胶棒糊嘴。少年的大白牙亮灿灿的："你给我的，我肯定信你啊。"

121

随后，在嘈杂声里，他特自然地说："我喜欢你，施念。你当我女朋友呗，别老想着郁谋了，你看刚刚他都不夸你好看，眼瞎了的人咱不能找。"

施念不笑了，说了句"不要"，然后将胶棒塞回书包，脸别过去假装看手机上的短信新闻。

她知道，贺然那大病又开始了。

看了会儿手机，她发觉贺然还在她边上干坐着，等她说更多的话。

施念收起手机，特好奇："这问题从小问到大，我回你都回烦了，你怎么还能老是一直问呢？"

正如她所说，贺然被拒绝到皮实了："不怎么，因为喜欢，所以总想着有没有机会，看你会不会改变主意，看能不能捡漏，哈哈哈。"

施念不知该不该笑。

随后贺然收起玩笑语气："你从不看我的球赛，你都不知道这事儿。考前最后一次正规赛，咱学校对乔跃洲带领的沿河沿儿。乔跃洲之前被一群混混揍，据说腿给踩骨折了，挺严重的。那场比赛他挂着拐来的，不能上场。沿河沿儿本身就和咱校队差一截，乔跃洲不上，比赛几乎可以说没悬念。

"当时我问乔跃洲，都这样了怎么还去，是去看我们怎么虐他们的吗？

"你知道他说什么吗？他说，只要是比赛，就会有输赢，谁都不会一直赢。这次你们厉害，下次就不一定了，所以看看又怎么了？男子汉不可能只接受赢，不接受输，板上钉钉的输也要笑着去看看，万一呢？怕输才难赢。"

贺然说完，嘴角挂笑地指指自己："我虽烦他，但我同意他的话。这个乔跃洲啊，不愧是教练说的，是我的一生之敌，我俩连想法都相同。我不喜欢输，但我不怕输，很多事情不去试试又怎么知道呢？"

施念被贺然这番话说得愣住了，一句"万一呢"让她很想哭。

"真羡慕你能有这样的好心态。"她说。

"哎对，你可算发现我的优点了，看来对我心动指日可待。那我过段时间再来问问你啊。"

施念的长相和小时候没有太大变化，小时候是圆脸，现在依旧是，从侧面看像是脸蛋里藏了两颗鸡蛋，生气时尤为鼓。此时她苦大仇深的，在贺然看来却觉得很逗。

他没忍住，伸出手，刚想去戳，就在这时，屁股下的座椅被一阵大力扯开，因为惯性，人差点摔倒。

郁谋将贺然的座椅拉到过道，脸上不带什么情绪，嘴唇抿成一条线，走过去坐回自己的位置，什么都没说。

施念看见郁谋拉贺然的座椅时，手腕处几根筋都凸起来了，怪吓人的。

郁谋坐下后，施念都不知道自己该怎么坐着了，后背僵硬地挺着。感觉郁谋直勾勾地看着自己，于是她立马站起来，跑到文斯斯座位旁，挤开半张椅子坐好。

文斯斯被挤，奇怪地问："你来干吗？"

施念低头："别问。"

列队去操场拍毕业照时，施念和郁谋走并排。

两人每晚都还正常道晚安，只是好像突然不知道如何面对面相处了。施念知道郁谋肯定是气的，又知道以他的性格肯定努力试图自我消化。但是很显然，他这次消化得并不成功。

别人不了解郁谋，她了解。郁谋生气时就是他最平静的时候，面上看不太出来。

这几天她一直徘徊在动摇和坚持的边缘，心里难受到极点时，还去问施斐考雅思的事。施斐说他的书到时候都可以给她用，没必要非买新的。可是等静下来后，她又找施斐，说不用，她就是随便问问。施斐没在意，只是说她什么时候要，他给她送过来，反正他不需要了。

此时郁谋不说话，施念也不说话，两个人中间只隔着一掌距离。

下楼梯时，后面有人挤，郁谋下意识伸出手帮施念挡住。少年眉宇间透着淡淡的不耐烦，冲后面男生说："小心一些。"

他挡在后面时，像是在搂施念的肩。他收回手臂时，碰到了她的发梢。

施念也不清楚他是故意的还是无意的，应当是无意的吧，可她还是哆嗦了一下，因为他掌心的温热隔着空气和衣服都能感受到。

施念冲他小声说："谢谢。"

郁谋则笑了一下，像在揶揄她突如其来的客气。

她顿时不吭声了，想想也是挺没劲的，如果她站在他的角度上看的话。

操场上阳光明媚，摄影师给学生分派位置。施念这种不算矮也不算高的个头一开始被分配到站第二排的最右边。

她看文斯斯和许沐子，两人都离好远，想着能不能挨她们近一些。她小声问周围的人要不要换位置，可她的位置在最边上，没人愿意。

施念正着急呢，一阵熟悉的香气传来，郁谋坦然地走到她身边站直，目视前方。

她顿时不敢东张西望了，也学着郁谋的样子站直，目视前方。

郁谋低头，施念也跟着低头看他在看什么。

他说："过去一点。"语气冷冰冰的。

施念有点为难："没办法挤了。"

郁谋抬起头，没再坚持让她挪，而是自己稍稍往她那边站了点。

两人的衣服贴上了，他衬衫的袖子蹭着她的胳膊，而她的裙摆压在他腿前。

他整理自己的衬衫，手臂落下，手指不小心碰到她的手背，她起了一身的鸡皮疙瘩，一颗心被这触碰撩得难以平静。

等她反应过来时，他已经收好手臂，没再碰到。

摄影师说照两张，一张正经的，一张放松的。

照放松的那张时，周围同学都在互相比耶、比兔耳朵，甚至将手臂搭上彼此的肩。他们两人谁也不动，礼貌地停留在"正经照"的姿势。

摄影师用欢快的语气鼓舞大家，倒数："三、二、一……"

最终按快门时，施念深吸一口气，鼓足全部的勇气，抱着两人总要有一张像样合照的想法，猛地将手插进少年的臂弯，头靠在他的胳膊上，挤出小学以来最大最灿烂的笑，对着镜头比耶。

郁谋愣怔住了，冷着的心在火中突然炸裂开，照了一张今生最最僵硬的"轻松毕业照"。

照完，施念瞬间松开手，不看他，也不解释，好像是总算对自己有了些交代般，长舒一口气。而后她决定将刚刚的"流氓行径"抛诸脑后，头也不回地小跑着去找文斯斯和许沐子。

她正要走时，郁谋抓住她的手腕，轻声说了句："要回家时你短信喊我，我带你。"

4

成人礼最后一个环节。

在所有该说的说完、该颁的颁完以后，鄂有乾举着话筒走上领操台，开始念名字："一班的昌缨、张达、罗子涵……五班的贺然、傅辽……我念到名字的这些人上台来。"

年级组长鄂有乾今天难得没有在裤腰带上别钥匙串，也难得没有穿镂空皮鞋配浅蓝袜子,而是穿着他最正式的西服,踏着他最锃亮的黑皮鞋,顶着打了摩丝的油头,一本正经地点人上台。

被叫到名字的男生面面相觑,他们平时都是各自班级的风云人物,此时心里都在打鼓:我们这帮人聚一起是要颁什么奖?

贺然站到鄂有乾后面,对着他的后脑勺比篮球,其他男生也跟着一起笑。

等这帮穿得人模狗样的男生们歪歪斜斜地在领操台上一字排开后,鄂有乾站到他们最中间,像是彤城真正的老大——真正的老大从来都不是最酷最高的那一个。

鄂有乾冲台下的谢老师点头,谢老师按了一下广播按钮,喇叭里响起经典大秧歌的声音,整个操场轰的一下爆出笑声。

鄂有乾笑眯眯回身,抓住贺然的手把他拉到最中央:"盼这天盼三年了吧?这次让你们扭个够,不要客气!"

而后鄂有乾的话又让大家有些惆怅:"今天过后,你们就是大人了。大人再迟到,可不仅仅是上台做操这么简单了,所以我希望你们在今后的人生里,永远准时,再也不迟到!"

成人礼后,大家散队,到校园各处拍照留念。

许沐子说要去教学楼后的植物园拍几张,于是三人小团体跑到楼后去了。

一中说富也富,学校里的景观是花了大价钱请园丁维护的;说穷也穷,所有的花啊树啊都被围了起来,同学要离得老远看,凑近碰一下闻一下都不行,被抓到还要记纪律小本。

这条规定极大地激发了同学们的逆反心理。三人来到植物园,许沐子手臂一展,轻轻拉低一束花枝,想要摆拍自己的脸映在花瓣后的模糊文艺照。

树影轻动，三人看见树丛后鄂有乾的落寞背影。

鄂有乾个子还没文斯斯高，此时一个人坐在植物园里的长凳上盯着某一处发呆，手里攥着手绢，后背弯着，和刚刚台上那个同年级"差生"们打成一片的男人判若两人。

许沐子试探地喊了声："鄂老师？一起合影吗？"

鄂有乾回过神，转头看见三个女生，飞速地擦了擦眼角，将手绢塞进西服兜，站起来："好呀。在哪儿拍？"还不忘提醒许沐子，"你这小孩儿，不要碰花！"

拍完后，鄂有乾特意确认自己在照片里的笑容不僵硬。

文斯斯给鄂有乾展示相册，被他逼着删掉了他觉得自己照得丑的几张照片，随后她替大家问出那个纠结了三年的问题："鄂老师，我听说咱学校斥巨资买了一棵树，是哪棵啊？我们猜了好久。"

鄂有乾想了想，神秘兮兮的："这可是咱学校的秘密，告诉你们了可不要说出去。"

三个女生狠狠点头。

"这样，你们分别告诉我你们的猜测，然后我告诉你们对不对。"

轮到施念去猜，她点了棵树，鄂有乾冲她比了个夸张的大拇指："有眼光啊，你猜对了，以后是成大事的眼光和运气。但是呢，你可不要和别人说啊，你给我打保证。"

施念颇有使命感，手指天："我发誓！"

鄂有乾点头，冲她们摆手，重新掏出手绢："好了，你们走吧，让我再在这里坐一会儿。"

下午，聚在学校拍照的同学陆续回家。

许沐子和贺然去参加篮球队聚餐了。文斯斯是爸爸开车来接。走时文叔叔还问施念要不要一起，施念想了半天也不知道编什么理由出来，满脸通红地摆手，干巴巴地说了句："谢谢叔叔，不用了。"

施念穿裙子，所以没有骑车来。她在空教室里待了一会儿，站在窗前玩了一会儿爬山虎，拿起手机又放下，感觉郁谋说的那句"你走时给我发短信"其实是很难实现的事。她此时觉得非常难为情，要发什么呢？我要回家了？

两人如今就之前的冷战各退一步，但是该面对的本质问题还是要面对。

说不上来的感觉，施念觉得自己很虚伪，好像内心深处的某一角十分渴望打破所有自己给自己制定的规则，不去想什么理想未来，就现在，不顾一切地去和最最喜欢的男孩子在一起。但是理智的牢笼悬在上空，不停地提醒她，他太高远了，你们不是一个世界的人，而你终究会拖累他，你俩没结果的……

这种无力又雀跃的感觉让她心事重重。

而后她决定在学校里转转，看能不能碰到郁谋。郁谋是年级里的名人，同学和老师都找他……她不清楚能在哪里遇见他。说不定他已经回家了？不会的不会的。

施念把东西收拾好，拎在手上，先是跑去操场看。操场难得没人，然后她又一层一层地巡楼，连路过男厕所时都偷偷往里面瞅一两眼。

学校基本空了，零星碰到几个穿着正装的学生，也都是说说笑笑往校门外走。

郁谋却找不见。

最后，施念跑到三楼去走"密道"。一中的"密道"实际上是连接初中部和高中部的走廊，之所以称之为密道，一是因为它虽然有一排窗，但光线不好；二是因为它的构造非常奇特，从这边的三楼过去，通到初中部则是四楼。

刚上初中时，施念曾经转晕过，之后相当长的一段时间里，她经常做噩梦，梦见自己被一个鬼追，在两栋楼之间迷路，怎么也找不到自己班的教室。

再之后，这里因为装修被封过一段时间，施念在这边撞见过偷偷逃课的两个同学，从此噩梦的内容变成了自己被两个鬼追……

因为这样的心理阴影，施念走密道时心里忐忑。短短几十米的走廊，静得只能听到她的小饭兜布料摩擦的声音，还有她的脚步声。

走到初中部那边，整栋楼都静悄悄的，昏黄幽暗。她只探了个头出去便决定回撤。她脑海里开始唱起自制版"挪威的森林"，给自己壮胆。没有人的教学楼，紧闭的每一扇教室门后都可能有怪物。

学校正放假，初中部肯定没人啊，郁谋肯定不会来这边的，她到底在想什么？施念摇摇头，决定还是回自己教室。

就在她转身时，一个声音在她背后响起："你怎么在这儿？"

施念吓了一激灵，"啊啊啊"地叫出声。等她转过来，看见是郁谋时，这种心悸的感觉依然没有消失，一颗心扑通扑通直跳，好像在剧烈地跳动中往下坠。

"怎么吓成这样？"郁谋皱眉头。

他从年级大办公室出来就看见了施念，本想叫住她，结果发现她在偷瞄男厕所。随后他跟在她身后，看见她鬼鬼祟祟地进了三楼密道。女孩走三步跳一下，好像是被自己的小饭兜吓到了，她跳起来时，他还能看见白裙子的裙摆飘一下，露出膝盖后面的腘窝。

鬼使神差地，他一直没有喊她，遥遥跟在后面，看她的背影，从头看到尾；看她带着自然弧度的头发，在光线下是栗色的；看带泡泡袖的白裙子，腰那里是收进去的，裙摆上有一些褶皱……他不为自己炙热的目光感到一丝一毫的羞赧。

郁谋此时将视线收回，看着她的眼睛，嘴上却说："不是让你给我发短信？你要丢下我一个人回家吗？"

施念捂着心口平复心跳,听他这样问,新委屈旧委屈一起涌上来,拎着小饭兜就去砸他。小饭兜软塌塌的,什么东西都没装,她嫌砸得不过瘾,一把扔掉小饭兜,直接上手打,边打嘴角边往下撇,眼泪吧嗒吧嗒落下来。哪敢打重啊,她的眼泪都比她下手沉。男孩子高她好多,她打他胳膊,嫌累,变成打他手。

最后,郁谋干脆伸出两只手,摊到她面前给她打,于是巴掌混合着眼泪,一起落在他掌心。

"打好狠,你这么讨厌我啊?"他语气包容又温柔,眉头舒展着,无奈笑说。

施念哭得一抽一抽的,猛点头,随后又猛摇头:"你骗人,我才没有用力!"眼泪太多了,最后她不得不停住,双手都被征用去抹眼泪。

看着女孩子在自己面前发狠般哭,郁谋好像懂了什么,又好像对之前的冷战和如今的眼泪依旧一知半解。可即使不完全知晓原因,他也依旧被她牵动了情绪,她的十万分心酸和委屈哪怕仅有十分之一传达给了他,都足以令他心疼不已。

施念哭了会儿,看郁谋的手还摊着,气不过又要打。可这次她的手刚一落到郁谋的掌心,就被他立刻收紧握住。

他使了点力气,一把将她拉入怀中,另一只手压在了她的后背上。

她就这样被他紧紧地抱在了怀里。

回家的路上,郁谋推车,施念红着脸跟在一边。她脸红,眼睛也红,大部分原因是哭的。

刚刚见她哭得越发大声,郁谋叹气:"你再哭,我就不仅仅是抱着你了。

"可是我不想在这里亲你。这里太黑了,你又在哭,感觉我好像是欺负你……这不太好。"

他拍她后背："所以可以告诉我你为什么哭吗？还有之前吵架的原因也一起告诉我吧。"

最后施念止住哭，说话却断断续续："暗恋很开心……喜欢则太辛苦了。"

"太辛苦太累了。我每天都在害怕……"女孩在发抖，眼泪在哗哗流，把他的衬衫都打湿了。

"害怕什么呢？"郁谋柔声劝着，问着，试图让她打开自己的心房，给憋气的河豚放放气。

"害怕星星落到我手里，变成不发光的陨石。"

于是她追啊追，努力跑，跑了半天，只不过从平地爬到了山坡。好像是离星星近了些，可一看脚下，也还是在陆地上。

第六章

第一喜欢的和第二喜欢的人

1

夏天太阳下山晚。七八点钟时,窗外是漫天红霞。

郁谋的房门敞开着。

小叔在厨房关着门哼歌洗菜做饭,誓要给大侄子的"睫毛弯弯"做顿大餐。

爷爷在隔壁房间大声背单词:"h-e-a-r-t,哈特,哈特是心灵的意思!"

施念坐在郁谋的书桌前翻他的雅思单词书:"那你这本借给我了哦?"

"嗯，你拿走。这些书你看有哪些需要的，都可以拿。"

施念将手在裙子上蹭了蹭才捏起书的一角，生怕把他的书弄皱，满心虔诚地从头翻到尾："你好厉害啊，都背完了，都有笔记呢。"

郁谋的书和他的人一样，香香的，即使写了字也新新的。

她假模假式地看了几行，嘴里念念叨叨，手指点着某几个单词，仿佛吃饭前赶紧开始背几个心里就能好受些，还拉着他讲话："你写英文也好好看哦！这个花体 A，我研究下怎么写的……太神奇了。"

郁谋坐在她旁边不出声，有些心不在焉。

施念转头看他，看他在看什么，结果他的目光都落在她这里，又专注又有点……奇怪。

女孩手压着书缝："你看什么呢？是不是我脸上脏脏的？"都是哭过的痕迹。

少年从喉咙里挤出个含混的"唔"，一副纠结的模样。

她见郁谋眼神聚焦，视线从她的眼睛落到她的嘴唇上，心头一跳，刚想说什么，脸却先红了。她下意识折书角，而后意识到不可以折，立马拍书把它展平。

郁谋看了一眼她的手指，看那指节发红又泛白，脑海里的一根弦终于断了。

他俯身过来，毫无预兆地吻了上去。

施念向后躲，他拉着她的椅背将她拉近自己，另一只手从桌上包围过去。

满是夕阳光晕的小屋里，他向前，她后退，可无济于事，最后干脆闭上眼。

郁谋悄悄看了施念一会儿，看她的睫毛抖动，看她的脸完全红了，看她脸上的绒毛，随后他也笑着闭上眼。

怕被发现，怕被听见，但又有些肆无忌惮，很是猖狂地占有她全部的紧张和羞涩，仿佛这样就能掩盖他更深处的火焰，以及他浮于表面的紧绷。

他才不害怕呢，哪像她，胆子小着呢。

轻轻点碰，柔软相贴，都是试探，都是感受，都是战栗。

风从窗户吹进，吹起白色的纱质窗帘，吹起女孩的发尾，吹动单词书页。女孩的手虚虚地按着它，一点力气都使不上了，单词书哗啦啦合拢，被男孩不耐烦地拨到了一边去。

小叔来喊两人吃晚饭。

昏黄的小屋里，施念坐在桌子一角十分认真地在看单词书，盯着一页的某一处一直看，可能这个单词比较难背吧。郁谋坐在桌子另一边，没在做什么，单手托腮靠着椅背，正望向窗外看茂密的杨树叶。

"屋里暗成这样怎么不开灯？对眼睛不好啊。"小叔按了下开关，顶上的白炽灯亮起。

小叔这才发现桌前背单词的这个小姑娘脸颊通红。他"啧"了一声，责怪郁谋："也真是的，你看把人家念念热成什么样，也不给开空调。抠死你得了！"

郁谋"哦"了一声，没反驳，伸手够到床上的空调遥控器。

小叔难得在自己侄子脸上看到某种呆滞和服从。

二人起来去客厅吃饭，男生跟在女生身后，看她慢吞吞的像只蜗牛，还没缓过劲儿似的，就把手搭在她肩上，带着她往外走。

施念吓得缩了下，脸红得不能再红了，躲开他的手，小跑到饭厅。

这被小叔看在眼里，拿着锅铲就去狠敲侄子的后背："耍什么流氓？啊？吃个饭碰人肩膀干吗啊？"

郁谋一边招架一边心想：您侄子刚做过比碰肩膀还过分的事儿呢，这才哪儿到哪儿。

吃饭时，小叔和爷爷说什么，施念都点头。一轮到郁谋说话，她就不接茬，端着碗离他更远些。

爷爷问施念报哪里，施念老老实实回答Z大计算机系。

小叔说了句"杭州好啊"，又讲了讲自己年轻时去杭州的见闻，边讲边悄悄观察郁谋，心想：这两人怎么就异地了呢？

不免替侄子担忧。

郁谋则面上自然，说："北京到杭州飞机两三个小时，挺近的。"然后给施念夹菜。

施念低头扒饭，菜都不吃，就吃干米饭，头发沾上了米粒都不知道。

都吃完时，小叔问施念吃饱没有，毕竟给几个男人做饭不用太精细，给女孩子做饭就顾虑良多，怕她没吃好没吃饱。

施念点头，说："吃饱了。"

小叔问："那吃好了没？"

施念又点头，说："吃好了。"然后垂手站在一边，比家里的发财树还乖。

小叔笑着说："念念今天怎么呆呆的？又不是头一回来家里了，还这么局促啊？"

施念这下不知道答什么了。

郁谋在旁边微笑地望着女孩，也说："对呀，你怎么今天呆呆的？"

晚上洗过一个漫长的澡后，少年躺到床上。

郁谋：明天有什么打算？要不要出去玩？电影院、公园、游乐场，你说一个。你有什么别的想法吗？哪里都行。或者说有想吃的东西吗？和我说说，我带你去。

135

消息发出去后，半天没动静。

郁谋：怎么不出声？睡了没？

过了大概五分钟，施念才回复。

施念：不想理你。

四个字一个句号，让郁谋无声地笑了好久。他都能想象她说这话时的表情，心里痒痒得不行，很想逗她。为什么不理我啊？就像问她今天怎么呆呆的一样，都是明知故问。知道不会得到答案，可就是想看她佯装生气的反应。

后来他特意去网上搜罗来一个合适的表情，按下发送键。

郁谋：好吧，那晚安，明天再理我。

那边也没再回信。

小屋里开着空调，郁谋还是觉得闷，好像稍微动一动，浑身上下就热得淌汗。

他起来把灯关了，把门打开，希望这样能凉快下来，可是好处有限。他一颗心恨不得飞到树梢挂着，让麻雀们都来啄一啄，给他放放血，血太热了。

他想说，男生其实也会害羞的。只不过对于他而言，一旦害羞，表现出来的却是进攻。防守太无聊了，太被动，只有主动起来，心里的那种忐忑才会消解。但是"进攻"也会带来副作用，就比如现在，好像身体里有海浪，一波一波地涌上来，每一次拍岸都比上一次的力量更强大。他看着那海浪泛白沫，听着那海浪哗哗响，飞起的每颗水珠里倒映的都是女孩那时的脸。

周遭静下来后，他回想起了更多细节。

譬如说，那条裙子胸前有几枚扣子，扣子压住的布料会随女孩的动作而扑扇。他并非有意，但也的确在某几个瞬间看见里面的一些信息。看到时，他也很紧张，目光一闪而过，脑海里轰的一声，只记得那里很白。

还譬如说,他发现女孩的嘴唇甜得不像话,也想过那是不是口红的味道,就算是又怎样呢?他把口红仔细磨掉后,也依旧觉得甜,说明那极有可能是她本身的味道,女生真是神奇啊。

他本就聪明,记忆力宛若一架摄像机,不放过任何角落。

不得不承认,一种难以启齿的欲望在悄然滋长。船的桅杆在海浪中高高立着,好像这是与大海对抗的唯一象征,但实际上,他知这立起的桅杆不过是臣服于大海凶猛的又一佐证。他打算仰面躺倒在甲板上,彻底投降,闭眼享受这摇摇欲坠的大世界。

炎热的夏夜,他起身又去把门关上了。

施念握着手机睡着前,反反复复在想一件事。

郁谋今天……亲她的时候,手指搭在她的胳膊上,一下下划着,一个不注意就划到了她的袖子里。少年的指腹浅浅地搭着,没往上,只是探进短袖袖口就停住了,手背一直撑着那里的松紧带。

她很在意,在意他会把裙袖的松紧带弄坏!

可恶啊,太过分了,太过分了……

凌晨三点,小叔正在屋内创作,听见隔壁有响声,于是问了句:"干吗?"

郁谋冷静的声音隔门传来:"太热,冲个澡。"

"毛病。"小叔没再理他。

又过了会儿,外面传来防盗门开的声音,小叔坐不住了,起身去看,看见郁谋穿着短袖短裤打算出门:"疯了吗?这时候干吗去?"

郁谋拿着钥匙串,脸色沉沉:"睡不着,骑车兜风去。"

"大晚上的消停会儿行吗?"

"……不太行。"

郁谋骑着自行车在城市空荡无人的街道上飞驰，不知疲倦。

他知道他这样骑车回家又要洗澡，可他丝毫不在意，能消耗一点体力是一点吧，拜托了。

根本睡不着，满脑子都是层出不穷的垃圾想法。

他以为心情平静下来就会减少些，可完全不是，精力和脑力太旺盛了，在源源不断地产出令他都惊讶的画面。

真的是太不好了。

黑暗宇宙的奥秘和这个年龄男生的欲望都是无穷无尽的，前者令他着迷，后者把他逼疯。

到了凌晨五点多，街上出现环卫工人，郁谋下车还帮人家铲了会儿垃圾。

环卫大姐看他一副高中生模样，问道："小伙子高三的？"

"嗯。"

"今年高考了？"

"嗯。"

"考到哪里啦？"

"Q大。"

大姐给他竖了个大拇指："不愧是Q大的，起这么早为社会做贡献！有觉悟啊！"

早上七点多，郁谋拎着包子、油条、豆浆等在施念家楼下，自行车躺在一边的地上，他懒得支起来。

他试探地发了条短信。

郁谋：起了没？给你带了早饭，下来拿，顺便有话和你说。

2

施念睡着时手机攥在掌心，突然手心一阵振动，吓得她闭着眼睛就给按掉。这么早能给她打电话的只有垃圾电话。

她将手机塞到枕头底下，转了个身，面朝墙继续睡。昨晚有效睡眠时间只有三四个钟头，醒了睡，睡了醒，醒来后还要再看一遍郁谋最后给她发的短信才重新闭眼。现在的她困死了，就算天王老子来，也得等她再睡一会儿。

大概过了两三分钟，她才睁开眼，不耐烦地去瞅手机，看看到底是谁。

女孩看到屏幕后猛地坐起身，奔向厕所刷牙洗脸。

郁谋发完那条短信后等了十几分钟打过去电话，电话响了两声就被按掉。他看看表，7点35分，不早了，这人怎么还不起来？

等待时，他一颗心却并不焦躁。起初他站在单元楼门口，此时正是上班时间，总有人下来，于是他走到花坛边，在一群起早锻炼的老奶奶中间站着。

施念跑下楼时，看见男孩儿在阳光下正对着花坛里的一朵三色堇露出天真且傻气的笑容。

"嘿！"她没敢叫名字，随便喊了声。

郁谋同一帮老太太一起回头看她。

"什么事情啊？这里人好多，我们去别处站着。"施念拉他，"你要不要去我家待会儿？"

郁谋问："咱妈呢？"

"我妈已经上班去了。"

"哦。"郁谋摇头，"那我还是不去了，你家没人，我去不好。"

"其实没关系的，我们几个都互相串门。"

"那个谁有单独去过你家吗?"

施念想了半天才意识到他指的是贺然,很坦然地回道:"去过啊,他以前经常来送吃的,有时候还来问作业。"

并不是郁谋想听的答案,他说道:"……算了,我们就在外面吧,你看外面阳光多好。"

施念揪了揪他的衣角,笑着说:"你纠结什么啊?"

"我心里有鬼,所以我没法去你家。"郁谋坦荡地说道。

"……那好吧。"

"走,带你去看一样东西。"郁谋将施念拉去大马路,让她坐在路边的花坛边,将早餐堆在她的腿上,给她用吸管戳开了豆浆包装。

他所说的"东西"其实是一整条街。此时车流不息,人流熙攘,他从南指到北:"看!"

施念吸着豆浆:"看什么?"

"这一整条街都是我扫的。"男孩颇为自豪。

施念拿起包子,瞪大眼睛,不知道说什么好,想说你好厉害,可怎么都觉得这话带着淡淡的讽刺。

郁谋朝施念转过身,男孩高大的身影把阳光都挡住了,眼睛里布满血丝。

长夜无眠,虽然大部分时间都用来想一些乱七八糟的事情,小部分时间用来发泄旺盛的精力,只有一点点时间留给了理性思考,不过这对于他来说已经足够了。

郁谋组织了一下语言,可是逻辑系统已经因为极度的困倦瘫痪,他决定想到哪里说哪里:"我一晚上都没睡,不是不想睡,而是根本睡不着。出来骑车,骑了通宵还觉得不够,干脆去抢环卫阿姨的扫帚扫大街。扫完很累,想回去睡觉,可是睡觉前突然很想看看你,有一些话想立马对你说,我就来了。"

"所以念念你看,我也只是普通人啊。"少年脸上浮出满意的笑,"和喜欢的女孩子接吻,我会激动得一整晚睡不着觉,用尽所有办法试图让自己冷静。不仅如此……"他竖起手指给她细数,"我其实十分介意别的男生和你亲近,如果只是说话那还好,要是那个人摸了你的头发,碰了你,对你表白,那我很想拉他出去打一架。咱们吵架时,我会郁闷,反复地去复盘,被这种情绪支配。一晚上不睡觉,我现在很困很累,如果拿卷子给我做,我大概是做不对的。我也会在某些时刻担心你是不是讨厌我了,这种患得患失不是只有你有。"

郁谋蹲下,将施念腿上的塑料袋口敞开些,接着她吃早餐落下的碎屑,然后尽可能平视她。

"被夸奖时,我会开心,被喜欢时也同样。我了解一些事情,但不了解的事情占绝大多数。我对某些事情比较擅长,但不擅长的事情占绝大多数。"他给施念展示自己的食指,掐着边沿给她看,"你看这里,前几天我剪指甲时还不小心剪破了。

"我有自己的梦想,也要和其他人一样努力才能够到。比我聪明的大有人在,如果所有人按智商高低排队站好,我大概也只能在这个位置。我的前面有很多很多人,后面也有很多很多人,就是这样。"他双臂展开,随后指了指中间的位置,"但所谓智商啊成绩啊,也不是评判一个人好坏的标准。在方方面面,我都不是最特别的那一个,也不会因此得到命运的优待。

"你昨天哭的时候,我心里很难受。我没说什么,是因为我不知道如何安慰你,只能听你说,听你哭。我当时心里有一团混沌,没法立刻看清它们,可是现在我想明白了。

"我们两个之间,从来不是我高你低这样的关系,恰恰相反,正是因为你,我才成了你的世界里独一无二的那个人。在由其他人组成的最笼统的世界里，我连名字都没有，就只是个'人类'，仅此而已。所以说，和你的诚惶诚恐相比，我才更应该感到忐忑。所有的决定权其实在你的手里，是你把我放到了你的夜空里，我才成为星星，而不是因为我本身就在那个高度；是因为你的凝视，我才在你的夜空里有了光亮，而不是因为我本身就会发光。

"你说辛苦，说压力大，我是很难过的。这并不是我的本意，我从来没有要求过你一定要怎样怎样，我想去做的，和你想去做的，从来都不冲突。这个世界上没有任何一件事情绝对到需要你放弃一些才能够得到，除非你本身就不想要。你懂我的意思吗？"

施念也没有很认真地在吃，她揪起一块包子皮往嘴里送，揪了半天才露出里面的馅，实在是没想到大早上郁谋会来找她聊这些。

她说她很辛苦，压力很大，好像喜欢一个人变成了一件痛苦且压力大的事。如果只是喜欢"普通人"倒也还好，可她喜欢的人像星星，她要一直抬着头看，然后脖子就很酸，还会觉得宇宙浩渺，觊觎一颗星星是没结果的。

但是现在他说他不是星星，他只是普通人，只有她看他，他才会成为星星；她去追光，他才有了光，她才是创世的神。

"唉……你好烦啊，大早上的说这些。"施念放下吃了几口的包子，"你误会我了，我不是在怪你。

"可能是我本身的性格吧，嘴里说的和心里想的总是不一样。我小学时决定不再去竞选班委，可是每天做梦都能梦见老师指派我继续当，我不当她偏要我当，然后我'勉为其难'地接受了。初中时，我虽然说不在意有没有头衔，可是被安排当眼保健操监察员时，还想着再小的官也是官，所以格外上心。到了你这里，我没有办法对自己超级在意的事情不负责任、不去多想。

"从前我妈说，人对和自己差不多的人总有竞争心理，暗自比较，可对待比自己高很多的人却无法起忌妒心,只有羡慕和崇拜,希望自己也能成为那样的人。我对你大概也是这样吧。我就希望你哪里都好,以前好,未来也好。我才不是什么无私的人呢,我只是觉得我的一部分期待落在你身上,你可以替我去实现它们,然后就相当于我也达到了那样的高度,这让我心满意足。

"高一时,你说你有这样那样的梦想,那些话在我听来只有惊讶的份儿。我好像是生气过,但也只是生气原来我和你的差距那么大。我那时的确也说了我自己的梦想,可那些话多半都是因为赶鸭子上架。我听文斯斯说梦想,听许沐子说梦想,听所有人说梦想,我想啊,原来我身边的这些朋友竟然有这么确切的规划和理想,所以我也务必将自己的梦想说得崇高些,不能被你们比下去。

"说我有多喜欢学计算机,未来有多迫切地想当游戏策划,这些是真实想过的,可也没有我说的那么坚定和真诚。其实一直以来,我对自己的定位都很低,我最最想做的事其实就是留在这个城市,找一份薪水还可以的工作,和我妈一起过安安稳稳的日子。每一年我和她都在一起,从没有想过离开她。

"以前看《读者文摘》,里面有一篇文章,说是在意大利的某个小镇,有家为顾客量手定制皮手套的店铺。我妈冬天喜欢戴皮手套,她戴的那一副已经十年了吧,所以相当长时间以来,我最大的梦想都是工作以后好好攒钱,然后带我妈去意大利定制一副皮手套。很幼稚吧?

"相比之下,你们拥有的眼界和魄力,都让我惊叹和自卑。如果只是我个人能力不够,那我还不至于对自己这般生气。如果我真的笨、真的差,那我也就这样了,没什么好抱怨的。但问题是,我一方面觉得自己其实还可以,另一方面又很难有勇气从泥沼中走出来。我生气的是我好像只适合暗恋,在一旁看着,从没有真的想过走到你身边。当你向我伸出手,给了我机会到你身边,我又很犹豫、很自责。我嫌辛苦,性格的原因让我瞻前顾后,怕自己不够格,觉得你还是一个人往前走比较好,千万千万不要找我。这一切都太令我沮丧了。

"而你刚刚还说,说我的喜欢让你变成更好的人,这也很令我惭愧。你听过那句话吗?只有给出自己最宝贵的东西的人才值得珍惜。我仔细想想,对于我这样的人,'喜欢'和'仰慕'似乎是很轻松的事情,给出全部的喜欢也不是难事,我最宝贵的东西是奋不顾身往你那边冲的勇气。现在看来,我还做得不够好,我不清楚我能坚持多久,可能走几步就泄气了,可能走百步就退缩了,这才是我最最担忧的事情。"

路过的人们往他们这边看,看着一个男孩蹲在女孩面前勾了勾她的小拇指。

"我不喜欢你这样说,施念。你很厉害的,要对自己有信心。我没有和你说过,现在说应当也不晚……其实我……其实我很喜欢你眼中所看到的那个我,哪怕我本人并不如你所想的那样好,我也会不自觉地成为那个被你虚构出来的我。我才应该感谢啊,因为你一直用那样的眼神看我,我才会成为现在的样子。

"给出全部的喜欢是一件非常了不起的事情。从小到大,我一直渴求的是百分百的在意和偏爱。很可惜,我这个人好像天生不具有吸引别人完完全全偏爱我的本领。不谈我母亲,只谈谈学校里。小叔曾经问过我,学校里喜欢我的人多不多。我仔细想想,好像是不少,因为我伪装出来的虚伪形象,有一些人对我有好感。大家说起来都是郁谋这个男生很好,但真实的情况是,我只有在你这里被当作了最最独特的那一个。我不知道我因为什么而被你关注,可是自从知道你有在看我时,每天去学校都变成了一件令我十分期待的事情,甚至可以说是着迷,意识到'我被另一个人毫无保留地、无条件地炽热地看着'，好像无论我做什么，都能得到你的赞许，虽然这会令我失去理智，可是理智真的不值钱。我非常非常开心，也非常非常感谢，是你给了我骄傲自满的底气。

"让木偶成为人类男孩，不需要仙女教母的魔法棒，只需要一个人类女孩就够了。"他如释重负，困倦和亢奋同时出现在少年的脸上，"因为你的存在，已经让我成为更好的人，所以务必拜托你不要对我太有责任心，你可以对我不负责任的。你有特权，甚至你希望我是你男朋友时就是，不希望时就不是，开关在你手里，我都可以的。"

说着，他点了点自己的鼻子，示意那里是开机键，温和地笑了："不要有心理负担，不要有压力，不要想太多。听见没？"

施念眨眨眼，将手里的包子塞给郁谋："那我不想负责任了。我只想吃馅，不想吃皮。"

少年点头，认真地说："好，那你只吃馅，皮留着给我吃。"随后他打趣道，"你看谁家的星星会吃别人吃剩下的包子皮。"

施念撇嘴："刚才你还说你不是星星了呢。"

3

综合考虑之后，施念最终还是决定去 Z 大。郁谋对她说，Z 大的计算机系排名很高，是很好的选择。

池小萍请不了假，最后决定派施学进送施念去学校。施学进在杭州盘桓两日，帮闺女把该买的日用品买好，把宿舍安顿好，再回来。

施念的生日正好在临走前的倒数第二天，晚上池小萍给她煮了碗长寿面。

母女俩坐在小方桌前吃晚饭，一旁开着电视。自高考以后，在看电视这件事上，池小萍彻底放开。

"妈，咱把电视关了吧，其实咱们也都不看，开着怪吵的。"

施念说。

"开着呗,我得提前习惯你走了以后的晚上。"池小萍用湿纸巾擦着桌面上的菜汤,说道。

施念心里怪难受的,几根面条停在了嘴边。池小萍其实很少说这样的话,她从来都是独立又自强,挂在嘴边的都是"靠别人靠不住,还是要靠自己"这样的话。

池小萍看了一眼女儿,发现她眼眶红了,立马把湿纸巾扔到垃圾桶,转回来笑着说:"哎,你可别,过生日哭什么?妈妈就是随便一说的,你怎么还当真了?"

施念把吃到一半的面条吸溜进去,说道:"本来就是啊。书上说,所有的玩笑话都有认真的成分。"

池小萍又抽出一张湿纸巾开始擦桌子,她每次都不等人家吃完就开始收拾。可此时桌面很干净,没什么要擦的,她低头逮着一个地方使力气,好像那里有块顽固油渍:"所以说这人啊都是贱骨头,我一想到你去外地了,我一下子没了服务对象,确实还有点不太习惯。

"当初就说你爸给你起的这个名字不好。因为这个'念'字,你老做梦,想法特多;还有就是,施念施念,总要人念着你,欠你似的。你看人许沐子爸妈多会起名,水木沐,有水有木,所以能长大高个儿。你也应该改名,改成施沐子之类的!"

施念的声音变得很细:"那当初为什么要起这个名字啊?"

池小萍还在擦桌子:"嗨,我生你比预产期提前了一周,快生那会儿你爸跟着你大伯去外地了,知道以后往回赶,心里急得不行,说坐火车梦了一路的生孩子,然后就给你起名'念',意思就是你爸惦记着咱俩呗!你说恶心吧?"

施念点头:"是有点肉麻。"

池小萍想起什么好笑的事,笑道:"你小时候可不喜欢你的名字了。你觉得人家文斯斯的名字好听，像公主，天天喊着要和人家换名字。

"说起名字，我这名字也起得不好。你姥姥好歹是文化人，怎么给我起个小萍呢？太俗了。打小我就不喜欢，长大以后更不喜欢。人家问我是什么'萍'？我说萍水相逢的萍，从来不说浮萍的萍，觉得寓意不好。浮萍太苦了，还是池子里的浮萍，一辈子困在这儿，漂在水上还没根。这不跟我的命运差不多吗？总觉得心里没着没落的。"

施念放下筷子，双手托腮看着妈妈，眼睛眨巴眨巴，泛起泪光："妈，对不起……"

"你对不起什么啊？我就那么一说，并不是说因为你妈妈才怎么样。不过话说回来，最近妈觉得特别轻松，好像心里的一块大石头落了地。一想到你十八了，成年了，也考上了好大学，至少说现在把你扔大街上饿不死你，你还能找份工作喂饱自己。妈妈真的特别欣慰，革命工作圆满成功！

"你不知道，你小时候，你爸刚赔钱那会儿，我和你爸闹离婚。那时我也才三十多岁。你舅姥爷那边的亲戚都劝我再找，然后把你给你爸，说反正你大伯有钱，不会见死不救，肯定也不会亏待你。但我从来没动摇过。

"有一件事我印象特别深。有次我下班回来，你来给我开门，那时你好小哦，也就比门把手高一点，门还没开呢，你就隔着防盗门大声喊妈妈！我去哪儿你跟到哪儿，我做菜你偏要在边上坐着。我说油烟太大，轰你去客厅，你呢，乖乖坐一边，还要伸手拉住我的围裙，好像怕我不要你似的。当时我就想啊，我的念念这么小，如果丢给施学进，或是扔到你大伯家去，指不定要多委屈呢。所以我一定要留你在身边，不能说给你提供多好的生长环境，至少能给

147

你来自妈妈的保护和爱，让你安安稳稳地长大成人。

"你还没有结婚，也没有孩子，你可能不懂妈妈现在这份如释重负的心情。你记不记得我前几年三天两头找中医看病，今天左脸神经性跳，明天胃疼，后天总打嗝，一查是反流性食管炎……小毛病不断。中医说我实际上是心火旺，就是急的，操心、紧张。同事也老笑我，说我就是自己吓自己，很多病都是吓出来的，还劝我别操太多心。可我能不操心吗？很长一段时间里，我比所有人都更怕死。每次单位组织体检我都是最积极的那一个，然后出结果前又是最担心的那一个。我太怕了，我怕我死了，你就一个人了。我替你爸还一部分债，很多人不理解。实际上呢，我才没那么高尚，我想的是，父母这辈的事就止于此吧，可千万别让我闺女承担。

"哎呀，你怎么哭了？"池小萍下意识就把手里的湿纸巾递了过去，递到一半才反应过来，又在旁边抽了张纸给施念，"以后念念就是大人了，大人可要坚强些啊，不可以老哭。"

施念无声地掉眼泪，鼻子堵着，声音闷闷的："我就哭，因为我永远都是妈妈的小孩。"

"那妈妈老了怎么办？"

"妈妈不会老，我妈妈会活到两百岁！"

"人总会老的，这不是什么可怕的事情。以后你也会当妈妈，到时候你有了小孩，你就不会像现在这样依赖我了。人们互为依靠，如果你是别人的大树，你自然就会坚强。"池小萍叹了口气，"最近我意识到自己不再年轻，是因为我一直在考虑找个伴儿的事。年轻时觉得一个人没什么，现在一想到你不在身边，终归会有点孤单。也不一定结婚，相亲看看，到我这个年纪就不追求婚姻了，只求一个陪伴。万一有什么事，有什么病，需要住院啊，还能照应着。"

"那我想妈妈找很帅的。"施念擤鼻涕，认认真真地说。

"帅能当饭吃?像你爸那样的?是帅,但是不靠谱啊。你爷爷还在时,他仗着家里条件还可以,成天游手好闲当二世祖,出点事后就一蹶不振。对我也算好,但实际上呢,不能担负家庭责任。所以我现在啊,找人找看得顺眼的就行,首先要找靠谱稳重、人品过关的,满口谎言的不能找。妈妈说的这个对你也适用,你听到没?找对象要找诚实靠谱的,上进最好,不上进的话,踏实的也行。"

施念问:"那要是又帅又靠谱又上进又优秀又温柔又诚实的呢?"

池小萍莞尔一笑:"你说郁爷爷家的孙子吗?"

施念呆住,下意识装傻,抠脑门:"郁爷爷的孙子……叫什么来着?我俩不熟。"

妈妈攥着湿纸团:"别装了,妈又不傻。"

施念依旧没回过神。

"我是你妈,我能不知道吗?什么事情瞒得过我的眼睛?我也是过来人啊。高中时就看你们有小苗头,后来发现你们俩好像也没有早恋,就留着心暗暗观察,没戳破。小孩子嘛,有点朦胧情思很正常,青春期,妈学医的,懂得的。再说了,谁上学时没有仰慕过异性呢?你妈我上学时还暗恋同桌呢!把握住度就行。"

"哦。"

"据我观察,郁谋这小伙子是很好。远远见到,白白净净礼貌温和。他多高啊?妈喜欢你找一米八以上的。"

"他、他高一就有一米八四呢!现在应该更高了,一米八七?我猜的!"

"哎,那个子太高也不行。"

施念歪头,腿在椅子下一摆一摆:"妈,那你觉得他帅不帅呀?我好喜欢好喜欢好喜欢他的长相!"

"大人眼里的帅和你们小孩子认为的不一样。我觉得这个小伙子主要是长相很英气。我不喜欢那种大双眼皮的男生，郁谋这个小男孩的眼睛就刚刚好，属于妈欣赏的那种，而且有教养，温文尔雅，很好。"

施念猛点头，指着鼻梁："那你有没有发现他鼻子好高？有这么这么高！对了，眼睛也好看！"

池小萍问："我听说他舅舅在美国，以后他是不是也要出国？有没有想过你俩以后，还是说你只是想先谈谈恋爱？"

施念道："他说他以后肯定回来的。"

池小萍点头："去几年啊？像他那么优秀，要是搞学术的话，那研究生加上博士，博士毕业再几年博士后，说不定还要在那边工作一两年，怎么也要七八年吧？你俩大学本科就开始异地，之后再异国……"

施念说："会用那么长时间吗？"

"我瞎说的。人的想法啊际遇啊都是在不断变化的，这也无从保证嘛。和你说，妈单位就有研究生小姑娘和男朋友谈，从高中毕业谈到对方博士毕业，之后一个不愿出国，一个不愿回来，拖了好久后不了了之。"

施念重重地说："他肯定要回来报效祖国的。再说了，我也可以申请到美国读研究生啊。"

池小萍叹气："你想出去读书，我如果有能力，肯定全力支持。不过咱家这条件你也清楚，我赚多少钱，银行存折里一共多少钱，还有多少钱要还，我从来都不瞒你。咱们家到底不能和你大伯家、文斯斯家比，说送出去就送出去，说掏几十万就掏几十万……如果你出国，一年要十几二十万的话，妈真的没有那个实力。这不是我想不想的问题，而是咱家能不能的问题。客观局限，提前给你打好预防针。"

施念毫不在意，信心满满："我知道的。我也成年了嘛，不能总问家里要钱。最近我上网查过了，国外大学基本都能提供全额奖学金，我如果能申请到，就不需要你花钱。如果用得省一些，还能攒下钱来呢！"

池小萍道："妈不是要和你划清界限。我就你一个闺女，我的也都是你的，只是希望你能做好两手准备，既要乐观，也要想好万一事情不如你预想中的该怎么办。就说最坏的情况，你能等，那郁谋能等吗？人的青春就这么几年时间，两个人一直相隔那么远，难保不会改变想法。真的，妈这是在和你谈人性，人不能太理想主义。"

施念有点被打击到。她虽然知道池小萍说的是事实，可到底还是绷不住，觉得池小萍是在给她泄气，于是带着点赌气性质说："那如果我不能出去，就不在一块儿了呗。我不耽误他，他也不耽误我。我很豁达！"

池小萍无奈地笑了："气话，对不对？"

施念的一颗泪珠又滑下来，她默默点头，抹掉眼泪："我是很想和他一直在一起的，因为我真的特别喜欢他，所以你说的那些我不爱听，听了很难受。"

池小萍的手伸过来，握住施念的手："妈妈和你说对不起，不该这么早打击你。小孩子有理想有冲劲是好事，或许我也是出于私心吧。我……唉。

"我当然知道做父母的要学会放手，不能一直把孩子拴在身边，可是我也很想你一直在我身边。我也是会害怕的，怕你不回来，怕你有了男朋友，就不和妈妈这么亲了，也怕你在追逐的过程中迷失自己，不开心，只是为了追随而追随……人总是要先实现自我的。这些都是站在我的角度会担心的事情啊。"

施念继续擦着泪点头："我知道。我有了男朋友也不会丢下你的。

如果我出国了，就天天给你打电话，我也不会不回来。我向你保证，你永远都是我最爱的人。"

"我可不需要这样的保证。父母对孩子的爱从来都不是对等的，我只希望你好，不苛求你也如我待你这般待我。当然，如果你也同样爱我，那是我的幸运。"

吃完饭，两人到床上盘腿坐着。

池小萍有个灰色麻制的化妆包。她能攒东西，总是攒着七八支别人送的口红不用，每周都会把它们拿出来，在床上摆成一排，挨个旋开闻闻，然后再收回去。

施念最喜欢和妈妈做这样的事了。她阅兵一样看那些口红，很喜欢这种感觉，看着这些好看精致的东西，心里很满足。

口红是池小萍的大学学妹送的。学妹毕业后嫁了个澳洲老板，每次回国都会给池小萍带点化妆品。

这天池小萍让施念伸出手，挨个拿起口红在她胳膊上涂一道子，最后选了一个很青春的颜色递给她："喏，这个你带去杭州吧。女孩子学着打扮打扮，马上就是大学生了。"

施念玩了会儿口红的磁吸盖，听"哒哒"的声音，然后轻轻摸了摸口红的商标，最后仔细怀揣着口红大声宣布："妈！以后我赚钱要送你意大利定制的皮手套！"

池小萍轻笑："你赚钱要等到什么时候哟，刚还说要出国呢。真要赚钱了，就自己好好攒着吧，不用给我买东西。"

4

施念一直觉得自己属于那种如果无人关心，反倒能暗暗奋力稳步向前的人。一旦被有所期待，心理压力就会巨大，内心开始自我劝退。

就比如，中考时没人指望她能继续留在一中，结果她中考分高到甚至可以进一中实验班；还比如，高考时大家都不觉得她一个普通班的能考好到哪里去，结果她上了Z大。

如今，她在内心绷着劲儿想要申请美国的全额奖学金研究生，口头上却不停地给自己留后路。她同池小萍说，不一定呢，妈你别担心；她和郁谋说，万一不行我就不出去了；她和文斯斯她们说，名校全额奖学金很难很难拿到的，尤其最近几年出国留学热潮，竞争激烈，所以我也只是试着玩玩，能蒙上的话算是走大运，蒙不上也很正常……

话虽如此，但她心里清楚自己有多渴望，渴望到一想到自己如果失败，夜里就会在寝室床铺的蚊帐后偷偷流很久眼泪，正如当年她以为池小萍确定要去德国那样。

很难说她从未对文斯斯、施斐产生过羡慕，或是其他卑劣的想法，毕竟家里有资本的话，人生容错率就会高一些，现实如此嘛。相比之下，施念变得别无选择，她如果申请不到全额奖学金，那么基本没有办法出国，就算池小萍资助她，她也很难接受拿着池小萍这么多年"抠"出来的钱去"追爱"。

有时候，施念觉得自己真是自找苦吃。高中三年每次做题做到咬着胳膊哭时，暗暗发誓以后再也不为了什么考试辛苦成这样，可是现在心里有了新的目标，她又开始了一天只睡四五个小时的生活。在这样近乎苦行僧般的生活里，有两件事被她当作了"泥鳅"。泥鳅这个形容起源于一个故事，说是运送海产品的车里经常会放进去一两条泥鳅，泥鳅会在鱼群间跳腾，这样在运输过程中能够让鱼的死亡率大大降低。她就指着这两条"泥鳅"坚持下去呢。

第一条"泥鳅"是她的一个室友，叫丁瞬。

两人还算不上朋友，但施念发现小丁这个女生很有意思，和她十八年以来认识的所有女生都不一样。这个来自某南方小城的状元把竞争写在脸上，会时刻密切关注着室友们的一切学习动向。

寝室里谁翻了一页书，谁戴着耳机看英文电影，小丁就会紧张兮兮地问，"你们在学习吗""你们在背四六级单词吗"，然后自己会立马放下手头上的事，也抓紧开始学习。

施念这种一直泡图书馆的人更是成了小丁同学的噩梦。

施念每天早上六点半出门去操场背单词，小丁听到响动，眯着眼睛一个鲤鱼打挺从床上弹起来，急急忙忙也跟了去。一张长凳的两端坐着她们俩，施念背完后，小丁一定要比施念多在凳子上坐一分钟再起来，再跟着施念去食堂。

施念每天下了专业课会去图书馆一直学到闭馆，每次她刚把书包撂下，下一秒就见小丁也小跑着过来坐到她桌子对角线上。

其他人觉得小丁这人好烦，总盯着别人，生怕被赶超了。

施念也觉得有点烦，但又觉得逗丁瞬变成了单调生活中的乐事。比如夜里起夜上厕所，施念会假装背雅思口语题，小丁就会像梦游一样也坐起来翻书，屡试不爽。

某个早晨，施念的 MP3 忘记充电，没法听听力，于是两个女孩坐在操场布满晨露的长凳上，第一次认真说起话来。

小丁看着施念书的红色封面上的"GRE"："你是打算出国吗？"

施念点点头："两手准备吧。"

小丁也点头："早猜到了。话说，咱们系的颜谌上次还问我，说怎么总在图书馆的英语书籍那层见到你。"

"他说见到你，还是我？"施念对她的人物指代感到有些疑惑。

小丁点点施念："指的你，施念。颜谌原话问的是，怎么总在英语层看到施念。"

"哦……那你怎么说的啊？"施念好奇，"见到就见到呗，他好奇的话不来问我，反而去问你，真是奇怪。"

"我也觉得他奇怪，然后我就迷惑他，我说可能施念太爱英语了，当初选错专业了！"

"哈哈哈……"

"哈哈哈……"

两个女生一前一后笑了起来。

"其实咱们计算机系的好多人应该都打算出国吧？没什么好瞒的，又不是直接竞争关系，大家想去的学校也都不一样。"施念合上书，转头去看丁瞬，"不过还是谢谢你。"

小丁撇嘴："不用客气。不过呢，他问这个应该是指特定的一件事。"

"什么？"

丁瞬发现施念是真的不知道："哦，我还以为你知道呢。你不看咱们系官网的吗？系里从前年开始就和南加大合作办学，大四有一个去那边直研的项目，每届一个名额，学费是那边免一半，系里出一半，待遇很好的。"

施念摘下耳机："南加大的工科很厉害，他们的游戏专业本科排第一的，很难进。"

丁瞬点着头："是吗，我不清楚。咱们系的这个是和 CS（计算机科学）系合作。颜谌问我你为什么学英语，其实就是问你是不是也想到时候申请那个项目。他应该是很想去吧，所以提前了解都有谁去，扫清竞争对手。我以为你是想去的，所以我没告诉他。他天天跟在辅导员屁股后面，净搞这些系里政治，我有点看不惯他。"

施念窝着书角，想说你不也天天跟在我屁股后面吗。寝室集体买遮光蚊帐的最大原因就是丁瞬老监视大家。

而后小丁又说道:"你是不是觉得我们小地方的人特别烦,说这说那的?其实我嘴很严,其他人问我关于你的事我都没说。"

施念莞尔一笑:"为什么?还有谁问我了?"

"没,目前就颜谌问过,但是他专门来问过两次。为什么嘛,因为你是我见到的最有耐心的人了。我跟着你你就让我跟着,我问你什么你也不瞒着我。我觉得你人不错。"

施念回道:"可能我比较能忍吧。小时候一直被我弟跟着,都习惯了。"

"亲弟弟吗?"

"堂弟。他有点胖,总被欺负,没什么主见,所以老跟着我。"

小丁神色认真:"哦,那我不是。哎,你上次说你老家是哪里的来着?"

"肜城。"

"我没去过,但听说过,那也算二线城市了。"

"嗯,城市很小的。"

"肯定没有我老家小,我们那里才是真正的小地方。我和你说,我们那儿的小城商业街从南到北一百米不到,我家住的楼房后面就是田埂,上学要走过一大片田野……小地方教育资源跟不上,我们学校是市里最好的高中,往年的状元要上985很难很难,我是前无古人的好成绩。我四平方米的房间是厨房打通后辟出来的,我妈说我是厨房里考出来的状元。"

"你好厉害。"

"你知道我为什么能考来Z大吗?就靠我'监视'的本领。周末我坐好久的车去周边更大的城市上课,然后问补习班的同学要他们学校的习题卷子复印来做,后来补习班里的人都不和我讲话了。我才不在乎,我妈说了,像我们这样的人要想出头,只能靠模仿和跟随，眼界就是这样一点点打开的……"

施念想到那个打开她眼界的人，沉默半响后感叹："是我的话，我做不到，我接受不了别人嫌弃和猜忌的目光。你的内心很强大。"

"你这是讽刺吗？"

"不，我是真心的。"

两个女孩对视一眼。

施念说："不过说真的，你可不可以不要连我去澡堂都跟着？"

丁瞬竟然脸红了："我跟着的都是我认为的强者，你会不会开心点？未来我肯定还跟着你，直到超越你。"她顿了下，"不过以后你洗澡我不跟着了，你洗得好慢，洗一次澡要花一块五。我觉得费水钱，总把校园卡拔掉等，可是光着身子等你又好冷。"

施念笑了半天，随后说："那我谢谢你……你太瞧得起我了，我考进来的名次在咱系应该是垫底吧？我想出国的部分原因是我喜欢的人要出国。他是个很厉害的人，我永远和他差着好大一截。人只会和势均力敌的人在一起，如果不拼命，我很怕和他成为两个世界的人。"

"你说的这人是你男朋友？"

"算是吧。"

"听着感觉很累啊，如果我找男朋友，可能不会看他学习怎么样，不要太差就行。"

"我觉得不是啊，是男朋友才会累。如果只是普通朋友，我肯定就不在意这样的差距了。"

"好吧，那我和你的想法不一样。我觉得是朋友才要比着，如果是恋爱关系，就不用比学习和事业。和你讲，我妈之所以给我起名丁瞬，是因为她生我的时候瞬间我就出来了，我妈特自豪，说生我比其他同时进产房的孕友都快！"

施念笑得不行:"这么说,你从出生开始就比起来了。"

小丁道:"是啊。"她又说,"当然,你说的也有道理,咱俩的观点并不矛盾。你说的那种是维系长久喜欢的条件,我说的是短暂吸引的前提。"

施念给她竖大拇指:"总结提炼能力很强,不愧是状元。"不知为何,小丁让施念想起贺然,于是问道,"你是白羊座的吗?"

"不是,我双鱼。怎么啦?"

"你让我想起我的一个发小,你俩很像。他是男生。"

"是你喜欢的那个?"

"不是,是另一个。不过他也很优秀,是另一种优秀,很有竞争意识。他打篮球的,总说自己未来一定是超级巨星,改写中国篮球史。"

丁瞬"哦"了一声,兴致缺缺,说回之前的话题:"可是我不理解,你明明这么想出国,为什么寝室里大家问你,你又不说呢?"

施念愣住:"没有确定的事情你会大肆宣扬吗?如果最终没去成,那不是很丢人?"

小丁摇头:"那咱俩又不一样了。如果是我想做的事,我肯定要让全天下的人都知道,这样所有的人都是我的监督员,我怕丢面子只能努力去实现。我考大学时,我就跟全班人说我唯一的目标是Q大,我一定要去Q大。后来没考上,大家暗地里都笑我,我人缘不好,但我不在乎。就是因为我把目标定高了,最终没实现的话,我也还是很优秀。"

施念一方面对小丁的言论感到吃惊,另一方面又被"Q大"二字吸引了注意力。她满眼都是自豪的笑:"说起来呀,我喜欢的那个人就是Q大的,他高一就保送了。"

第二条"泥鳅"就是郁谋了。

两人预想的异国分离比施念以为的要早到很多。刚上大一不久，郁谋说他们系有几个出国项目，其中一个他很感兴趣，如果大一能把基础课程学分修满，大二就可以申请去加利福尼亚大学洛杉矶分校的物理系。

一开始，施念以为郁谋说的是去大二这一年。郁谋说不是的，是过去三年直到毕业，毕业论文也是那边的导师带，本科就可以进实验室。如果和导师做研究很顺，说不定能在那边直博，节省不少申请上的时间和精力，而且以后去欧洲核子研究组织的机会会更大。

说了没多久，大一下学期快结束时，施念还没来得及忧心忡忡，郁谋那边的面试和笔试就通过了，这事就这么迅速地确定下来。

施念觉得自己早该料到的。郁谋就是一个很拎得清又目标明确的人，对于摆在眼前的机会从来不会放弃。

她同小丁讲这个好消息时又难免落寞："明明知道自己喜欢他就是因为他总是比所有人都坚定，比大部分同龄人更清楚自己想要什么，比大部分人站得高看得远，可是同时又会难过。"

小丁则无法共情："我高中时还巴不得身边有一个这么优秀的人呢，那时候全靠我自己四处找资源，像无头苍蝇一样。如果我的朋友圈子里有这么一位大牛人，我希望他能冲到天上去，这样在后面跟随的我即使到了半空，那也是人上人了！我不知道你在难过什么，你难道希望他放弃前进吗？"

施念摇头："当然不是！"

小丁撇嘴："可能你的潜意识里有一部分是，只是你不愿承认而已，因为你觉得那样不高尚。要么就是你有自我毁灭的倾向，觉得跟在后面好累好辛苦，想赶紧来一个理由让你顺理成章地放弃！类似这种的自我暗示。这是最要不得的了，我妈说，人如果想做成一件事，就不能给自己留任何后路，一定要抱着不成功便成仁的想法。而你，说不定就在心里想，实在不行就不去，实在不行就分手……这样的话事情就会往糟糕的方向发展。人都是有惰性的。"

施念皱着眉头想了想，竟无法反驳，又觉得小丁乌鸦嘴，最后干脆爬上床自闭生闷气。

小丁撩开施念的遮光蚊帐探进头询问："你生气了？"

施念大声说："我要换衣服！你赶紧把我的蚊帐拉上！"

丁瞬没理会，仔细看了看她："都是女生，怕什么？哦，你胸不小……"

第九章

脚踏在泥地里,眼睛却看向星星

1

2011年11月末,去加州已满两个月的郁谋第一次趁感恩节假回国。

美国的感恩节是11月的第四个星期四,郁谋向导师额外请了周五的假,这样到周日就是四天。几乎没有人会在这么短暂的时间里选择回国,他周四晚上到国内,周日早上就得走,要赶周一的组会,这样满打满算,只能在国内逗留两个晚上两个白天。

他发消息告诉施念时,施念问:是Q大那边有急事吗?

郁谋:没有,我只来杭州,不去北京,看看你。

郁谋那天晚上飞机晚点，施念在机场等了他差不多五个小时。郁谋只拎了一个小行李包，他从通道走出时，已经是周五的凌晨三点。

两人见面没说话，先默默地拥抱了几分钟，而后施念抬头看他，看他胡楂都出来了，好像一下子就没了少年模样，多了几分憔悴。

郁谋笑着摸下巴："是不是看不习惯？长途旅行加上熬夜，胡子长得快，你没听说过这个说法吗？"

施念问："你飞机上没睡吗？"

郁谋说："请了一天假，错过周五的 seminar（研讨会），导师有点意见，于是我在飞机上把任务往前赶了赶，刚才出来时发给了他，找补一下。"

施念有点紧张："啊，你导师对你有意见了啊？"

"没事，他对我们组里每个人都有意见，师兄说很正常。"郁谋揽过施念，带着她往外走，"走吧。"

施念犹豫地问："你订的酒店是哪家？"

郁谋说："先不去，找家电影院看电影吧，来的时候我搜了下，《失恋33天》和《金陵十三钗》是不是很火？带你去看。"

施念不挪步子："你还是赶紧休息吧，我不要看电影，我要你赶紧去睡觉。"

郁谋平静道："还是去看吧，我不想让你觉得我赶着回来一趟只是为了去酒店，不然咱妈该对我有意见了，也算是给我自己提个醒吧。我是回来看你的，想和你像其他情侣一样四处玩玩，过个正常周末。"

和郁谋想的不太一样，午夜场的电影没有挑选的余地，这个时间，那两部电影都没有排片。最终，郁谋买了"恐怖套票"，恐怖片三部连放，拉着施念的手如愿以偿地进了放映厅。小吃车没有工作人员，但是做戏做全套，他一定要在自动贩卖机那里买好零食和饮料，假装是爆米花和可乐。

　　进去后漆黑一片,只有屏幕上的光照亮台阶。施念以为没人,说了句:"好像就我们俩。"

　　某排昏昏欲睡的工作人员听到声音睁开眼,直起身子看了眼二人,施念立马回头,压低声音对郁谋说:"有一个。"

　　坐到位子上,郁谋问:"你在这边有没有来过电影院?"

　　施念点头,又摇头:"看过电影,但不是来这种地方。学校图书馆每周会放好早之前的影片,学生看免费,我和室友一起去看过。"她比画了一下,"这么大的投影幕布,画质和光线都不好。"

　　郁谋道:"你室友就是你说的那个小丁吗?"

　　施念说:"对的,你竟然记得。我们寝室我俩走得近。"

　　郁谋说:"你们已经是好朋友了吗?"

　　施念想了想:"算是比较信任的朋友。在大学交到真正的朋友比高中时难多了。大家好像都很有想法,有主见,也因为直接和间接的竞争关系不怎么深入交流。隔壁寝室总是夜里吵架,我们寝室还好。"

　　郁谋笑着问:"吵什么?"

　　施念摆手:"很无聊的事,有人半夜总大声和男朋友打电话,其他人有意见,还有人晚上十点就不让别人发出声音的,很难讲谁对谁错。我以为大家也都算是各自学校的好学生了,没想到也会因为这样的事情吵起来,看来这和成绩没关系……"

　　而后她又说了些系里的八卦,说着说着,旁边没了回应,转头看,郁谋已经闭上眼睡着了。

　　放映厅黯淡的光线打在他脸上,施念盯着看了好久,随后将自己的手缩到了他的手心里。他的手心冷冷潮潮的,她并不在意。

两人到酒店是早上八点多，这其实是两人真正意义上的"出来住"。施念也忘记了大一那会儿郁谋每次来找她，是因为什么不需要住酒店，反正就是要么每次都恰巧不需要过夜，要么就是他说他有认识的朋友也在杭州上学，借住到别人寝室。

此时她讷讷地跟在他身后，酒店走廊铺了厚厚的长绒地毯，走一步，上面的绒绒就要扭一扭。

郁谋看施念一直不说话，刷卡打开房门，手搭在门框上，像放一条小鱼进网一样低头看她从自己手臂下走进去，问道："困了吗？怎么一路都不说话了？"

施念掩饰说："有一点。你从头到尾都在睡，我从头到尾都在认真看。"

郁谋点头，"嗯"了一声，然后他不进去，说道："那你可以冲个澡睡一会儿，你都弄好了发短信给我。"

施念惊讶地问："你不住这里吗？"

郁谋说："住啊，我先下去买点早饭，然后再上来。"

施念洗好澡上床，给郁谋发短信。他离开的时间远远超过了"买早饭"理应花费的时间。她一条短信发过去，才过了一分钟，门边就响起刷卡声。

郁谋拎着一大兜子早饭进来，放在电视柜旁边。

施念问："你怎么这么快？"

郁谋道："我在走廊那边等着。"

施念在被子里坐起来："买好为什么不进来？"

郁谋只是笑了笑，没回答，从行李包里抽了换洗衣服进浴室，目不斜视。

他洗澡不算快，出来时胡楂已经没了，一张脸白白净净，和高中时似乎也没有两样，只是目光和神情略有不同，稳重了许多。

他穿着正常长度的短裤，上面是短袖，不像是来睡觉的，倒像是去操场打篮球的。他的发梢还湿着，笑着站在床尾，看着只露了一颗脑袋出来的施念，问："我可以上来吗？被子可不可以分我一点？"

施念被子底下的身体一直抖啊抖，没什么可害怕的，只是有点紧张。

"嗯。"她声音淡定，可郁谋真溜进被窝里来时，抖得更厉害了，是他不能忽视的程度。

他侧头看她，离得老远："是你在抖吗？还是我的错觉？"

施念的声音都在发颤："好像……是我……在抖……不过……没关系……"

郁谋不想明知故问，只是默不作声看着她，眼神逐渐晦暗不明，从她的脸滑向她的领口。花瓣领子的睡衣，扣子也是小花形状的，乖得不得了。但很快，他又将视线转移回她的脸上。

施念注意到这一点，蒙蒙地问："我们……会做吗？"

他身躯震了一下，耳朵渐渐红了，声线很低："你想吗？"

"你想吗？"施念反问。

"说不想是假的，不然也不会订这样的房间。"他指这个大床房间。

"哦。"施念的脸通红，没想到他这样直白，还替他找理由，"我以为是标准间没有了……电视里都那样演。你好诚实。"

"也只是和你诚实。"郁谋闷闷地笑，"抱歉，标准间还有很多，我故意不订的，想看你的反应……你懂的，男人的惯用伎俩，一点点推进警戒线，自然界动物狩猎也差不多是那样子。"

他一直绷着，看施念的眼神克制又炽烈，像是被不断扑打的火焰，愈演愈烈，却又在柴火堆起的某种范围内。

被这样的眼神看了一会儿，施念发现郁谋并没有进一步动作，才意识到他是在等她回答。

施念将头埋进被子里,过了会儿才重新钻出来,头发凌乱:"怎么办,我感觉我有点没想好。我们只是亲亲可以吗?"

郁谋"唔"了一声,好似在答应,而后终于忍不住,撑着手臂探身过来,重重地压住了她的唇。

这可不是什么普通亲亲,至少和她想象的不太一样。

她一直被笼罩着,他一只手撑着身体,另一只手扶着她的脸,可是过了一会儿,扶着脸的那只手开始往下移。他稍稍脱离她的唇,含混不清地快速问了句:"可以摸摸吗?"

施念被亲得目光涣散,还没来得及点头,那只手就解了两颗扣子直直探进了衣服里。肌肤相碰时,两人都有一瞬间的发愣。郁谋近乎呓语般评价:"你怎么还在抖?带着这里也颤颤的,好软。"

施念往他怀里缩了缩,他继续低头亲吻,喘气声也变粗起来。他也并不是一直在摸那新奇的柔软,他的手还会环着她的腰滑来滑去,如此往复,像坐滑梯,手心早已不冷,烫得不得了。不知过了多久,施念被他的手磨得实在忍不住,那手真是无师自通地探索,让她难耐,觉得又痒又麻又酥,于是哼了几声,表示自己的不满。

听到声音,郁谋的手猛然顿住,随后深吸气,在万事变得脱缰之前,突然远离她,从被窝里逃出来,坐到了床边,背对着她。

他的手臂撑在膝盖上,后背成拱形,腿奇怪地叉开,盯着地毯上的花纹试图冷静下来。

施念看着他的背影,竟看出几分懊恼,于是忐忑地问:"只是亲亲的话,让你生气了吗?"

郁谋摇头,手插进头发里按了按脑袋,沉默良久之后,回过头看她,声音略微沙哑:"怎么会,我在想我自制力好差。"总抱有侥幸心理,以为可以控制的,还虚伪,他订这个房间时就在自欺欺人。

早该知道的。

只是亲亲,只是亲亲……差点就不只是亲亲了。她大概是没察觉,刚刚他的理智差点就滚出这个房间了。他懊悔地对自己说:"以后不能这样了。答应的事做不到,我会很后悔。"

施念不解:"后悔什么?"

"后悔第一次真正来找你,让你觉得我只为了这些。"

说着,他团起一旁还潮着的浴巾起身,低头看了眼。施念明显也看到了,两人尴尬对视。他大步踏进浴室,和自己赌气一般。

2

郁谋重新从浴室出来时,看见施念闭上了眼。他以为她这么快就睡着了,于是轻手轻脚回到另一边,掀被子前犹豫了一下,而后没有进到被子里去,而是直接躺在了被子上。

床垫一边陷下去又弹起来。他抱来电脑半躺在床上,打算看一下邮件。在影院睡着是他没有预料到的,他一定要拉着施念去看当下热映的电影,一方面是带着情侣间的弥补心态,另一方面是想消耗掉自己的精力。飞机上没有睡觉也是如此,他希望经过漫长的十几二十个小时,自己的某种精力能被消耗殆尽,然后就能很踏实地和她去看看景点,吃吃喝喝。这下可好。

他侧头看了看女孩,没忍住用手指头刮了一下她的脸蛋,看那里弹了弹,手感和观感都让他想到刚刚的一些事情,于是赶紧把手缩回来。

可是缩回来没多久,他又去刮,还要仔细计算那里的振动频率,觉得女孩子的脸可真是太神奇了,竟然可以这么滑……他觉得自己很幼稚,但就是忍不住。

闭着眼的女孩笑了一下,说道:"我的脸好玩吗?"她根本就没有睡着。

郁谋的手指顿住，看见施念睁开了眼。

女孩仰头看他，笑眯眯的，是一点攻击性也没有的笑容，并没有因为他打扰她睡觉而生气。

郁谋镇定地问："怎么没睡呀？"

"睡的话也会被你这样弄醒啊。"施念从被窝里伸出一只手，拉他，"我们说会儿话吧。"

郁谋把电脑放到一边，躺下来。

施念问道："干吗不进被子里？"

"不冷。"他回答，"你在被子里，我就不进去了。"

见施念看着他，他进一步解释："不然没有办法好好聊天。"

她这才懂，揪着被子尖，状似无意地问："你总会想吗？"

郁谋学施念那样把手枕在头下，像是乖乖睡觉的小熊，说的话却一点都不乖："没和你见面时，每天都很忙，也不会总想。晚上睡觉前静下来时，会想，洗澡时也会想，有时候打完球，热血上头，突然就很想，现在见到你，会一直想。"

没想到他会如此坦诚，施念一时不知该说些什么。

郁谋抱歉地笑道："可能过了这个年龄就好了。不过想归想，不是一定要怎样，你不要有压力。"

"我没压力……我很信任你。"

郁谋抢过施念手里的被子尖，抚平它："你最好还是不要这么信任我，至少在这件事上，我很能哄骗的，你要学会分辨我的话。"

施念想到他说自己每天很忙，问："一个人在国外，很辛苦吧？"

"还好，都是在学校，国内国外没什么区别。"

"听说外国人很喜欢开派对，你也会去吗？"

"如果你指的是几个男生捏着甜甜圈坐在办公室里聊天，那我天天去。"

"哈哈哈……"施念都能想象那画面。

郁谋和她说过导师组里的几个师兄，都很有特点。她记得他说有个师兄几乎不喝水只喝可可奶，还有个师兄喜欢听歌剧，在办公室里公放……

她将脸扭到枕头里又扭回来，终于下定决心："有个好消息要和你说。"

"来。"

"我们系和USC（南加利福尼亚大学）有个合作项目，可以去那边读CS的研究生。"

"很好啊，USC和UCLA开车十几分钟，在一个城市，很近的。你要申请这个项目吗？"

"我知道，我特地去地图上搜索了。"施念点头，"我想试试，竞争蛮激烈的。如果只看成绩，我现在在系里绩点排名是前十，胜算挺大。我最担心的是面试，如果面试不拖后腿……算了，我不想把话说得那么绝对，总之，我想全力以赴地去争取这个名额。"

"一共几个名额？"

"一个。"

郁谋思索了一下，又问："你如果想以后做游戏，USC的游戏设计排名很高，也在CS这个学院下。你如果走这个项目，可以自主挑选游戏设计方面的导师吗？"

这个问题施念也想过，此时被郁谋指出来，她却有点紧张："哦……嗯……我的想法是，无论有没有找到那方面的导师，有编程基础的话以后转去做游戏也很方便。系里这个机会很难得，还能给全奖，是不是游戏设计无所谓了，只要能去就可以。"

郁谋叹气："我还是希望你能学到自己喜欢的东西，不是为了去而去。"

施念有些郁闷:"你不想和我在同一个城市吗?"

"我当然想,但是如果没有在同一个城市,也有其他办法。"

"什么办法?"

"我每个月都会来看你一次,周六白天到,周日白天走,我们可以一起待一个白天和一个晚上,赶上那边放假还能多待几天。我一直都是这样打算的,现在在那边的生活走上了正轨,也都安定下来了。"

施念惊讶:"这也太辛苦了!"

"所有人做所有事都辛苦,没有不辛苦的事。辛苦又有意义的事我很乐意做,而且飞机上也能静下心来做事情,效率很高,不会耽误什么的。"

施念有点忧心:"可是这样的生活要坚持好几年啊……感觉不太现实。"

"还好吧。本科还有两年多,直博的话算四年,如果去CERN,最多多一两年,也就七年时间。七年,八十四次往返飞行,一晃就过去了。我们系有个师姐就是这样,她和她老公异国,她老公在新加坡工作,每个月飞来看她,已经三年了。"郁谋语气轻松,"所以你不要想着自己一定要出来找我。异国确实很辛苦,我希望能够把这份辛苦降到最低。我们各自在各自的学业、事业上往前走,然后在某一处时间点相聚,不也很好吗?"

施念没说话。郁谋静静看着她,目光很坚定,不觉得这是什么大不了的事情。

她在这样的目光中败下阵来,随后凑上前,抱住了眼前的男孩子,鼻音重起来:"机票很贵的,我不要。我还是希望能去USC,你可不可以鼓励我一下?"

郁谋拍她后背，哄着说："看你自己了。不过呢……"他话锋一转，"如果你真要去，我就把现在的公寓退掉，去你学校附近租一处公寓，两室一厅的，其中一个房间当作书房。每个周末我们开车去超市买食物，回来把冰箱填满。有些食物我现在不敢买，怕浪费，你来的话我们就可以试一试。我们还要买一张舒服的沙发，周日的晚上可以一起看一场电影。不愿意做饭时，我们就去餐馆吃，或是在家烤一张比萨……放假时，我们去远一点的地方徒步，住森林小屋，透过窗户看星星……你觉得怎么样？"

施念从他怀里抬起头，皱着眉："还不是我的学校呢。"

郁谋笑着看她："一定会是的，鼓励鼓励你。"

施念好奇地问："你现在住的地方不好吗？为什么一定要退掉？"

郁谋给施念讲自己住的地方，没讲几句，施念就打断他："你还是不要给我形容了，我怕我有了记忆以后，万一去不了，想你的时候画面感更强，想你坐在哪里，睡在哪里，窗户外面有什么……太难过了。"

她又嘟囔说："之前你在北京时，我不去北京找你，也是因为这个原因。我很怕去看了你的学校，了解了你学校周边有什么，你的寝室楼长什么样，食堂有什么吃的……所有这些画面都只会让我想你时更具体。"

郁谋摸摸她的头发："我知道，所以我就来了啊。我不怕这些。"

"你为什么可以不怕呢？"

"原因和你一样，结果却不相同。我知道你在哪里住，在哪里上课，在哪里吃饭，就会放心很多，在我脑海里，你就不会是一个抽象的外形了，而是在一个城市里活动的人。这样我就知道，哦，这个时候念念应该在这里上课，那个时候念念会在这里吃面条……诸如此类的想象会让我的一颗心落到实处，因为知道你也在好好生活。"

女孩听着听着，重新回到他的怀里，紧紧抱住，而后呜呜地哭起来，边哭还要边抱怨："你好烦啊。"

2013年5月，施念通过了系里交换项目的笔试，以第一名的成绩收到了面试通知。

面试团有四位老师，其中两位是USC派来的教授。面试的主要目的是考察学生的英语水平、专业课知识以及未来的导师意向。

食堂里，施念将这个消息告诉小丁。

小丁说："说是这么说，但我感觉这个面试就是走个过场。只要你英语别太烂，雅思成绩能体现你真实的口语水平，然后就没什么大问题。"

施念问道："你为什么这么想？我还是很紧张，我怕他们问的问题我答不上来，太丢人了。"

小丁看了看周围，此时不是饭点高峰，她们旁边没有其他人，但她还是小声说："你们笔试分出了以后，颜谌又来找过我。他说他基本没戏了，笔试分和你差得太多，就算面试好，也是第一第二名之争，和他没关系。"

施念撇嘴："他那是在迷惑你。他这次笔试分第三，没有差太多。"

"我又不傻，他说什么我就听什么啊？我又不会全信他。"

"那他找你干什么？"

"他问我，你想找哪个方向的导师。我感觉他认为你拿到这个名额已经是板上钉钉了，都开始问选方向的事情了。"

"那你怎么说？"

"我说我不知道，让他有什么问题直接来问你，问我干什么，有病。"

"做得好！"

"不过他说哦,说辅导员和他讲的,这次来的两个教授都是未来有意向招人进组的,其中一个是游戏开发方向的。我记得你说你想以后搞这个,所以告诉你这件事。你听听就好,也不能全信他的,听一半信一半吧!"

施念皱眉:"辅导员还可以和学生透露这种信息吗?就算是闲聊也不可以吧?"

"谁知道呢?有点不公平,是吧?其实早该习惯的。你记不记得咱们之前有门考试,和助教关系好的都提前拿到了样卷,拿到样卷的人后来都考了九十多分。信息不对称的事情太多了。最后教授也没说什么,还说我们不去找助教,是不是没有好好上习题课,也很不公平啊。"

"是啊。"施念戳着面条,心里慌慌的,"怎么可以这样呢?"

面试时间很短,一个学生十五分钟。

施念第一次穿正装,坐下来后白衬衫鼓了起来,她按了按,抬头时,看见四位教授在冲她笑。

本以为四位老师要轮番上阵刁难她,问她一些专业难题,实际上老师们都很和蔼,拿着她的成绩单,问了问她分数不高的几门课都是什么原因,然后又就专业问题问了几个基础的问题。她都答上来了。

第一次和外国人交流,施念觉得有点吃力,这和雅思的那种听力还不太一样。她只好抓关键词,即使一句话没有完全听懂,也大概能猜出对方要问什么。

桌子上面的她一直保持微笑,桌子下面的手指一直在抖啊抖。她用另一只手按住,结果另一只手也在抖,哭笑不得。

她说话也是,可能是紧张的缘故,有点气短,说完一长串,她深吸气。对面的教授微笑着指了指旁边的矿泉水瓶,示意她喝点水。

后来又问到未来研究计划。闲聊的氛围中，其中一个教授自我介绍，说他是游戏开发方向的，另一个教授是智能机器人方向的。

　　施念心里一颤，颜谌竟然没有说谎。于是她多说了几句自己对游戏方向的兴趣，还有自己在本科期间读过的相关文章。以防万一，她后面又找补了几句，说自己在其他方向也同样有学习热情。

　　面试结束后，施念推开门去叫下一个同学。

　　从会议室出来，到回寝室的这段路，她甚至觉得有点恍惚。

　　她控制不住自己的思绪，想到了郁谋说的未来。她脑海里出现的画面，是周日的晚上，两人窝在沙发里看一部电影，厨房的烤箱里传来比萨的香味。

　　随后她又赶紧制止自己的想法，最终确定前，不可以想这些。

　　5月的杭州此时下着绵绵细雨。春天的雨还是有些冷，她把脱掉的西服外套穿上，缓缓地走着，嘴角上扬。

　　她很想在细雨中大声呼喊，也不怕被骑自行车路过的同学当成神经病。心里那口气仿佛憋了好久好久，怕过，焦虑过，心酸过，担忧过……每个晚上偷偷擦掉的眼泪也变得值得纪念。

　　最终结果出来前，她不想给自己下任何结论，但不管怎么说，不论是成还是不成，这件事到她这里，所有能靠自己努力的已经到此为止了。她没有丝毫的后悔，自己已经做了全部能做的。总的来说，她对自己的表现很满意，好几次她回答完问题甚至看到本系的教授在冲她点头，这应当是个好兆头。接下来就是等系里结果，交换生一半的钱是系里出，系里要讨论一下，说最晚下周出结果。

　　郁谋发来微信消息。

　　郁谋：面试怎么样？

　　施念：聊得挺顺利的，至少专业问题都回答上来了。不过我的口语不行，中间说着说着蹦出一个"这个"，我们系的教授听到后边记录边笑。

郁谋：这个不用担心，不是严重的问题。

施念敲了一长串话，而后又一字字删掉，最终发过去一个坚定的"嗯"。

3

面试结果出来这天是个周五。中午公布完，施念还被系主任特意找去聊了好久。

施念从系主任办公室出来后，看见丁瞬给她发的信息，说在一楼等她，给她买了饭，5块5的炒面，记得还钱。

两人并排走出教学楼，施念看着前方，突然说："下午我想翘课回家。"

丁瞬问："你家不是在彤城吗？回哪个家？"

施念说："就是回那个家。我要去买火车票，买最近一趟车，回家过周末。我想妈妈了。"她接过小丁打包好的炒面，低头道，"这个我路上吃，谢谢你。"

丁瞬拉住她："我没去过你老家呢，要不我陪你一起回去吧？下午的课翘了就翘了，反正这课教授也不点名。"

施念摇摇头："下次吧，这次我想一个人回去。下次我带你去我家玩，我说到做到，一定好好招待你……但这次不行。"

施念回寝室简单收拾了一下东西，出门时小丁又叫住她。

施念反应有点呆滞，被叫了名字，过几秒才转头："嗯？"

小丁看看她："你记得用学生证买票打折啊，你学生证带了没？"

施念点头，说："下周见。"

晚上八点多，施念开门锁，把在客厅的池小萍吓了一大跳。她哒哒跑过来，问着："学进吗？"

施念进门换拖鞋，狐疑地问："妈，是我。你叫我爸干吗？我爸又不会这个点儿来。"

池小萍就跟不认识她一样，上下打量："你怎么回来了？"随后紧张起来，"出什么事了，闺女？"

施念去厨房开冰箱："突然想你了，想回来看看你。我周日就回去。"

池小萍跟在她身后，帮她顺了顺头发："别跟你妈肉麻，吓死个人，不年不节的突然回家……你干吗啊？"

施念看到冰箱里有小碗红烧排骨，指了指："妈，你都学会炖排骨了？我尝尝，我饿死了。"

池小萍"哎"了一声，不想让她拿出来吃："剩的，不好，你别吃那个。你饿的话，妈给你弄蛋羹吃，放点儿酱油香油。"

施念不理，把排骨拿出来放进微波炉："你真逗，咱俩还讲究吃谁剩的吗？"

微波炉橘色的灯亮起，嗡嗡在转，母女俩相对无言。

从十几岁到二十岁的这段时间里，施念长了些个子，上次学校体检，光脚量是一米六六。她看着池小萍，觉得池小萍好娇小，瘦了一些，穿着莫代尔贴身睡衣，腰上的肉肉比以前少了好多。

池小萍烫的发型是蜡笔小新妈妈的发型，美伢子，卷卷的短发到耳际齐平，每天早上起来都会被压成狮身人面像。

她一直看着池小萍，看得池小萍不好意思了，拢了拢头发："看什么啊？妈妈是不是老了？我脸上的斑比以前多了好多。"

施念将头靠在池小萍的肩膀上，手搂着她，闻了闻熟悉的香味，轻轻说："不老，我看你像二十多岁的，你是我姐姐。再过几年。你是妹妹了，比我年轻。"

池小萍笑着打施念,这时,微波炉"嘀嘀"叫。

"热好了,拿的时候垫着点,别烫到。"

饭桌上,池小萍坐对面,看着女儿吃排骨。

施念直接上手:"咦,可以啊,池小姐,排骨很好吃。太阳打西边出来了,你竟然会炖肉了。"

她将骨头扔到纸上,回味着:"你还加了炖肉中药包对不对?和我爸炖出来的味道一模一样。"

池小萍没答话,尴尬地笑了笑,挠挠胳膊。

施念本来拿起了第二块排骨,又放下,犹豫了一下:"这就是我爸炖的,对不对?"

没等池小萍说话,她又问:"你和我爸……和好了?"

池小萍抽纸给施念擦手:"没有、没有……不能算。"看施念不相信,她又解释,"之前单位体检,查出我胃里长了息肉,医生建议观察,我自己不放心,就联系医院要做掉,你爸知道了就过来看看我,来了几次吧。"

施念的目光变冷:"你别骗我,是息肉还是……肿瘤?"

"你电视看多了。妈不会在这事上骗你,真要有事,肯定就说了。"

"那这个事怎么不告诉我呢?"

"因为没大事啊,医生都没说让我切,是我主动要切的。嗨,其实我也是心重,我不就是想着你姥姥胃不好,我胃也不好,咱家这方面基因有问题,怕以后是风险嘛。所以我说什么来着,你也应该注意,小小年纪就要提高警惕。以前你上学天天给你带吃的,就是不让你饿到,胃不好的人啊就怕饿……"

"不要打岔,说手术的事。然后呢?"

"没然后了呀。你小孩子不懂,这种小手术人家医生一天做八百台。顶多就是术后吃流食吃了几天,然后你爸炖汤炖肉送来给补补

177

营养。"

施念摊开手:"给我看看医院开的单子,或是体检结果,你说话我不信。我说这次回来怎么看你瘦了那么多!电视上癌症病人都暴瘦。"

池小萍站起来狠狠点了施念的脑门一下:"盼你妈点好成不成?说了不信,没单子给你看,给你眼睛上装个X光你自己看得了。"她撩起睡衣,"肚子上肉可多了,哪有暴瘦,说得太夸张了。吃流食饿的吧,瘦了三斤。"

施念瞪大眼睛看妈妈的肚皮,真像能看穿那里一样。

池小萍把衣服放下:"知道的以为你大学学计算机,不知道的以为你学侦查反侦查去了。"

施念戳着排骨,瞬间觉得没胃口了:"那你和我爸在和好的路上了?"

池小萍没正面回答,攒着纸巾:"我和你爸要是和好了,你愿意吗?"

"不愿意。你和谁好都不该和我爸再好,你忘了你们当初怎么吵架的?天天吵,在厕所吵,在阳台吵,吵架时还会摔牙缸。"

"你都知道啊?"

"你们声音那么大我能听不见吗?我只是装作不知道。"

"以前年轻,那时候也是因为你,谁影响我闺女前程我跟谁拼命。现在不一样了,你可以独立了,我没什么好担心的了。到了我们这个年纪,心态平和很多,没有那种剧烈的情感了。"

施念声音不自觉抬高:"是你说的,两个人在一起的前提是信任。你们两个没有信任了,即使不吵架,在一起也没意义。就说你还爱我爸吗?"

"谈不上爱,很久很久爱就不存在了,只是熟悉而已。我也相亲过几个人，后来发现，如果要找个人搭伙过日子，彼此照顾，不如找个熟悉的旧人，知根知底。"

施念想反驳，被池小萍打断："我知道你不理解，我也不指望你理解。你还小，看很多事都有年轻人的那种决绝、天真、义愤填膺、理想主义。生活不是，生活腌臜得很。爱不是一切，没有爱了，两个人依旧还可以保持奇怪的平衡。

"这次手术后我越发感慨，虽然是个小手术，若是年轻时，我眼都不眨一下，但是这次我从医院回家，竟然觉得有些难过，觉得自己老了，在想以后怎么办。以后如果是很严重的病，你又不在身边……总要找个人在身边的。我说这些话你不要往心里去，妈妈并不是埋怨你，人嘛，脆弱时总会想多。我希望你往高处飞，只是妈妈没办法给你保驾护航了，不免要替自己做做打算，不能拖你后腿。

"你爸爸呢，比以前变了很多。他年轻时是真的不招人待见，劲劲儿的，总觉得自己多了不起，心比天高，说出来的话十句里九句不靠谱，现在踏实很多了。我说真的。人还是要看优点，所有人都有优点……"

池小萍话说一半，见施念突然起身："干吗去？"

施念冷冷地说："去洗澡。"

浴室里热气缭绕。

施念把头洗了，刚在身体上搓了泡沫，池小萍推门进来，施念"哎哟"一声。

池小萍拎着小板凳："干吗？自个儿妈还怕看？"

施念转过身不说话，默默冲水。

"来，坐板凳，妈妈给你搓后背。"池小萍套上搓澡巾，"我刚说的话你不爱听，生气了？"

搓一下红一片,施念咬着牙不喊疼,手在膝盖上攥成拳头,"哼"了一声:"你自己都决定了的事,还替他说起好话来,我生气管什么用?我就是不想你和他在一起。他一点也没变,都是装的,夹起尾巴做人谁不会啊?你都忘了他当时瞒着不说,我们还问他是不是出事了,他说没有,直到最后家里被一群人找上门。你就是糊涂了,等着重蹈覆辙吧。"

池小萍笑了:"你爸都这岁数了,还能怎么重蹈覆辙?他没那本事了。"

施念不愿意听,扭了下肩膀,被池小萍重重一拍。

施念转头看她,两人眼眶都红红的。

池小萍平静道:"你爸这次来,和我说了件事,他说让我决定要不要告诉你。我想不应该瞒你。"她示意施念抬起胳膊,搓胳膊下面,"其实是两件事。一件呢,是你大伯知道你打算出国,说要资助你,这钱不用还。施斐在美国两年没读书你知道吗?他第一年去语言学校,之后申请上了一个不太好的大学,读了半年退学回国了,在国内晃了几个月又找机会出去。这次是去新的大学,在哪里啊……我给忘了,不知道能不能顺利读下来。"

"我不知道这事。他经常给我发信息,奇奇怪怪的,还让我帮他看题。我以为他一直在读书,怎么会这样?"

"谁知道呢。所以你大伯就说,知道你是踏实的,希望你出国后看着施斐点,学费生活费他们家给出了。"

"噢,保姆钱呗。"

"说话真难听。"

施念换了一边胳膊:"难道不是吗?以前不敢说,现在我敢说,我对我弟没意见,但是对我大伯大妈有意见,一个蔫儿坏,一个心眼写在脸上,夫妇俩一路人,无利不起早。那第二件事呢?"

池小萍让施念站起来，给她搓腰："我一开始也不想要这笔钱。你是踏实过去学习的，不是给人擦屁股的，明明咱们自己可以申请奖学金，没必要要他们的钱，对吧？"

施念没答。

池小萍继续说："你爸就来劝我，这就是第二件事。他说当初那个牌局是你大伯叫他去的，总而言之就是你大伯亏欠他，让我们娘俩接这笔钱时硬气点。"

施念站着，撑住墙，手指在满是雾气的瓷砖上抓了抓，看水珠汇聚成线流下去。

她思索了一会儿，转身后退一步，看着池小萍："然后呢？然后你就原谅我爸了？觉得他是好人了？"

池小萍愣住。

施念把花洒放在胸前，打开水阀："你不会是觉得，我爸当初是被我大伯拉去的，然后这么多年没告诉咱们真实原因，是怕影响施家的亲戚关系吧？觉得我爸也有难言之隐，情有可原吧？"

池小萍把搓澡巾从手上褪下，就着水池冲水："或多或少吧。你爸告诉我时，我也很吃惊。他当时不说，是还想认这个哥哥，真要说了，估计咱们家就要和他们家撕破脸，老死不相往来，你和施斐也不可能还保持现在这样的姐弟关系。他有这个顾虑也算正常。"

施念似笑非笑："我不这样认为。我不认为他作为你的丈夫、我的父亲，将这样的原因隐瞒十几年是正确的。这是自我感动，他肯定还觉得自己做了多大牺牲，受了多大委屈，是打着正义旗号的欺骗。实际上呢，就是不折不扣的浑蛋。"

池小萍抖着手上的水，正色道："不可以这样说你爸。"

施念把水关上，光着身子站在浴室里："为什么不可以？有些真相十年前知道和十年后知道是完全不一样的。十年后才说出口，已经不值钱了，我们不稀罕了。"

她抹了一把脸上的水，又有更多的水冒出来："你替他还钱，你可以骂他，我什么都没做，好像没有资格指责他。可是我害怕了十年，从十岁到二十岁，我不停地和自己说，要低调，要沉默，要不自信，要和施学进所有的性格所有的行为都反着来，才可能不会成为他那样的人。别人说他时，我好没底气，我连替他反驳都是打着哆嗦的。

"妈，我就算出不了国，也不拿他们家的钱。你是不是觉得大伯给我出了钱，你碍于情面要和他弟弟重新在一起，又或者是觉得我爸当初也是无奈？你真的再仔细想想吧，这个事情不是那样的。我爸、我大伯、我大妈，同样可恨，同样不可原谅。我爸不能算坏，但是拎不清这点是非常要命的！他就是假聪明真糊涂。我要是他，就干脆不说这个真相了。现在来当什么好人啊？我才不会感恩戴德。他当初搞不清谁和他是一个阵营的，你觉得他现在搞清了吗？没有，他只是觉得可以来钻空子了。果不其然，我不在，你动摇了。"

施念觉得冷，用浴巾包裹住自己，还是止不住发抖："这么多年咱们都熬过来了，你是不是觉得以后我出国，你没安全感，就想退而求其次？你这不是求其次，是重新落入深渊，不要觉得我在吓唬你。你和、和小卖部的胡叔叔好，我都没意见，就是不能和我爸好，不可以。"

母女俩对视，池小萍沉默不语。

池小萍出浴室后，施念又在浴室里站了好久。

等施念穿好衣服去池小萍的房间，看到她朝墙躺着，一动不动。施念把池小萍的身子翻过来，发现她在悄悄流眼泪。

池小萍捂着眼睛说："你说的这些，我心里不清楚吗？我只是很怕，我也不坚强了。你不在时，我很想你，可你有你的生活……我最不希望看到的，就是你因为我有所顾虑，所以我想给自己找个伴儿，这样你想我时,也会觉得我有人照顾。"

施念拍着妈妈的后背,轻声说:"我知道。可是你重新选择我爸是错误的,我会更担心。你是我最最爱的人,我的生活里永远有你,我不可能不考虑你。你要相信这一点。"她哄小孩儿一样,"毕业后我回来怎么样?或是去北京。北京离咱们这里近,我周末可以坐车来看你。你想来北京同我住也好,我们租一居室。"

池小萍坐起身:"你不出国了?"

施念眨眨眼。

池小萍不干了:"你这个孩子,怎么一天一个想法?你申请需要钱,我有一笔钱这月到期,一共十二万,我还说哪天打到你的卡上呢。我当初说没钱给你,只是那么一说,妈肯定全力支持你的。"

"那你别了,放银行里继续吃利息吧。"

池小萍扭了施念的胳膊一下:"我不要和你去北京,我就在自己的房子里住,舒服得很。你姥姥也在这儿,我还要照看她。"

"好,不去北京,那到时再说。杭州你喜欢吗?"

"不要,长湿疹。"

"你就喜欢咱们这个城市是吗?"

"我喜欢归我喜欢,你愿意去哪里就去哪里。我说真的,更年期,情绪一阵阵儿的,你不要往心里去。"

"那我爸的事呢?"

"你不同意我肯定不会和他啊。胡叔叔你可别瞎说,你怎么想到他去了?"

回杭州的火车上,施念接到郁谋的信息。

他知道她不想他主动问结果,于是只是说着普通日常。

郁谋:今天下午租房中介领着我去看了房,晚上八点到的家。

施念：你要搬家吗？

郁谋：现在住的这个公寓租约到期，再续要续两年。我想不如搬走吧，换新公寓租。我还去了 USC 附近，倒也不完全是因为你，主要是那里交通也方便。看的有一户不错，大楼管理好，设施好，朝向东南，两室一厅。你觉得呢？

施念：听描述很好呀。你喜欢吗？

郁谋：还行。即使是一个人住也是很好的，哪里都满意，尤其旁边有室内篮球场。

施念：真好。对了，你每次错过组会，导师都有意见了，下个月不要回来看我了。

导师这个事，郁谋提过一两次，没有特意说。施念只知道郁谋的导师是超级大牛，比常人勤奋数倍的天才，对任何怠懒不揉沙子。有时候郁谋会接到网络电话，施念在旁边能听到一个老头隔着十二小时时差问进度，英语说得飞快，语气不那么好。对此，郁谋觉得无所谓，他说"对事不对人"的批评他能接受，更何况，跟着这样的导师能出成果，能学东西。

郁谋：任务都做了，他有意见也没关系。怎么突然说这个？

施念：不是呢，是我要去看你，顺便看看未来我们两个会住的新房子长什么样。

郁谋：好，懂你意思了，那我也不用问面试结果了对吧？我明天就去找中介签约。

施念：你有什么需要我从国内带的呀？

郁谋：我想想。

郁谋：袜子吧，你给我买点袜子，这边的男士短袜都很厚。

施念：好。

2013年6月末，施念一个人拖着两个行李箱去上海，从上海坐飞机飞美国。其中一个行李箱装满了袜子，够郁谋穿好多好多年。

这是她第一次坐飞机，也是她第一次出国，去一个她完全陌生的地方。

这样的事好像不是第一次做，她想起那个下雪天，她倒车再倒车，去城郊找郁谋。

可是又不太一样。那时候她上高一，十六岁，看着公交车窗外的大楼一点点消失，心里怕得不得了，在别墅区晕头转向，露怯得很。

此时她坐在飞机上，研究了半天安全带怎么扣，旁座的大哥教她，她平静地道谢。空姐过来说她的背包不可以放脚下，要放前座的位子下面，她把包踢进去，也不觉得被提醒了很难为情。

真的很平静，很开心，很激动。

往返机票不便宜，她觉得自己能抢到一年当中最便宜的票价很幸运。现在并不是去美国的热门时间，既不是旅游热门时间，又没有赶上留学生放假，虽然七千多人民币还是让她肉疼了一把，因为这是她大半年的生活费。想到这一年多来郁谋月月往返，她在心里算了下价格，不禁沉默了。

她转头看窗外，停机坪上有飞机起飞，看得入迷。要去哪里的人和要回哪里的人总是充满希望的，他们要抵达的地方一定有他们必须做的事，以及迫切想见的人。

这时，大哥碰她胳膊问她要不要毯子，空姐在发毯子。她擦了一下脸，小声说要一条。大哥递给她时，看见这个姑娘早已泪流满面。

第八章

小灯芯很快就没蜡了

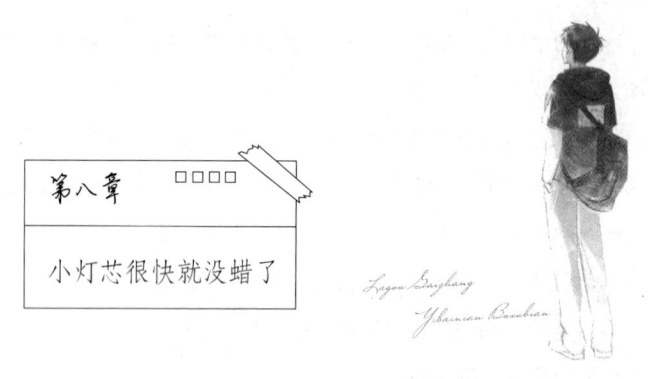

1

出海关时耽误了一些时间。

海关工作人员例行询问来美国的目的是什么时，施念发愣，随后回答："看望朋友。"

"那一定是非常好的朋友吧，不然不可能飞这么老远来看。"

听语气有点冷漠，施念有点忐忑，补充道："实际上是我男朋友，我们一直异国。"

海关工作人员上下打量她，盖章的手本来都要按下了，又悬起来，将她从头看到尾，颇为讽刺地说了句："是我唤醒了你有男朋友这件事的记忆吗?为什么刚刚不说是看男朋友呢?"

施念只得尴尬地笑,心里很慌。室内明明开着空调,她额上却冒了汗。她觉得自己此时一定看起来非常糟糕,像个不折不扣的骗子。

飞行十三个小时,她清醒的时候好像都在安静地哭,小电视里的免费电影都没有看一部。此时她头发汗津津的,脸上也很肿。她哭的时候,为了不影响旁边的大哥,一直扭向窗户。可是大哥很慌,每次拿到空姐发的零食都要塞给她,希冀这样能让这个姑娘开心点。

不过这样的注视没有维持多久,海关工作人员看了她的回程机票,发现是一周后,调侃了句:"你很忙啊,这么快就回去。"

施念坚定地回答:"是的,我回去还要找实习,要毕业,要工作。"以此表明自己国内有牵绊,不会在美国无故逗留许久。

听完这句话,海关工作人员撇了撇嘴,说:"祝你好运。"随后落了章放行。

施念去取行李前找到卫生间洗脸。她用随身带的小洗面奶仔仔细细将脸洗干净,拍了拍爽肤水,还涂了淡色的唇彩。

等行李时,她连上机场 Wi-Fi,打算告诉郁谋自己拿上行李就出来。

她低头看手机,等页面刷出来,这时,一只手落到她的脖颈后面,她吓得一激灵。

"是我。"郁谋站到她身边,笑着低头看她,另一只手放在身后,"这边取行李的地方接机的人可以进来。我刚刚在那边……"他用下巴示意,"在那个角落等着,你刚一出来我就看到你了,瘦瘦小小一个人。是不是很累啊?怎么走路呆呆的?看你还差点撞到别人的行李。"

施念看着郁谋,眼神直勾勾的,仿佛上学时在楼道撞见他一样。

郁谋今天穿得格外正式,至少比他平时的卫衣短裤正式许多:

长袖衬衫,浅色卡其布裤子,可能是热,衬衫袖子被挽到手肘处,抬放胳膊时能看到不再少年的坚实手臂。他的头发也特意打理过了,平时额前的碎发都被定型到后面,露出额头,这样显得他更高。

"你今天怎么这么正式啊?要开会?"施念问。

"没,因为来接你呀。"郁谋轻松地说。

施念踮踮脚,比画了一下:"你今天看着个子好高。"

"你穿平底鞋,所以显得我高。"大概是在公共场合,郁谋脸上只是浮出极浅的克制的笑容,眼神却不加控制,绵绵爱意掩藏不住。

"对了,这个给你。"他的另一只手从后背绕到前面来,是一束花,十几朵含苞待放的黄玫瑰,花瓣上有水珠。

"猜猜它的花语是什么?"他的手从施念的脖子滑到肩膀,自然地搂着她。

施念想了想:"思念吗?我的名字?"

男人得意地说:"不会这么简单让你猜到啊,小朋友。我哪里是那么直白的人呢?"他揭晓答案,"是享受与你一起的日子。"

施念死命憋眼泪,声音很低,想让嘴角扯上去扮微笑,却失败了,最后只得假装低头认真看花,嘴唇颤抖:"真是很好的寓意呢。"

郁谋点点头,看了看四周,而后吻了下她额头:"是啊。以后搬到一起住,这样的日子每天都值得期待和享受。我们每周都买一束鲜花,然后你去挑一个好看的花瓶,我们摆在南面的窗台上。你喜欢花吗?"

"没想过喜欢不喜欢。"

"那真是太可惜了。"郁谋道,"还以为女孩子都会喜欢花。我今天从办公室出来前,师兄们提醒我,说去见长途而来的爱人总要带些花去。"

"我喜欢你送的花,但是对于花本身的感情应该是一般般。"

一颗憋了很久的眼泪顺着脸庞滑下来，施念用手背去擦。

泪出来了，笑也出来了，她终于敢抬起头看着他讲话，悲伤的眼神与笑容并不相符："哎呀，我怎么哭了……"

郁谋久久地专注地看着她，发现眼前的女孩脸色苍白，面容浮肿，明明笑容很灿烂，可眉间又盘桓着他读不太懂的挥之不去的忧愁。他用指腹点了点她的脸："念念怎么了？"

施念眨眨眼，将新的泪珠甩掉，可是眼泪又开始源源不断："坐长途飞机好累哦，比我想象的还要累，你之前一定很辛苦。我有点难过，想着想着就会哭。"

郁谋重新替她举着花束，用一只手侧抱着她，亲她头顶："男人辛苦一点没关系，比你多吃的那点饭总要派上用场。"

"有关系。"施念窝在他胸膛前哽咽。

"那以后就没关系了，你要来了呀。"他哄道。

施念没有赞同，却喃喃复述他的前半句话："对呢，以后就没关系了。"

郁谋开车来接施念。他来这边一年后买的车，因为不想比导师开的车好，于是买了辆二手沃尔沃，上了年头的德系车，灰扑扑的，却很实用。

他将施念的两个行李箱放进后备箱，其中一个箱子看着大，实际上很轻，他掂了掂，问道："这里是什么？"

施念回答："给你买的袜子。"

郁谋吃惊："全是吗？"

"还有些其他的，很轻很软的贴身纯棉短袖之类的，我听说很适合男生健身时穿，透气性好，就给你买了十五件，放到洗衣机里洗也不会变形。除此之外，短袜八十双，冬天的长袜四十双。"

"这也太多了，让你买袜子，一下买这么多。"

"够你穿几年的了。"

"又不是未来六七年都不回国。"

"万一呢，你这边的事很重要，忙起来可能真的没法回去。"

"那你也总是要回去看咱妈的。我不回去，你回去，到时再买不就行了。"

施念傻笑着，没说话。

从机场到市区的一路上，施念都在看外面的风景。路边高大的棕榈树，加州特有的干热气候，街上穿着热辣上衣短裤行走的金发女郎……

郁谋问了句话，她没听清，于是疑惑地"嗯"了一声。

他笑了笑，没再复述，而是开始给她介绍沿路的建筑。

她听得非常认真，有时还会转身从后挡风玻璃回看。

郁谋说："这片街区很危险，不过我以后会来接你回家，你一个人不要在街头走，很危险。"

她说："你也务必小心啊。"

路过一间不起眼的餐馆，郁谋随意说了句他和师兄们来吃过，施念也要很细致很细致地问："你说的汉堡酱英文是什么？怎么拼写？你可以带我来吃吗？"

他又说哪家店的餐椅是可爱的牛油果绿，她点头，记在了心里。

郁谋侧头看她，看着女孩问问题时眼里全是最简单的快乐，很向往的样子，说道："你今天真的很好奇。很多地方可以慢慢来，咱们不急的。"

施念没理会，让他把窗子打开，伸手去抓热烈的风："对你住的城市才好奇，想知道你在哪里吃饭，又会去哪里打球。"

"也会是你住的城市啊。"郁谋方向盘往左打，"我们快到了，新的家。这次你来有一个艰巨的任务。"

施念从窗外缩回手:"什么?"

"你不累的话,我们一会儿把你的行李放在家里后就吃饭,吃完饭去选家具。正好你这次来,都你选好不好?"郁谋说,"选你觉得最舒服的床垫、床架,还有最喜欢的沙发。餐桌也要买的。其他的小东西,床单、被罩、餐具什么的你也选几套新的吧,还有你们女生需要的生活用品。在国外,房子虽然是租的,但是一想到还要继续住几年,还是希望你能住得顺心一点,尽可能都是咱们念念喜欢的,不能委屈了。"

"这些你都没有买吗?那你搬家以来都没有家具吗?"

"以前的旧家具凑合了一个半月到现在,一直忙也没空去逛。我只拿来了床垫,还有以前的旧沙发,几把折叠凳,买了新的后再处理掉。今晚还要委屈你睡我的旧床垫,不过床单我是今早洗好烘好的,放心睡。"

公寓楼不算高,坐电梯需要刷卡,郁谋掏出两张卡,递给施念一张:"这是你的。"

电梯上行到五楼。房间在走廊的尽头,开门时,郁谋说:"这个位置我考察过,朝向最好,而且还安静。别户人家进进出出咱们这里没影响。"

施念说:"以前你住的地方是什么样子啊?我们能去看看吗?"

郁谋笑着说:"退房后钥匙都还了,没法进去了。为什么想看我以前住过的地方?其实这边的楼都差不多,只是房型和位置的差别。"

施念闷闷道:"你住过哪里我都想知道啊。"

进门就是宽敞的开放厨房,郁谋指着大理石面的小吧台说:"买餐桌前,我自己一人在这里吃晚饭。"

他又指了指浅灰色的地板:"这个颜色最禁脏。倒不是说可以不打扫卫生啊,只是我想你们女生长头发,掉地上会不那么明显。"

客厅不算大,一半的位置要留给餐厅,落地窗前堆着两个懒人豆包。

"去学长家坐过一次,觉得很舒服,我也买了同样的。内里和外衬分开卖的,你看颜色喜欢吗?"

施念仰头,呆呆地说:"浅绿色的呢。"

郁谋说:"没有你发绳那种颜色的绿。这个其实是豆绿,带灰调,也挺好看的对吧?知道你会喜欢。"

如他所说,客厅里只摆着一张旧旧的三人沙发,有电视柜,却没电视机,有投影仪。

他带她去主卧看:"当时选择这个公寓的一个原因是它主卧衣帽间大,够你放衣服。"

"你来看浴室。"他招呼她过去,"洗手台是双人的,台面很大,你可以堆满这里。"

他走到哪里,施念就跟到哪里,摸一摸这里,碰一碰那里,像个认真学习的小学生。

最后,郁谋站在主卧门口:"就这些,介绍到此为止。你喜欢吗?"

施念问:"你呢?"

郁谋道:"男生怎么都能凑合。不过住得好总是心情会好些的,总的来说,我很满意。"

施念点头,站得离他有点远:"那就好。"

郁谋想揽她,她躲过,说:"我出了很多汗,可以洗个澡吗?"

"当然。"他又看看表,下午七点半,还有半小时太阳落山,"如果累了,我们今天不急着出门。是不是时差困?饿不饿?"

施念蹲下去开行李箱,拿出洗漱用品:"有一点困,但是不饿。"

看她蹲下，郁谋站到她身后，目光放在她细细的腰上。她穿得很舒服，一条柔顺的修身长裙，外面披了白色的薄薄针织衫，头发披着，发尾还是那样，没有烫过，却因为软所以有自然的弯度。郁谋很喜欢看那些弯儿，觉得很女生，很符合他的审美。

不过这样看着也只是一瞬的事。

他走到她身边蹲下，看她拿内衣。内衣他没见过，浅藕荷色，中间还有一个缎面小蝴蝶结，蝴蝶结上点了一粒水钻。这个小细节可爱到他心坎里去了，很想去拨拨那粒悬挂的水钻。

她拿起一件睡裙，睡裙还是那件花朵领子的，平平整整，香喷喷的。

他移开目光："怎么看你兴致不高的样子？"

施念攥起这些要拿进浴室的东西，站起身，小声说："没有呀。可能累了吧，我去洗澡了。"

施念洗澡时，郁谋飞速地去另一个卫生间冲了澡。他觉得自己一身汗很臭，衬衫贴着后背。洗好换上简单的T恤和短裤，可算是舒服了。

他切了点桃子，之后打算铺床单。床单刚从烘干机里拿出来，有些皱巴巴的。因为搬来这个家只带来床垫，没有床架，他得弯腰去展平床单。

床单是简单的素灰色，他一直用的，因为每周都洗，有点泛白了。平时没觉得，此时他竟有点嫌弃，觉得施念躺在这样丑的床单上很令他心疼。她应该买有小花图案的，至少也应该有些可爱的波点。不过没关系，明天就去买新的，让她挑。

他听到施念在浴室里喊他，便走过去敲了下门："我可以进吗？"

施念说："我洗好了。吹风机有没有？"

进门后，他见施念站在洗手台边，身体被浴巾包着，半湿的头发落下。换风扇呜呜地响着,镜子上全是水雾。

可能是刚洗了澡,她脸红扑扑的,总算没那么苍白了。

他背过身去翻吹风机:"有个小的,不太好用,你先凑合一下。"

他把吹风机翻出来递给她,她接过去放在台子上,一动不动地看着他,是那种很想念很想念的眼神。

他心头一颤,说话声音都哑了:"怎么这样看我?"

她走近,他下意识后退一步,靠在了台子上。

女孩手攥着胸口的浴巾,踮脚去够他,鼻子先蹭到他下巴,柔声撒娇:"你想现在亲一会儿吗?"

她眼里泪光盈盈,仿佛特别委屈:"我真的好想你啊。"

施念很少这样讲话,这几乎让郁谋缺氧。他在热气腾腾的浴室里深吸几口气,无济于事,头脑晕晕地避了一下。她却十分主动,一下没亲准,亲到了他喉结处。这下直接让他脑内炸开,被她的这份进攻激起某种幼稚的雄性自尊心。

她再去找他时,他没再躲了,单手环固她,转身,轻轻一抬,让她坐上台子。看她还攥着浴巾,他不耐地将浴巾扯开扔到地上,手堂而皇之地越过小蝴蝶结,随后俯身吻了上去。

2

郁谋的吻没有他的动作那样粗鲁,非常软非常柔,总是轻轻亲一下,稍稍离开,然后再一点点加力气。稍稍离开时,他也不会完全放过施念,而是用另一种方式纠缠,去吻吻耳际,吻吻脖颈,感受到她的反馈后又吻回双唇。在这几年里,他已经熟练掌握了接吻这项技能,他懂得如何在边界内给自己牟取最大的福利,让自己尽可能地维系身心健康与满足。

真的是很想很想,不单单指那件事。在他十几岁时,野蛮生长的欲望和其他男生一样，几乎支配了他每一个精力旺盛的夜晚。因为有喜欢的女孩子，这种想象变得更具体、更磨人。现在年龄渐长，他慢慢学会与这样的欲望和平共处，他开始说服自己，即使是掺杂了欲的想念，也同样是神圣的、不可耻的。想法的产生不能控制，自身的行为却可以被"爱护和尊重"约束，所以他也并不像一开始那样害怕单独相处。对于他母亲教给他的有道理或没道理的规矩，他渐渐体会出意义。为什么迫切想要的人、事、物，要等冷静后才claim it(索取)，因为那样才能最大程度地避免冲动带来的伤害、轻佻，还有炫耀。最爱惜的东西从来都不是可以被炫耀的。和实物本身相比，"珍视与喜爱"这个心理本身才是最大的意义，这是构成每个人灵与肉的根本。这是他的理解。

今天他却发现维持这样的平衡格外困难，气氛十分迷离，又带着点破碎感，令他沉醉其中。

和郁谋的专注相比，这是施念与他最心不在焉的一次接吻。以往的每一次接吻，她的脑海里全是奇奇怪怪的颜色和图形，这次她只能从清甜中品出难以忽视的苦涩。她是背叛者、欺骗者，这样的人也可以被这样温柔地对待吗？

内心里，一个已经纠结了很久的决定依旧困扰着她。即使是在刚刚，看似鼓起勇气，实际上心虚得不得了。人大概就是这样，知道白与黑、是与非，但不是每个人都能坚定地站在白和是的一边。她游走于灰色边界，饱受困扰。在这样的年纪思索这样的决定，对她无异于一种折磨。

就是因为这样的一丝犹豫，洗澡热起来的身体渐渐冷了下去，她被他亲得坐不稳，手搭在他的胳膊上，冷得他猝不及防，一下子清醒过来。

他顿住，去握她的手。她迅速冷静下来，低头去看两人握在一起的手。

和她的手不同,他的手心潮湿炙热。

本来氤氲的浴室渐渐清明。两人一个站着,一个坐着,一个喘着气平复心情,一个沮丧地低着头。

"手怎么这么冷?"郁谋尚未从情欲中恢复,关心的话说出口,声音却带了点轻佻。

施念悬空的脚晃了晃,去碰他大腿后侧。

"我脚也冷得很。你空调调得太低了。"她浅笑着说。

他摸摸她湿漉漉的头发,单手抱她下来,捡起掉落的浴巾披在她身上:"你先把头发吹干。我去调高温度。"

施念却没听他的话。郁谋去进门处的总面板上调温度,她就跟在他后面,他站定时,她抱住了他。

郁谋对这样的撒娇十分受用:"你今天娇得很。"

施念没太明白,问:"娇气的意思吗?"

郁谋摇头,把面板的透明盖子合上,低头看她:"不是呢,是一种感觉。"他又补充,"和平时很不一样,总觉得你可怜兮兮,但是这种可怜又不是普通的可怜,而是挠人心尖的那种,恨不得想让你更可怜一点。"

听懂了他那一层意思,施念心有戚戚。她刚刚确实有那个想法,竟被他精准地捕捉到了。他真的好聪明,明明什么都还不知道。

看她发呆,郁谋说:"所以真是谢天谢地家里没有套子,刚刚很想抱你去床上。实话实说。"

"然后呢?"施念没过脑子地问出口。

他短促地笑了一声:"然后就顺理成章了呗,我没那么高尚。"

"我觉得你很君子,只是你总说自己这不好那不好。"

"我没骗你。"他带她去沙发,端来切好的桃子,"我只和你这样,和别人不。"

"那你和别人是怎样的？"

"涉及自身利益的事情，不会退让，想要的东西一定会得到。当然，我不会去主动害别人，这是底线。"郁谋示意施念吃水果，闲聊起来，"就比如当初申请这个名额，坦白说，系里几乎都是各省市的'状元'、保送生，我不算什么，比我优秀的大有人在。抛开那些本身不想出国的，或是不在乎这个名额的，和我竞争的有七八个人。和你们的流程差不多，只不过那时候大一，专业课还看不出什么，于是面试变得十分重要，最后也的确是因为我的面试表现让我拿到了这个名额。我不知道面试我的会是谁，所以我去 UCLA 的学院网站上把所有教授的最新三篇论文以及他们的 CV（学术简历）都读了一遍。"

施念有些惊讶，捧着碗并没吃，缓缓说："你从来没有跟我讲过这件事。"

"嗯，大概是忘记了。你也没有主动问啊。"他想了想，"其实应该和你说的，只是有时候会想，这样的技巧，别人应当也是知道的吧。"

"才不是呢，大部分人没有这样的意识。我总觉得你做任何事都易如反掌，好像天生就知道一件事该怎么去做。"

"你为什么会有这种错觉呢？比起天分，我实际上是个更看重努力的人。但是我比起我导师还差得远，他将自己的全部生命和时间都奉献给了学术，至今未婚，也没有兴趣找伴侣。和他相比，组里的我们都显得很世俗、很懒惰，被骂也是正常的。他说我们几个男生的'甜甜圈聊天局'比黑洞还令他困惑，不明白我们怎么还有闲心做这样的事。师兄开玩笑说没办法，这样有限的'pay'允许我们有自己的时间，学校的劳动工会也允许我们有自己的时间。导师说，探寻真理给你们带来的快乐还不够弥补金钱的不足吗？哈哈哈……对了，你的导师确定了吗？是哪个方向的？"

刚刚郁谋聊他当初面试时，施念便开始沉默不语。现在他问起，她一下下戳着桃子，硬桃被牙签戳出洞，她的心也跟着掉到谷底。或许之前有那么一刻，她来的目的被她忘记，现在则是完全被她想起。

她觉得难以启齿，又明白总要说出口的。

她低头笑了下，而后看着郁谋，平静道："我没有拿到那个名额。对不起，我骗了你，接受这个事实我花了很久很久。我来不了了。"这话她是笑着说的。

无论是 USC，还是其他学校，都不打算来了，一方面是真的被这结果伤到，没有心气儿了，另一方面也是对现实低了头。留学浪潮的年代，竞争激烈，申奖很难，全奖更是难于登天，不走系里的合作项目几乎是不可能找到满意又提供全奖的专业。

郁谋明显愣怔住，他细微的神情变化施念尽收眼底，那是勉力不想让她觉得他惊讶的神情，可恰恰是这份体贴刺痛了她。

很丢脸吧？

施念再也绷不住，笑僵硬在那里，为了尊严维持着笑，但眼泪也出来了。她不待郁谋问，自己主动解释："本以为自己有立场生系里的气，这段时间完全是靠愤怒熬过来的，可是刚刚听了你的话，我才意识到，没拿到名额归根结底还是赖我准备不充分。

"系里拒绝我的理由说简单也简单，来面试的教授暂时都不招人，他们只是招生委员会的一员，不代表什么的。那个和我聊得很顺的教授也很为难，他是游戏开发方向的，说他的组满额了，问我如果学费减半我有没有兴趣，他尽力向系里申请优惠，可以等大四时我自主申研。我说即使是那样，对于我的家庭来说负担还是太大了。最后名额给了一个男生，那个男生面试前……算了，不提他……

是我太蠢，小丁让我听一半信一半，结果我信了不该信的那一半。"

她叙述时尽可能冷静，眼泪吧嗒吧嗒掉到桃子上，端着碗的手在发抖，盘在沙发上的腿也开始发麻。

"早该告诉你的，你起初问时我说谎了，实在不知道怎么开口，因为我自己都很难接受这个结果。一方面，我觉得不敢相信，以为是做梦，可是每次路过系里的公告牌，又明明白白看到上面的确不是我的名字。我能理解系里的选择，像我们这样的专业，每年研究生、博士生的退学比例很高，如果申请的不是自己最想去的方向，很可能坚持不下来，系里很担心送出去的学生出现这种情况，毕竟这个项目的维系是一届届的口碑垒起来的；另一方面，我又恨系里不变通，我明明说了我对其他方向也有学习兴趣，但他们就是觉得……可能看出来了……我那句话是场面话。"

施念深吸一口气，感觉肺里的氧气消耗殆尽。这段时间持续了很久的深深的无力感和挫败感找上门来，她看着郁谋，只觉得男人的脸庞离她越来越远，后来才意识到，那是眼里的泪水隔绝了他。

她依旧笑着哭："小时候的事情，我和你说得并不多，现在长大了，意识到那也无非是些普通烂事。家里欠钱，被人讨债，学校里有男生知道了把这事说给全班听，害得我没选上班委，去校长室挨过漫长又难堪的谈话……我明白比我家惨的还有很多，可最近我常有一种错觉，我发现每个人到十八岁为止，已经经历了这一生所能经历的全部事情，之后的每一天、每一件事，无非是之前发生的事重新演一遍罢了。同样是因为一个人，我没有得到自己势在必得的名额，还去老师办公室坐着，被苦口婆心地安慰和劝解。明明我不是十几年前的小学生了，我马上就过二十一岁生日了，对这样的事依旧无能为力。我坐在系主任的办公室，看他窗外的景色，看他桌上冒着热气的茶缸，一阵阵恍惚，好像连窗外的乌云都和小时候那天飘过的乌云一模一样,那种全身力气被剥离开来的感觉也如出一辙。世界好不真实,就像设定好了一样,可能唯一不同的就是,我长大了,我妈妈老了。我遇到什么事情,她不可能再领着我上门去找人讨说法,一切都要靠我自己了。"

她越说声音越低,实在是哭不动了,身体处于脱水边缘。桃子碗什么时候被拿走的她也不知道,没有东西可以捏,她觉得一颗心悬到半空,好不虚飘。

时差困、飞行途中的哭泣、所有疲惫和焦虑让她头疼欲裂,而后她叽里咕噜地说了一些话,连她都不清楚自己在说什么,逻辑全无。迷迷糊糊间,她感觉郁谋靠近她,抱起她,进了卧室。

3

施念觉得自己睡了很久很久,梦又长又累,好像把她儿时、小学、中学到大学又重新过了一遍。就是很普通的童年,但她好像一直困在那里,觉得自己实在是差劲。

她醒来时,郁谋在她旁边侧躺着,像是在看她,又像是在发呆,若有所思。

"醒了?"

她睡蒙了,哼了一声钻进他怀里蹭了蹭:"你什么时候的飞机啊?是不是该去机场了?我来叫车。"

男人笑了声。

对这个笑她反应了好久。她越过他的臂膀看窗外,又反应了几秒才意识到自己是在国外,一个完全陌生的地方,既不是老家的小房间,不是大学寝室,也不是哪里的酒店,而是郁谋的新住处。

郁谋轻轻退后一点点,看着她:"你梦见什么了?"

施念审视他,忧心忡忡的:"我说梦话了吗?"

他平静地点头:"一直哭着喊妈妈。"

"噢。"她舒了一口气,既然他不让她抱,就面朝天躺着。

她发了一会儿愣,想起梦的前半段内容,说道:"我梦到小时候的事。"

"可以给我讲讲吗?"

"嗯,我想一下。"施念起身找水,郁谋把床边的水递给她喝,她喝了一口后说了起来,"家里出事后,有段时间我妈天天去学校接我放学,因为她怕那些债主把我逮走。其实是她多想了,大伯后来垫上钱,那些人也没有来找了。"

"然后呢?"

"没什么然后。她来接我,冬天下雪不方便骑车,我们就坐公交车,到站下车走回家。我个子矮,穿的羽绒服又重又长,走在雪地里深一脚浅一脚的,我妈拉着我,怕我摔了。我那时……可能还不到我妈的肩膀。

"她在小摊给我买了绿色毛线手套。我俩经常玩的游戏就是她张开她戴着的黑色皮手套,让我把手放她手心。我的绿色手套一放上去,她就咯咯笑……我不明白她笑什么。后来她说,那种手套的五根手指齐平,小孩戴上很有意思,像块四方小面包。

"冬天小贩推着糖葫芦车在街口,有时候我妈给我一块钱,看我过马路买糖葫芦。我举着糖葫芦回家后待她做饭时我才能吃,但是我会和她讨价还价,比如要求先把上面的糖吃掉。我吃着焦糖和她讲学校的事,一路上她就那么笑眯眯地听着。我很喜欢和她一起走那段路回家,因为回家后就有种回到现实的感觉。在雪地里走啊走,哪里都冒着做饭的烟,就觉得生活也还是很崭新。其实呢,那时候家里已经很困难了。

"有段时间我爸很晚回家,晚上我妈会在卧室趴在床上哭。我去厕所拿郁美净给她擦脸，怕她把脸哭皲了，然后就变成她攥着郁美净抱着我哭。她那时也才三十出头吧，一定很害怕很无助。"

"爸妈离婚前几乎天天晚上都吵架。我妈执着于一个答案，就是我爸到底为什么去那个牌局，到底怎么认识的那帮老板。我爸呢，说打人不打脸，要我妈别一直问问问的。两人鸡同鸭讲，我妈太能被我爸的思路牵着走了，总是说着说着就开始因为情绪吐苦水，然后就被我爸抓住话里的把柄，让他变成委屈的一方。每一天每一天，总是同样的开始，类似的结束，我都听厌烦了，早上还要看我爸扮云淡风轻，骑车一路给我和我弟讲故事。

"我和你说的这些事差不多是同一时间发生的。我现在回想以前，不是总难过，也不是总开心，就是有开心的事也有悲伤的事，掺杂在一起的。可是所有的这些日常似乎都有一个共同的背景：兵荒马乱，人心惶惶。

"我爸后来老说我不亲近他，说原来小孩子也嫌贫爱富，谁赚钱多跟谁亲，谁住楼房跟谁亲，所以我跟我妈亲。其实不是的，我跟我妈亲，是因为小孩子知道谁能保护自己，谁在关键时刻不会放弃自己。我以前真的很依赖我妈，虽然她对我很严，有些规矩定得很不合理，批评起人来很吓人，可是我哭过闹过后还是和她最好。"

郁谋问："梦里你在哭这些事情吗？"

施念说："不是，这些事已经不能让我哭了。梦里我好像能知道我妈妈在想什么，然后我梦见现在她每天晚上都在被窝里哭，就像那时候她每晚趴在床上哭一样，就像我怕她出国时那样。她心里说她害怕，不想让我离开她。她说现在妈妈变成了小孩子，我变成了妈妈，但是我不会看她戴手套，也不会给她买糖葫芦，她怕我不要她了。

"小时候，我说长大了要把世界上最好的东西都送给妈妈，现在我不仅没有做到，还让我妈给我攒钱。我一会儿一个想法，让她替我担惊受怕。"

郁谋静静地看了施念一会儿，才伸手拍拍她。

施念犹豫地问："我只是喊了妈妈吗？还说了别的什么吗？"郁谋此时的态度令她捉摸不透。

"还叽里咕噜说了一些别的，大部分都听不清，除了妈妈，你还说……"仿佛想到什么有意思的事情，郁谋的眉头舒展开，语气轻松，"说你不想和我好了，声音好委屈。"

这样的轻松转瞬即逝，他回归到平静，声音平静，神色也平静。

见她惊讶地看着自己，他明白了，她的这个想法是有过的。只是为了再次确认，他问道："是这样吗？"

施念的心开始剧烈跳动，良久，她坐起来，将手插进头发里，没再说更多的话。

她很了解郁谋，他这样说，就是内心已经有了十分笃定的结论……而他此时脸上的神态越正常越平和，就越说明他越生气。

果然，说完，他便利落起身。

看郁谋走到门边，施念问他去哪里，他答非所问："所以是从什么时候开始就有这个想法的呢？没有拿到录取通知的时候？两个月前吧？你从那时候就在想分手的事了，所以没有让我回国找你。这不太公平啊，念念，你有两个月的时间来思考，而我呢，刚刚才意识到你已经下定了决心，我对此却一无所知。"

"给我一点时间好吗？等我想好了，我们再说。"他走出了卧室。

施念看他往客厅的另一个方向走去，没过一会儿，走廊传来关门的声音。

郁谋回到家大概是凌晨三点。这个时间在街头漫无目的地游逛，无论是走路还是开车，都不是一个明智的选择。

他先是在市中心开了一会儿车，比较偏僻的街道尽头是正在进行药品交易的瘾君子。这个城市非常极端，有最光鲜的一面，也有最肮脏的一面。白天，这些流浪汉、瘾君子会蛰伏在城市的各个角落，夜色降临后，街区便成为他们的舞台。

而后他去便利店坐着，要了一杯几乎没有味道的黑咖啡，动都没动。有两三个流浪汉透过玻璃橱窗看到他，进来攀谈，穿着脏兮兮的棉服在他身边纠缠。他不想多费口舌，给了他们一人十美元，打发他们走。流浪汉没多逗留，可能是看这个亚洲男人满脸写着不要惹我。

进家门后，郁谋把透明花瓶放在厨房的台子上。他觉得自己真是无药可救了，去综合便利店，明明心里郁结到极点，竟还看中了这个十三美元的玻璃花瓶。他很确信这个价格远远超出它本来的价值，可是一想起家里的玫瑰花还没有瓶子装，施念应该也不会替他选了，于是顺手就买了，也不管它好不好看。好像对一切都无所谓了，但又不是。

这一晚出门，他认清了自己——他花费三十美元打发流浪汉，一美元买咖啡，十三美元买来了自我认知：他没有办法真的对施念生气，即使她有了分手的打算。

屋子里静悄悄的。

他扫了一眼客厅，刚刚的桃子碗不见了，连同他昨天吃完饭没来得及洗的脏碗一起，被洗干净了扣着放在水池旁边，下面还垫了厨房纸。垃圾桶里也没有桃子，只有牙签。她把桃子吃掉了。

他站在卧室门口看，女孩正趴着睡觉，头发遮住了半张脸，被子乱七八糟的，就是没有盖在身上。那应当是她起来过，又睡着了。

只有月光的屋子里，郁谋站在床脚，静静地看了一会儿她睡觉。

高考之后，两个人相聚的时间非常短暂。他也曾羡慕过那些不需要异地、异国的情侣,很多留学生情侣从一开始就是住在一起的。但他总觉得他们两个不会被这些事情打倒——至少在今天之前他是这样认为的。

人睡觉都是一个样,他却能从施念身上看出一些别样的意味。

她这次睡觉比之前踏实许多,既没有说梦话,也没有皱着眉。他猜,应该是她把折磨她很久的心里话都倒出来了,才能睡得如此安稳——即使知道他还因为她考虑分手这事生气。

他不知是该笑还是该气。

郁谋蹲在床脚,食指轻轻勾了几下她的小腿,喊她起床,看她醒了就收手,整个人出奇平静。

"我们来聊聊?去客厅。"

沙发上,两人坐得不远不近。

施念抠着沙发上的一颗扣子,有点懊丧地说道:"我本来想等你的,可是我太困了,就又睡着了。"

"没事。"

"其实……两个月前我不让你回来,是想无论如何我也要过来看看的。你也忙,不能总让你来回跑。那时候赶上期末,很多门功课复习得焦头烂额,只能每天晚上睡觉前想一点。"施念生硬地切入话题,"那个……念头不是两月前立马产生的,你要相信我。"

"嗯。"

"我是个没那么果决的人,很多事情要想很久才可以。有时候想这样,过了一天可能又想那样,变来变去。大部分时候就是自己生自己的气,觉得自己忙这忙那却一事无成,像个蠢蛋。"

他点头:"好,我理解。"

"我也没有打算骗你……是有过欺骗和犹豫的想法,想着编一些伤人的理由，你就能很快同意分手……至少可以让你不来见我。可是见到你时，这些杂七杂八的想法就没有了，说到底还是很想见你，又觉得自己自私……"

"还好你没编什么伤人的理由。我这个人很擅长分辨谎言，但是对于你，你说什么我都是会选择相信的。"

"嗯……"施念心里惴惴不安。

"可以问下原因吗？你为什么会犹豫？为什么会觉得分手是个选择？"

施念继续抠着那枚固定扣，郁谋扫了一眼，移回目光。

"我如果说原因很复杂，你愿意听吗？"

"当然。"

"好，那我试着给你讲明白。"

"你可以想到哪里说哪里，我自己提炼。顺带说一句，你现在在抠的这枚扣子价值连城，如果掉了，很难保证我会同意分手，你可能要一直留在我这里洗碗还钱。"

施念停住手，认真观察男人的神情，知道他在开玩笑，又觉得兴许这扣子就是那么贵。

随后，郁谋无奈地笑了下："骗你的。"

施念为了控制自己的手，把双手攥成拳放到膝盖上。

"因为最近彻底决定放弃出国了嘛，我未来几年会在哪里、做什么还是个未知数。上大学的这几年，我好像一直游离在系里所有同学之外，没认识什么人，朋友只交到了一个，恍恍惚惚的，对所有事情都提不起兴趣，只是埋头学习。"

说到这里，她自嘲："学也没学太好。现在呢，一直以来努力奔赴的目标突然没有了，一下子很茫然，对任何事情都变得十分不确定，需要时间去思考，一颗心很浮躁，很厌倦自己这个状态，觉得和你的差距越来越大,完全背离了我当初决定去 Z 大的初衷。"

"这个原因似乎并不复杂。"

"不、不。"她摇头,"是这样的,我现在能和你这样说,是因为我自己已经在心里把所有复杂和纠结过滤了一遍了。我总是控制不住自己想要来找你,来到你身边,哪怕你没有要求我来找你。这是我自己的问题,我承认,这真的是我自己的问题。如果你对我毫无要求,不求我付出,我会特别没有安全感。总要让我做点什么的。我是不是很奇怪?"

施念无奈地笑,郁谋却没有回给她笑,反而皱起眉头。

"我同学里也有异国的情侣,但是没有人会像你一样每个月回来。你给自己设定了这样的目标,其实我也同样呀,异国好辛苦,我也希望我能做点什么。

"每次你坐飞机,我从前一个晚上就开始焦虑。你坐上飞机到落地前,我都拼命地刷新闻,生怕看到什么失事的消息。每一次我都下定决心,我一定不要让你这么辛苦了,太痛苦了。可是见到你又很开心,即使两个人什么都不做,只是去酒店躺着抱着睡一觉,我都很开心。然后就是陷入深深的忧愁。送你去机场,每次我都试图冷漠,看你走安检那段路又哭得不行。

"这种时候我就会很犹豫,想我们是不是应该分开,各自把自己的事情都弄妥当。

"说句非常自私的话,我没有办法控制自己不胡思乱想,因为我是后面的那一个,我看不到你看到的东西,所以总是会突然就担心了,突然就低落了,觉得自己很差劲。我不能接受自己一直是被照顾的那一个。"

她叹了口气:"所以你看,异国的困难、对于我妈的担忧,似乎都是很表象的理由,归根结底还是我自身的问题,我老是在审判自己,没法像十几岁那会儿那样轻松了。如果你只是需要我什么都不做，只是'陪伴'，于你而言足够，于我自身会觉得好难。

"退一万步说，如果有天我决定回老家，你也会陪我一起吗？我的最好选择，可能只是你中等程度的选择，但是我的最差选择，永远比你的最差选择低好大一截。我知道不可以这样去比较，可是如果只是比发光，那小灯芯很快就没蜡了，星星却能明亮上千上万年。你能理解我的意思吗？"

郁谋点点头，又摇摇头，神色异常疲惫。他看向窗外，太阳落山晚，出来早，此时天空已经泛白，他却觉得这一晚格外漫长。

"你知道……"他嗓音沙哑，精神也紧绷到极点，按着太阳穴，"我一直觉得我们两个之间不会存在这样的不坚定，总觉得所有现实原因都不会成为我们之间的壁垒。"

听到这句话，施念并没有非常想哭的冲动，可他抬眼望向她时，她的心一阵刺痛。

二十多岁的他，眼神似乎和十几岁时的那个少年重合了，不再是一贯的温和淡定，而是毫无保留的柔软和天真，全无盔甲，却被伤到体无完肤。全是她带给他的。

想到这里，她的眼泪一下子就流了下来，心疼到无以复加。

他也无从安慰。

他想，夜空里发亮的星星都是早已死去的恒星，才没有很厉害。

男人越过沙发，试图去吻她，从下唇开始亲，亲着亲着他也掉了一颗眼泪下来，但他假装那不是他的。

这真的是两个人之间最索然无味、最冷静的亲吻了。

都在想着其他事情。

他想，如果他刚刚不接话，不说她说了什么梦话，是不是就不会听到这一切？

208

她想,终于把心里话说出来了,却好难受,原来不勇敢是很多人不诚实的首要理由啊。

最终,他放弃通过亲吻获得心理安慰,因为这只会让他更难以忍受。

"我请假了,我们都再睡一会儿,白天带你去迪士尼转转。"郁谋语气轻松,好像很快接受了她说的那些话。

其实他想反驳,又觉得很无力,没有人能改变另一个人的想法。

他看施念还坐在沙发上神色紧张地等他最终表态,便开了个干巴巴的玩笑:"你在担心什么呢?我如果是你,就等到离开的前一晚再说,这样就可以不用睡沙发了。"

施念茫然无措,把他的玩笑话当真了:"我可以睡沙发的。"

"那我给你找被子。"

……

她面朝沙发里侧时其实没有睡着,在他"发狠心"独自走进卧室的半小时后,她听到他又走了出来。

他怕把她吵醒,动作十分轻地将她抱起来,抱回了卧室的床上。

第九章

郁谋的乌龟恐龙

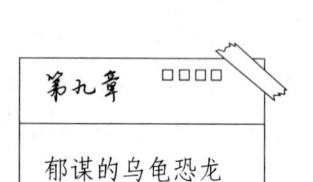

1

施念一直闭着眼睛听周围的动静,直到听到床的另一侧十分安静,传来绵长安稳的呼吸,才悄悄睁开眼。

结果她看见郁谋正对着她,也睁着眼睛看她,一动不动。

两人离得不算远。

"你不睡吗?"她问。

"嗯。"他说,"你不也在装睡?我还在想你要过多久才睁开眼。"

她说:"我还在想你过多久会睡着。"

他侧了侧身,手枕到脑后:"我睡不着,睡得着就怪了。我一直以为这样的事不会发生在你我之间,刚刚出门静下来想了想,发现很多事情都是有迹可循的,可能我还是过于乐观了,应该早点把话说清楚的。"

施念问:"什么话早点说清楚?"

郁谋暂时没回答,沉默了一会儿,转过来看她。看她脸上有一缕头发垂下来,他下意识去帮她捋,手伸到一半反应过来,问了一句:"我可以吗?"

这句话直接让她心酸到无以复加,从喉咙里挤出一个涩涩的"嗯"。

他也不客气,帮她捋完头发,手继续放到她的腰上搭着:"抱歉。你会不会觉得我手臂沉?"

施念将手扣在他的手上:"不会。"

郁谋感受着她手心的温度,叹气:"我很喜欢你碰我,感觉你的手很软,摸起人来很温柔。"

"不过我也没碰过其他女生的手,没办法横向对比。"他补充道。

施念笑了下:"然后你会发现,其实女生手的柔软程度都差不多。"

"如果女生都是你这样,一辈子遇到一个也就够了,太要我的命了。前半夜的时候,我感觉我的半条命要留在大街上,回家后看到你把桃子吃掉,那半条命才重新捡回来。也真是奇怪。"

"这和桃子有什么关系?"

"有关系。我记得你说过,你去别人家不喜欢吃水果,你来我这里吃掉一整碗桃子,我多少还是很欣慰的,觉得经过这么多年的相处,你还是下意识把我这里当家了。"他对自己感到无可奈何,于是决定说结束语,"成了,我们都再睡一会儿,然后去迪士尼逛一圈,好歹来一趟,回去你朋友一问都去哪里玩了,会说我没尽地主之谊。"

施念闭上眼睛:"可是我不太想去。我朋友不会问这些。"

"那你想去哪里?"

"在家待着,或是随便遛遛就行。我机票可以改签提前一点,

211

看提前到哪天最划算。"

"也成。其实我也不想去。"听到改签,他语气变冷,切换到吵架状态,"随便你。"

施念说要来一周时间,郁谋本来请了一周假,但第三天他就回到了学校。

组里人都觉得奇怪,问道:"你女朋友呢?"

郁谋拉开转椅:"她在家里。"

"一个人?"

"嗯。"

大家面面相觑,对郁谋的冷漠感到不可置信,这人时常挂在嘴边的一长串定语的初恋女朋友怎么会是这个待遇?

郁谋懒得多解释,也很难想明白自己留施念一人在家的真正目的是什么,内心烦躁得很,面上的平静都是装出来的。

肯定是气的,不可能不生气。

而后他又被一种复杂情绪折磨,觉得自己太欺负人,施念在这里谁都不认识哪儿都去不了,自己却把她丢下。

或许是想看她的反应,不能让她觉得自己没有脾气,是个大圣人。

抱歉啊,以后要不是男女朋友了,你就是这待遇。

希望她能懂自己的暗示。

可是今早他拎起电脑出门时,他特意看了眼她的神情——坐在餐桌前的施念有一瞬的惊讶,而后平静地说:"哦,没关系,你快去忙。"又让他没来由地心疼了一下。

有人说,正常人分手有四个阶段:不敢相信、难过、愤怒、平静。

他现在正处于第三个阶段。她说那些话的当天,他有些恍惚,总体还能控制情绪;昨天是第二天,他开始心气郁结到不想讲话;今天早上一睁眼,她告诉他改签机票了,后天早上的飞机,他当即决定来办公室静一静。

吵架的第三天,他意识到自己的脾气终于找上门来,实在不想在她身上发出来,于是在自己的位置上发了一天的愣,工作效率为零。

终于熬到下午,他拎起电脑包和车钥匙急急忙忙往外走,和众人打招呼:"我回去了。"

进家门前,郁谋想施念在家会做什么,而后又在心里叹息。他总有种错觉,两人间的这种"别扭"和学生时代的每一次别扭其实没有两样,但他又深知其实是不一样的,这次不是别扭,是确实想过要分开。

虽然暂时没有分开的实感,可能因为他们还处于过渡期,可这种感觉总会找上来的,也许是等她回去以后,也许过半年一年。

施念在沙发上看一场橄榄球比赛,见郁谋进门,她直起身。

他瞥了眼屏幕:"你爱看这个?"

她回道:"看了一下午都没搞懂规则。"

"中午吃的什么?"他没理会她的无聊,打开冰箱。

"就那个什么。"她一时想不起名字。

他细细查看她吃的到底是"什么",发现冰箱里唯独少了小半盒鸡肉色拉,声音提高:"你不看保质期的吗?色拉快坏了,我打算扔掉的。"

施念捏着遥控器,一脸茫然:"我没看啊。"

"冰箱里这么多东西你不动,吃那个破烂玩意儿?"

很好,郁谋,你万分之一的怒火通过贬低一盒鸡肉色拉得到了释放。

"可是你冰箱里的其他东西都要做才行,我不会做饭。"

心里那团火涌上来,郁谋将另外万分之一的怒火撒到车钥匙上。他狠狠捏着车钥匙站在门口,一脸阴沉:"起来,我们出去买点吃的,别到时回国你朋友一问,就是说闹分手,然后我还饿到你了,显得我格局不大。"

"我朋友不会问这些。"

213

车辆经过一个满是店铺的广场，太阳未落山，流浪汉们坐在台阶上昏昏欲睡。

郁谋停下车要去卖酒的商店，施念跟来。

刚要进店门，郁谋突然想起什么，同她确认："你是不是还不满二十一岁？"

"过两个月就是了。"

"那也不行，加州法律规定二十一岁以下不能喝酒，你跟我进去，他们查出来不会卖给我的。你在外面等我，我进去拿瓶白葡萄酒，回去做意面用。"他指店门口旁边的玻璃处，"就在这里站着，在我视线内。"

"哦，好。"施念原地不动，隔着玻璃看里面，有点好奇这边专门卖酒的地方长什么样子。

很多货架，很多酒，酒标五颜六色。

郁谋在货架中穿行，选了一瓶味道适合和青口贝一起炖的白葡萄酒。他本来拿起了一瓶贵的，又放下，觉得千里迢迢来提分手的女人不值得这么贵的酒。随后他又把贵的拿起来，心想自己也要吃的，还是选贵的吧。

玻璃有反光，施念眯着眼睛看见郁谋在收银台结账，人家问他要 ID（身份证标识号），他翻钱包找驾照……果然要查年龄啊。

她又从反光的玻璃里看见一个奇奇怪怪的人对她招手，嘴里嘀嘀咕咕的，从身后向她走过来，那人脸上全是疮，衣衫不整。

可能是透过玻璃看那人的行为让她对距离的把控失去概念，也可能是她听那人在和她说什么英文，她反应慢了半拍，直到那人突然凑到她身后撩起裙子，她才尖叫出声，小步快跑进来站到郁谋身边，小腿打起哆嗦。

郁谋正在将驾照塞回钱包，没有看到刚刚的一幕，但他听到了那声尖叫。

施念前所未有的冷静，见所有人都望着她，她用最简单的英语解释："He touched me.（他碰到我了。）"

郁谋脸色变了，把买的酒"砰"一声撂在收银台上，大跨步追了出去。

施念看他神色不对，赶紧拿起酒追了出去。

那个人依旧骂骂咧咧地往前走着，走到快路口了。他衣不蔽体，裸露的皮肤上全是疮疤。

"Hey！"郁谋怒吼了一声，终于追了上去。

那人没回头，郁谋扬起拳头就要砸向那人的后背，被赶上来的施念一把抱住腰："郁谋，冷静！"

她死命抱着郁谋往车那边推。她没有因为流浪汉害怕，反而被郁谋那不顾一切的状态吓到。

那人这才转过身，看到比他高出许多的男人，大惊失色，跌跌撞撞跑开了。

车在公寓楼下熄火，郁谋坐着不动，他看施念坐不住了，才开口问道："刚刚为什么不让我替你出头？是因为想分手了？"

施念坐得板直："不是，我不想你碰他。他明显是瘾君子，我怕你碰他染上疾病。

"你看他身上全是疮，你打他，你拳头破了，咱们还得去医院检查。"

郁谋想了想，没反驳，那个人确实是瘾君子，遇到这样的人，即使是报警也没什么用。

"他碰你哪里了？"他再次确认，虽然他刚刚在回来的路上同她确认了无数遍。

"他把我裙子撩了起来，幸好我裙子里面有衬裙……你不要再问了，就一瞬间的事，我已经不去想了。"

因为这个变故，回到家，两人都没了之前的冷战低气压，取而

215

代之的是一个平静,一个生闷气。

施念把裙子换下来,去浴室搓干净。其实上面没有脏,但她心理上嫌弃死了。

郁谋在客厅站了一会儿,随后来找她。

男人靠在浴室门口,看她仔仔细细搓裙子:"是我的话,可能会把这条裙子直接扔掉。"

"这条裙子你忘了?是我们拍毕业照时穿的啊,我不想扔。"施念旋开热水。

犹豫再三,看她比他冷静许多,他把心里想的话问出了口:"你不害怕吗?"

"周围那么多人,我跑开就是了。其实我更觉得恶心,我怕他把什么恶心的东西沾到我身上……你懂吧?我不让你揍他也是怕他传染你疾病。我妈说,碰到这种人,躲得远远的就好,不要碰。"

"没想到你的想法会是这样。"郁谋在想两人的思维差异,也明白今天的自己不适合思考问题。可是事发突然,情况特殊,"分手"后的两个人还要因为机票时间问题共处一室几天,尴尬僵持的状态因为这件事有了些许谈资。

"我一直都是这样的人,你第一天认识我吗?"施念补充,"我遇到在乎的人偶尔会上头,大部分时候还是很理智的。"

"在乎的人……都指谁?"

"还能指谁?我妈,还有你呗。"

"你对我上头过吗?你举个例子。"

"你这里有颗痣你知道吗?"施念转过来看郁谋,点了点自己的眼睛位置。

"好像是有。"

"我一开始很担忧,因为我听说眼睛边上的痣大多不好。"说着,她将裙子拧了一遍。

"是吗?"

"不过你不用担心，我后来上网搜，说你这颗痣长得很好的，是难得的好痣。"

"有什么说法？"

"事业顺利、财运亨通之类的，都是好话。"

"你怎么还信这个？"郁谋无奈笑道。

"所以说上头了嘛。你脖子上还有一颗你知道吗？"

"哪里？"

"哎？你自己身体上的你竟然没有注意到吗？这里……"施念甩了甩手上的水，指过去。

手指悬在半空，还没点到，就直接被郁谋攥住。他拉她靠近，不让她走回水池："我知道在哪里，刚才骗你的，你不要指了。"

施念察觉他状态不对劲，昨天不理人，今天话又开始变多，于是讷讷地把话说完："好。你脖子上这颗没什么迷信说法，好多人脖子上都有，就是需要注意会不会变大，变大就不好，因为有可能是黑色素瘤，需要去点掉。"

"都要分手了，还这么操心？"郁谋垂眸看施念脸颊上有一滴水珠，声音很低。

施念陷落在这样的眼神里，心虚又没底。

"嗨，普通老百姓可不就只能关心这点破……"她一句话还没说完，男人就俯身吻住了她的唇，一点也不温柔，磕到了牙齿，"……事情嘛……"

郁谋顺着施念的话说："和你说，普通老百姓分手不这样，随他便吧。"然后他把手伸进她睡衣下摆，狠狠捏了她腰一把，撒气一样，一路吻着她的脖子往下，声音带了些奇异的怒火。

两个"普通老百姓"跌跌撞撞倒去了床上。

2

花洒下，郁谋撩起施念的头发来堵住她的鼻孔，玩着幼稚游戏：

"哎，前女友，您瞅这水温行吗？"

施念可不禁逗，听郁谋这样说，跳起来抱住他的胸膛。他脚下一滑，赶忙撑住墙，吓了一跳。

两人重新贴一起，她在想这，他在想那。

她闷闷道："你是不是很生气？"

郁谋静静地给两人冲了会儿水，平息自己的奇怪想法，说道："怎么说呢，说不生气是假的。"

"不对，其实是非常生气，有几个瞬间，甚至想把你扔到街口的便利店坐着去……但我不是一个会很大声吵架的人。你记不记得高一那会儿我们因为昌缨吵架，你当时嘴硬说我想多了，就是不承认，我说了些气话，转身走了。"他继续玩她的头发。湿漉漉的黑发贴着后背，她的后背又白又滑。

"我记得。"

"嗯，那种状态大概是我所能达到的最强烈的生气状态了，但是现在年龄增长，那种状态也很难有了。主要是觉得很无力，无力比生气更要命，从某种程度来说也是成熟了。"

男人脸上浮现出那种看开的神情，伸手拿香皂帮她打泡沫。

随后他又说道："这样想的话，你也算是成熟了。高一那次我们吵架，你撒谎说从没有喜欢我。后来高考，你不是否认了嘛，咱们闹了冷战。现在呢，知道坐飞机过来一条一条讲，那个劲儿啊，我给你学学。"

说着，他捏起嗓子学她说话："郁谋，我考虑分手，原因一……原因二……原因三四五六七八九……一千！你不去当律师真是可惜了。你说你脑子笨，我看你脑子比我聪明，当时都把我说蒙了。"

她没被逗笑，收紧手臂，说："对不起。你不要取笑我，我是真的那样想来着。因为你不知道，我这几个月脑子都要炸了。"

郁谋大大喘了一口气，说："谈不上对不起。感情的事很难说，有时候可能就是没到那个'点'，没办法的。'你永远也不可能真正了解一个人，除非你站在他的角度考虑问题（摘自《杀死一只知更鸟》）'这句话，你听说过吗？"他笑了笑，"我站了，所以我理解，但我生气，想怎么治你来着。我把你当女朋友，你把我当菩萨，我可真是太气了。"

施念说："对了，我一直好奇，你高中那会儿如果不回一中，会去哪里度过三年呢？"

"会来舅舅这边，舅舅给安排了高中，除此之外，这边还有很多青少年科技项目可以申请。"郁谋给她冲完澡再给自己冲，怕她冷，还时不时把花洒调向她。

施念在淋浴间的角落站着，陪他讲话："那看来当初年级里的传闻是真的。没来这边会不会有一点可惜？"

"或许吧。不过我回去后才发现你中考成绩竟然不错，也很替你高兴。我当时以为你可能不能留在一中。"

"对，那时一直暗恋来着，我以为你不知道这事，初三冲刺时，我确实很努力。以前也会在脑海里演小剧场，就是很多年以后你在新闻发布会现场，台下全是闪光灯，我是小报记者，给你撰写人物传记之类的。"

施念脸红扑扑的，瞥了郁谋一眼，继续说正经话："小时候还是很幼稚。我没想过你会突然回来，还和我一个班，我惶恐得不得了，每天你坐我后面，我觉得后面坐了一个天神，要把我的眼睛晃瞎。那时可从没想过我们有一天会成为情侣。"

郁谋转头看她，淡淡地说："以后要是咱们国家少了一个院士，先得让警察把你抓起来，因为是被你气死的。"

后半夜回到床上，郁谋面朝施念，还拿之前的话说事："普通老百姓分手了也还能抱一会儿吧？"

施念都要睡着了，听到这话无意识地点头，张开手臂，示意他来抱。结果男人像个小孩一样缩进了她的怀里，头靠在她胸口。这次并不带什么情欲意味，只是安安静静享受被完全环抱住的温暖。她像个长辈一样抱住他，一下下拍着他的后背。

"其实这样挺好的。"郁谋说。

施念顿了一下，醒过来，又继续拍。她不清楚他这句指的是她这样拍他挺好的，还是指其他的事情。

郁谋给她解答："就你之前说的一点，我还算认同。

"我在CERN那边谈了一个教授，愿意和这边的导师一起带我博士阶段的研究。两年后我如果去CERN，大概每年会有一半多的时间待在那边，嗯，大概每年八个月在那边，四个月在这边，因为大部分实验数据要在那边做。压力还是很大的，那样就没办法一个月回来一次。

"真不是故意瞒你。这个机会是几个月前知道的，那边的招募邮件发过来，我犹豫了一段时间，因为本来打算只是去访学一两年。决定申请是你来前几天的事，想着你要来了，等面对面说，申请结果要等一段时间才能下来，可能成，可能不成——这样的话我会对其他人说。但说实在的，不成的可能性很小——这话我只对你说。"

施念认认真真夸道："哇，那真的很好啊，你好厉害。"

郁谋沉默了一会儿："不是让你夸我。我的意思是，这个阶段的两个人的确有些兵荒马乱，你好不容易来了，我又要走了，多少会让人觉得挫败。也正因如此，我租的这个公寓安保很棒，我想我不在时，你一个人在这边我也能放心。

"当然啊，我这份内疚只针对'我又要走了'这件事，你说怕耽误我，我还是不能同意。我不是那种拎不清的人，关于学业和事业，你看我都是很稳的，该抓住的机会一定会抓住，没有什么能在这上面影响我——这样说你可能不爱听，我只是就事论事。"

"没有，我很开心，希望你特别好特别顺利。"施念摸了摸郁谋的后脑勺。

"是吗？如果你因此不开心，我可能会更欣慰，因为我刚刚是故意那样说的，是一种'你提了分手，我也要气气你，说你不重要'的心态。"

"啊？所以到底是什么？会因为我影响你吗？还是不会？"

"不清楚。很多事要发生才能知道，目前你还没有影响到我，我也并没有因为你放弃什么。事实如此。其实前天你说那些话时，那种状态让我觉得好像说什么都无济于事，好像很多人都这样，在那个情绪里就坚信自己是对的，是绝对理性的，一点意见都听不进去，就觉得自己想出来的就是对的，是最好的解决办法。按理说，你学计算机的不应该这样，你们编程时不都强调去学大佬的程序语言结构吗？你一定是个固执的程序员。"

施念轻声问："好吧，所以你的建议是什么呢？"

郁谋从她的怀抱里出来，将她抱进怀里，亲了亲她的额头："不提分手，但是可以给你时间找找自己的节奏。你不想我去找你我能理解，其实后面我也基本没时间了，就本科这会儿还能偷偷闲。不要想着跟在我后面跑来跑去，我也是有压力的。你难过，我也难过。

"我很严肃地和你说，施念，这个事情到此为止，你在原地不要动，我退四分之一步，我乖乖等你找我，好吧？这是我最大的仁慈了，你可不要得寸进尺。"

3

后面几天，因为发现自己买的机票不能改签两次，施念把它退掉，重新买了一张新的单程票。她在电脑上操作时，郁谋在一旁揶揄："所以一开始为什么要折腾呢？"

她心疼钱啊，要不是因为赌气……但听他说这话又十分诚实地回道："我一开始是很认真和你说的。"

"我知道。这事说也简单，你还是小学生思维。小学生表现好，给朵小红花印章，表现不好，黑色哭脸印章。你把我当小红花了，你觉得自己表现不好,不值得小花。哪个老师有你这么个学生也算省心了,表现不好自己给自己按黑印章,自我管理能力一流。"

施念想了想:"你这个比喻不太贴切,如果是你,怎么也要顶级奢华的花,牡丹啊芍药啊那种国色天香的。你才不是小红花,你的花瓣有那——么大!"她从屋子的这个角落指到另一个角落。

郁谋点头:"谢谢你的认可,我会再接再厉。"

"我说花瓣!花!瓣!"

施念拉着郁谋去挑了床架、床垫、沙发,还有其他小物件。选床垫时,施念挨个去躺店里的试用床垫,说要选硬一点的,对腰椎和后背都有好处,小小年纪就要注意起来,即使只睡一两年也要选合适的。郁谋看着她笑,却被她在后背打了一巴掌。

郁谋还带施念去了自己学校。施念不能进办公室,只好在外面走廊趴在玻璃上看了看,看到了郁谋的办公桌,还有在喝可可奶的师兄,竟然还见到了他的导师。老头子穿着衬衫和西裤,身高超过一米九,走路带风,一头抹了发胶的银发一丝不苟——和施念想象中的完全不一样,她以为导师是教科书里爱因斯坦那个形象,头发是羊角型的。

导师见到郁谋,先是竖起眉毛说他上周的 proposal(提议)异想天开,毫无用处,自己是不会为那种破玩意儿拨钱的,还想说那是一团垃圾。"rubbish"刚发音,就注意到郁谋身后的女孩子,老头竟然挤出了个僵硬的笑,拍着他的肩膀说:"Which I think is reasonable to ɜo meextent.(我认为这在某种程度上是合理的。)"

聊了聊后,导师走时对他俩说:"Enjoy your honeymoon!(蜜月愉快!)"接着又对着郁谋补了一句,"Hope to see you in the office sooner!(希望早日在办公室见到你!)"

施念问:"我没听错的话,你导师前一句是祝我们蜜月愉快?蜜月不是结婚才有的吗?"

郁谋一脸古怪:"是这样没错,他学术确实厉害,没想到讲笑话这么烂。"

"他脾气还挺好的,很难想象你们天天吵架。"

"你没看他说 reasonable 时快把牙齿咬烂了吗?他从不夸人,尤其对我。这次托你的福,让我看见太阳从西边出来了,真是难为他了。"郁谋说道。

"你导师穿得好正式,他每天都这样吗?"

郁谋领施念出教学楼:"你也注意到了。嗯,是的,他说他每天都和物理学这个迷人的小姐约会,所以要打扮得体,有仪式感。只有爱真理,真理才会爱他,向他展示更多裸露的肌肤,给他更多的快感。"

这个比喻施念听懂了,小声问:"那给你更多快感的是什么?是我还是物理?"

郁谋坐回车里,假装沉思着启动汽车,随后一本正经地说道:"哎呀,我给忘了,那咱们回去再试试才好比较,最好多试几次取平均值。科学家讲究治学严谨——这可不是我说的。"

最后一天,郁谋开车送施念去机场时,看着前方突然笑了一声。

施念转头,发现男人没有要为这个笑解释的意思,但是笑的余韵还在,侧脸能看出嘴角上扬。

"在笑什么啊?"她问。

他轻轻摇头:"没笑什么。"

过了会儿,他说道:"怕说出来你生气。是这样的,对于人性,我有一个理论。你有没有听说过'薛定谔的猫'?"

"大学物理讲过,是不是用来解释原子衰变叠加态的?"

"嗯,简单来说就是把镭、猫、探测装置和一瓶毒气同时关在箱子里,处于未观测的状态。打开箱门,观测原子核有没有衰变,你观测的那一瞬间,原子核的衰变不衰变叠加态会坍缩。与此同时,猫的'活'与'不活'的叠加态也会随之坍缩至一个本征态,即活或是不活。但是如果你不观测它,它在箱子里就一直处于既活又不活的叠加状态。"

"所以你刚刚在笑这个?"施念疑惑。

"不是,我在想不只原子核有这样的叠加态,你也有啊。把你关在一个笼子里,你处于既喜欢我又不喜欢我的叠加态,或者换句话说,乌龟就是不喜欢,恐龙就是喜欢。关在笼子里时,你是乌龟和恐龙叠加态;打开笼子,我来观测,你就瞬间坍缩成乌龟,或是恐龙,有时候喜欢我喜欢得不得了,有时候不喜欢我到要跨过大洋来打我。"说着,他的嘴角又扬起,"我刚刚在笑,就是在笑脑海里浮现出的乌龟和恐龙的场景。"

施念象征性地笑了几声为他这个超级冷的笑话捧场。

他居然还好意思说他导师讲笑话烂。

"我一直超级喜欢你啊,只是有时候会担心在不在一起的问题。"

"那我换个说法。乌龟就是不想和我在一起,恐龙就是想和我在一起。"

郁谋在机场找车位停下,去后备箱帮施念拿行李:"很多时候,人是暗示动物,嘴上说想分手,心理暗示多了,就会变成真的想分手,这样你就变成真的乌龟了,施念。好好的一个姑娘背个绿壳儿,多不漂亮。希望以后每次我观测,你都坍缩成恐龙。"

看施念过海关时,那么高大的男人竟然哽咽了。

他插着兜说:"每次我过这里时,就是去找你的时候,心情可好了,也不会因为十几个小时的飞行劳困而担忧。怎么这次看你走,想你一个女孩子要在一个憋闷的铁盒子里傻坐十几个小时,我心里就好难受。"

施念道:"所以你知道我每次的感受了吧?"

郁谋点头:"确实,心理上的难过似乎比肉体上的苦痛更折磨人。这和现实观测的人性似乎是相悖的。谁受苦谁开心,谁轻松谁难过,哪有这样的事呢?"

施念往前走,郁谋喊住她,走过来又抱住她。

他伸出小拇指，去勾她小拇指："做恐龙好不好？以后一直做恐龙。你做乌龟我还要给你刷壳，怕你壳干裂，怕你长苔藓，还要带你去晒太阳，很麻烦的。"

施念本来没哭，这下被他搞得眼圈也红了："那我做恐龙，你也得给恐龙磨磨大脚指甲什么的，你知道我在说什么吧？就是侏罗纪公园里的迅猛龙那样。我要是有那样的大脚，一箱袜子够你穿，但不够我穿。"

送走施念，郁谋一个人开车用了二十几分钟回到家。回家路过那家"拥有牛油果绿色餐椅"的快餐厅时，他转头看了眼，叹了口气。他一直觉得自己属于洒脱那一类的，在一起的时候非常认真，各自分开时能专注自己的事情。可是不知道为何，这次施念来看他，把他看出毛病来了，他现在觉得哪儿哪儿都不顺眼。

施念这次回程只带走一个箱子，留给了他那箱袜子内衣。她说这箱子本来也是为了出国准备的，很结实实用，规格正好符合托运最高标准，这次干脆给他用了。

箱子靠墙，一直没来得及打开收拾。她让他有时间了自己开，她就不帮他整理了。

郁谋想翻翻看，主要是这是家里唯一和她关系最大的物品了。

男人蹲下，拉开箱子的拉链。

满满当当的袜子，都剪掉了硬纸板和塑料商标。他发现箱盖上网眼布里单独放着一双袜子，和其他袜子不一样。他把袜子取出来捏了下，里面硬硬的，一个小长方形的东西，手指探进去把那异物掏出来，原来是银白色的学业御守。

2013 年到 2014 年有几件没什么关联的大事，隐没在无数的新闻中，只被相关领域的人津津乐道了一阵。

阿伦·艾弗森正式宣布退役。这个拥有绰号"Answer"，效力于费城 76 人的"小个子"巨星是无数"90 后"男生心目中的神，是他们热爱篮球的原因。退役时，他没有拿到一枚总冠军戒指，却丝毫不影响他是一代篮球巨星这个事实。

欧洲核子研究组织发表正式新闻稿，表示 2012 年初探测到的新粒子正是希格斯玻色子，也即"上帝粒子"。这一发现直接将来自比利时的弗朗索瓦·恩格勒教授与来自英国的彼得·希格斯教授送上 2013 年诺贝尔物理学奖的宝座。2012 年探测出新粒子时，举世震动，而物理学界却一派平静，大家都在焦急地等待后续经反复验证的声明。2013 年新闻稿一出，这对世界来说已经不新鲜，物理学界才是真正的狂欢。而那时，郁谋第一次来到法瑞边境这个门前有湿婆雕塑的研究中心，他见证了这一刻。

2014 年，发表在 Nature《自然》上的一篇文章被某社交平台新闻账号翻译转载，标题是"China plans super collider"（《中国计划建造大型粒子对撞机》），由于内容讨论门槛高，这则新闻只得到个位数的转发和讨论。而在这个位数的评论中，有这样两条，一条是"这事是真的，计划在秦皇岛。不过中国若想建造，除开经济上巨大的投入，真正的压力是技术。至少需要 3000 名该领域内科学家的前期技术支撑和演算。故而西方看衰这件事，说这对中国目前来说还是天方夜谭"；另一条只有八个字，"功在当代，利在千秋"。

2014 年初，业内某知名武侠对战游戏的制作人兼主策划林羽孤身出走大厂，在北京创办了一家名为 Bremer Game(不莱梅游戏) 的游戏开发工作室。工作室起步之初，除了制作人，团队只有四个人。

2013 年到 2014 年的他们也有了一些人生改变。

2014 年初，贺然和乔跃洲带领他们所在的 L 大篮球队第一次打进了 CUBAL（中国大学生篮球联赛）男篮全国 16 强，创造了学校历史最佳成绩。很巧的是，贺然的名字第一次出现在校报上时，写这篇文章的大学新闻社成员的英文名叫 Monica。

郁谋三年完成了本科阶段的学习，2013 年下半年接到了正式的直博 offer。同月月底，CERN 的访学申请也被批准，未来他将在学校导师和 CERN 实验室导师的共同指导下完成博士学业。

2013 年末，施念得到了进入 EA 中国工作室实习的机会，工作室位于北京。

2013 年末，许沐子通过了老家一中的体育教练面试，但她最终选择留在 T 大，攻读体育教育训练研究生。

2014 年初，文斯斯从京都搬到了东京，身份也从高校学生转变成半工半读状态，在一家中型画室当初级学徒。

几番折腾后，施斐在美国的学业再次进入 gap year(间隔年)。他回北京找贺然，盘桓数日后，决定在这里开办俱乐部性质的篮球场馆——前提是他能从他爸那边要到钱。

2016 年 8 月 17 日，郁谋从瑞士飞往美国进行博士论文答辩，经历答辩委员会四个小时五个教授的车轮战式"盘问"，最终一切圆满。

之后教授们站起来祝贺他。导师问他以后的打算，他说回国效力。

这个一米九的老人曾多次邀请他留下来，因为"像你这样的人有相当一部分选择留下，因为这边有最先进的仪器和最顶级的资金支持"。

此时老人已经知道多说无益，只好拍着他的肩膀，目光难得慈蔼："如果我是你，我会早点回去。你多保重，多留心。"

施念收到郁谋微信时，正从 Bremer Game 的工作室面试出来。他说还有些事要办，一周后回国。

一周后，8 月 24 日。

郁谋在机场托运完行李，去卫生间。从卫生间出来时，看见四个机场地勤模样的人站在外面张望，看到他时目光定住，随后向他大步走来。

"护照看一下，随行的包给他。"一个身材魁梧的白人翻着郁谋的护照，随后示意一旁的同事去取郁谋的电脑包。

"是这样的，我们接到消息，说有研究高能物理的中国学者涉嫌非法携带数据和成果，需要你配合我们调查，我们去那边。"那人指了指一般被称为机场"小黑屋"的房间。

遭到不实指控，经历三周庭审，在毫无任何证据的情况下，郁谋又被无故秘密拘留了四十五天。最后在大使馆的帮助下，他重新踏上中国的土地。两月内暴瘦二十斤的男人此时孑然一身，所有的电子产品都被扣下。

有一辆车来接他，去往秦皇岛。

施念接到来自郁谋的最后一条信息是在 2016 年 8 月 25 日的凌晨。

郁谋：还记得我们的比喻吗？做真正的乌龟，不要联系，不要找我，也别等。

施念回复这条信息时，发现自己已经被移除了联系人。

第十章

银白色能照亮暗黑色吗

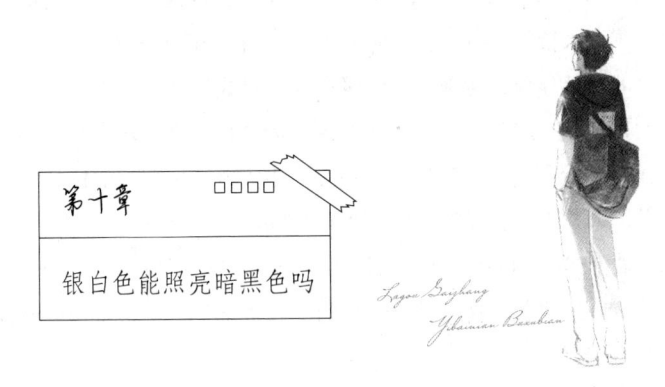

1

中国科学院高能物理研究所（简称：高能所）位于北京石景山玉泉路 19 号（乙）。中国第一位理学博士、博士后就是在这里诞生。因为全国顶级的大脑汇聚于此，天赋在这里变成普遍，是最基本的一块敲门砖。相比天赋，这里更信奉团结、唯实、创新、奉献。

2020 年 7 月末，高能所迎来了一位平平无奇的新研究员。郁谋从主楼正门那边走，循着台阶进楼前，抬头仰望所标片刻。高能所的所标非常写意，是象征着正电荷电子与负电荷电子高速对撞湮灭的阴阳鱼，代表无穷无尽无阶无极。这让他想起他曾在 CERN 看过三年多的湿婆雕塑。湿婆在印度教里既是毁灭之神，又是生殖性欲之神，同时也代表创造、生生不息和无尽律动。这样的比喻是理科人的浪漫。

主楼前的沥青路旁栽着对称的两列高大杨树，贴近主楼的地方种着笔直冲天的松树。如果是冬天，松树上堆满银雪，树的最高点可以攀到大楼的第四层。此时是盛夏，松树是郁郁葱葱的。

老楼墙体厚，房顶高，冬暖夏凉，老式地砖泛着青色。只开着一台风扇的办公室，窗外满眼是绿。因为楼层低，阳光并不盛，透过茂密的绿照进来，郁谋有种站在一中大办公室罚站的错觉……可眼前的人并不是鄂有乾，而是他未来的领导。

墙上挂着一幅字：士不可以不弘毅，任重而道远。

窗边还放着一盆吊兰，长长的叶片垂下来，垂到盖着玻璃板的桌面上。

"那边的工作已经完成了？"

"是的，前期准备阶段归属于我的，能做的已经完成了。"

"嗯，辛苦了，好好休整几天。你在这边住哪里？房子找好没？"

郁谋点头说找好了，还直接说了小区名字。

领导对他的效率感到惊讶："忘记你本科在这边待过一年了，对这里很熟啊。你住的地方来这边坐地铁很方便。"

"其实不熟，不过我女朋友住那个小区，我也就在同小区找了房子。"郁谋面上温和地笑着。

郁谋从办公室离开，开始苦笑，苦笑完又无声叹气。他想他这次回来，哪只对科学"任重而道远"啊，方方面面都"任重而道远"。远的不说说近的，喂猫很累的。

游戏开发者大会在杭州举办。

施念一直觉得这种会其实和华山论剑没什么两样，胸前挂着名牌，互相一看，哦，你是嵩山派，久仰久仰；你是峨眉派，承让承让。到了他们这里，嗯……杀猪派？对方绞尽脑汁想出一个他们"帮派"

的名声：你们掌门之前是嵩山派大弟子，后来叛出师门！

——这就是施念给她所在的 Bremer Game 的定位，以及给 Boss 林羽的定位。再说得具体点就是，开会时分配座位，他们几个坐在最后最靠边。

现在回想起当初她入职 Bremer Game，她觉得自己是冲动和内疚并存。

冲动是源于面试时林羽说过的一句话。他说，他创造这间工作室的初衷是想做一款"经得起时间与玩家检验的有味道的大型单机游戏"。不跟任何人比，不对标任何现有的游戏大作，无论国内国外，为的是把自己心中那个梦做成现实。说这话时林羽已经过了自己的四十岁生日，长相比他的实际年龄可能还要大上四五岁。都说四十不惑，他却还在谈论理想这种虚无缥缈的东西。施念却从这个大她一轮还多、头发稀疏的男人脸上看到了一份少年赤诚。她想，这不是巧了吗。

内疚是因为面试时林羽就施念简历里提到过的一款冷门游戏进行询问，施念实话实说，说玩那个游戏时她还刚上初一，在弟弟电脑上玩的，那时候版权意识不强，玩的是盗版。林羽笑眯眯问她既然是盗版，怎么敢写在简历里，她说因为这游戏的玩法令她印象深刻。林羽说，哦谢谢你，这是很多很多年以前，刚上高一的我做出来的游戏。

大会结束后，一行人打算第二天回京，施念改签，独自一人坐晚班飞机提前回来了。

出租车停在小区门口是夜里十二点半，她整个人已经累到神智不清，竟然还"飘"到边上的便利店买了一袋豆浆和一个豆沙面包，想着当明天的早饭。

这个点的便利店几乎没人。她没挑，站在门口选了两样去结账。结账时她扫了半天码都不成功，直到后面排队的人声音沉沉地提醒她扫错了码,好像生气她耽误了时间,她才发现自己打开的是微信,但扫的是支付宝。她累到不想转头,原地不动窘迫地点头说谢谢。

已经是老熟人的收银员小哥指了指货架上的健脑核桃露,对她说这个其实也不错,她抓着塑料袋快步逃出了便利店。

到家整个人又累又困,她冲了个澡就上床睡了过去。睡着前,有两个想法突然冒出来,一个是核桃露健脑这个说法到底是不是智商税?另一个是她觉得自己大概是疯了,刚刚站她后面那个人声音好像郁谋,就连他的语气都很像。不是他对寻常人说话的语气,而是他对她说话独有的语气,总带着很淡的温柔。

她真应该回头看一眼的,因为真的好像。

这个出租屋是施念和小丁合租的,一居室改两居,她住的卧室是由客厅一分为二安装玻璃移门隔断隔出来的。移门上挂了半透明窗帘,睡觉时就拉起来。有时候她只拉一半,反正是两个女孩子住,也无所谓。

小丁出差了,赶上施念也出差,家里的猫没人喂。小丁说已经找好上门喂猫的好心人,是她男朋友的朋友的朋友,特别巧,也住这个小区,答应她们不在时每天过来一次看看猫。她们也想过把猫送去宠物店寄养,但是这猫本身就是捡回来的流浪猫,胆子特别小,特别脆弱,上次送去寄养,两天两夜没喝水没吃饭,打着哆嗦直到被领回家,回家满屋子蹿稀。

关于别人来家里喂猫这事,施念一开始心里有点打鼓,她们两个属于安全意识特别高的人,平时家里会放两双男士拖鞋,阳台上挂着男士大裤衩,还有一个录音笔录了粗犷男音的"宝贝儿!是你吗",每天开门时用,就是要给人一种她们和男生同住的错觉。小丁找的这个人也不知道靠谱不靠谱,她忧心忡忡地问了好几遍对方是男是女,可不可靠,是否偷东西,会不会是变态……最后小丁给她保证:"如果是变态,你把我男朋友打死。"

第二天一早,半梦半醒间,施念听到门开的声音,猫开始大声喵喵叫。她困得不行,第一反应是小丁回来了,冲客厅喊了一句:"你也提前回来啦?"

拿着备用钥匙进来的男人被小猫围着蹭腿,他想去厨房拿猫粮,小猫直接滚到地上挡他去路,不摸摸肚皮不起身。他挠它肚皮,它开始呼噜呼噜。他视线往玻璃门窗帘后扫了一眼,看到施念翻了个身,用被子裹住头。

客厅没声音,没人回答她,她不以为意,继续睡。

睡了几分钟,脑子依旧不清醒,猫又开始叫,热情洋溢的,她坐起来说:"它想去阳台猫砂盆,你帮它开一下门。"

室友依旧不应答,她只得掀开被子坐起来,拉开玻璃门,眯着眼睛光脚走到客厅,打开阳台门困困地招呼猫咪:"你快去上厕所吧。"

小沙发上坐着个高大的身影,显然不是室友,而是个男人,他脚边蹲着正在吃猫粮的小猫。

施念看到那张熟悉的脸,脑袋一蒙。

男人抬头,看见睡眼惺忪,还穿着吊带睡衣的她,也是一怔。

2

郁谋发誓他不是故意的,只是这种情况下,他相信大部分人都很难不看吧。郁谋起身的同时,视线由上而下飞速游过施念全身。

家里从不来男性,施念和小丁在家也就穿得比较随意,此时她上身穿着薄薄的黑色缎面吊带,吊带买大了一号,半长不短,她当睡裙穿的,下身……只穿内裤。吊带的下摆飘飘的,有时能盖住,有时不能。

她并没有留意郁谋的视线。此时此刻看见他太过惊讶,她原地站着不动,手垂两侧,渐渐握紧,身体开始发抖。她自始至终都不敢相信般看着他的脸,在想自己是不是在做梦。

男人只觉得喉间堵了一口气,很不畅快,于是咳嗽一声,视线移开。

"对不起。"郁谋声音里带了点艰涩。这声道歉不仅出乎施念预料，也出乎他自己的预料，这不是一个适合道歉的时机，但就是脱口而出了。可能有一半是为了他管不住自己的眼睛而道歉，另一半原因就不得而知了。

"你还活着呀？"施念的声调很奇怪，高亢，却不尖锐，勉力维持镇定。

郁谋却灵敏地捕捉到了里面的哭腔，顿时心痛不已。怎么可能不难过呢？一个人突然人间蒸发，四年音讯全无，消失前还发了那样一条信息，是个人都会疯掉吧？可是预想归预想，真的看到施念这副强撑的模样时，他很想甩自己一个巴掌。

不带这样欺负人的，郁谋。

"对。"他抱歉地说，抱歉得笑都笑不出来。

施念试图冷静，于是她什么都没再说，鼻腔到喉咙因为充血又酸又噎。要是再说话，很可能会哭出来，于是她深吸几口气，忘记自己穿成这样，忘记自己还光脚，缓缓地走去浴室，接水，挤牙膏，刷牙，漱口，然后麻木地扭开热水龙头俯身洗脸。

水一遍遍冲刷着眼睛，远远超过了洗脸的正常用时，她想自己应该是清醒了吧，不该是做梦了吧。可为什么，他还跟过来站在一边看着自己呢？

郁谋不知道说什么，那句"对不起"令他懊悔不已。他看着施念弯腰的背影，长发着两边垂下来，干扰她洗脸，她几次三番将头发别到耳后，头发还是会滑下来。他的手指动了动，却没伸过去。

洗手台前有一面镜子，他从镜子里看她赌气般把脸全部搓红，有些水珠顺着脖颈往下淌，他看了一会儿水珠，直到水珠淌到不合适的位置，他才收回视线。

施念直起身，郁谋还挡在卫生间门口发呆。门口很窄，她往外走，不想同他讲话，生硬地去挤，肩头蹭到他的胸膛。他反应过来，侧身让了一下。她的头发因为静电的缘故,有些许粘在他的胸膛上,他低头看了那里好久,直到她走到足够远,头发不再冲他招摇。

施念其实不知道自己要做什么,只知道其实自己舍不得立马赶他走,可是也并不想说话,不想理他,于是坐到餐桌前开始吃昨晚买的豆沙包。

面前的餐椅被拉开,他坐了过来,和她面对面,静静看她吃早饭。

"我不想和你讲话。"她说。

"那就不讲。"他说。

撕开豆沙面包的塑料包装,她从底部把面包挤上来,低头吃一口,再吃一口,动作很机械。

她爱吃靠近豆沙馅料边缘的面包,直接吃面包没有味道,豆沙又太甜,吃到交界处时则很开心。郁谋观察到她这个小习惯,不知为何,心碎成一片一片的。不过是个无关紧要的细节而已,他不明白为什么这么心疼。他想到了一个不太恰当的类比,她就像是海啸的巨浪打来时,还在小水洼里救一条小鱼的孩子。

他从小丁那里得知,他离开的第一年,施念整夜整夜地睡不着,算着时差给他系里、导师、大使馆发邮件、打电话。他离开的第二年,她因为肠胃炎去医院打点滴,吃什么吐什么,高烧不下。再之后开始月经不调,一出血就是半年,去医院检查,医生说是心理作用,吃药没有太大的用处。她最近一年才稍稍缓过来一些,至少体重和精神方面已经恢复得七七八八。

施念听郁谋讲话,听见那个声音,眼泪吧嗒掉下来,把两人都吓了一跳。

她假装没注意,低头吃面包,流眼泪。嘴里干得很,胃口全无,眼泪断线珠子一样往下掉,褐色餐桌上全是圆圆的水珠。

忘记自己不想和他讲话,她开始没头没脑地说起来。

"我给你……导师……发邮件,发了十封……全被你们学校……当垃圾邮件屏蔽……"

因为哭,所以说话是抽抽的,说几个字抽一下,泪水混杂着面包一起吞下去。

"后来借……借出国同学……的邮箱发……你导师回信……说……邮件里不方便说……电话也有可能被监听……他在路边电话亭打国际长途过来……我听力不好,一遍听不清,用录音笔录下来……和小丁一起扒内容……

"我说想去美国找你,你导师不让……说我到美国只会让情况变得更糟糕,说不定我都会被拘捕。当时他们质疑你的一个原因就是你在2011年至2013年期间频繁回国内。我说……你是回来找我……你导师说,他知道,但是那边就是这么不讲理……不管怎么说,他会为你出庭作证……"

她狠狠抹了一把眼泪。

"再然后,你舅舅联系你爸爸,你爸爸告诉你爷爷,你爷爷让你小叔给我报平安,说你回国了……但是所有关于你的线索……都在你飞回中国后中断……他们都猜你可能是被接去需要保密的机关单位……我信……但又不敢全信……

"我想不通的是……你既然平安回国了……难道抽不出一丁点时间报个平安吗?就算是说'我回来了,要去出差,其他的不能说'都比不联系强啊……分析来,分析去,我把所有最坏的情况都想到了,我想你是不是飞回来的飞机出事了……想你是不是已经死了……"

她哭到泣不成声,感觉心脏都在疼。她攥着吃了一半的面包,面包被压扁,馅都挤出来了。

男人沉默地看了她半晌,看她从呜呜哭泣到无声流泪,抓了一张纸巾递过去。

"我在机场被抓前,躲在卫生间给你发了那一条消息……关于分手的事……想的是那次不可能轻易脱险。我学的专业本身就特殊,后来博士的研究方向也比较敏感,几次被我导师以'异想天开'等理由驳回。我知道他想保护我,因为很早之前我就和他说我之后要回国的,他不让我研究那些,就是怕我做了就没法回来了。这些我都清楚,或者说,隐隐有感觉。当时在那边,在我舅舅、导师,还有大使馆的帮助下,我才能回来。

"后来回国,我知道你一定会通过我舅舅知道我回来了,也想过告诉你,可是考虑到之后去做的工作,要做多久,完成后能不能来找你我都不确定,就想着干脆不要告诉你了,这样你一定很生气,生气是对的,你就不会等我了。分手了也是好事,长痛不如短痛。擅自替我们两个做出这样的决定,我很抱歉。"

他说完,用小指碰了碰施念放在桌面上的手,她缩回去不让他碰。

他无奈笑了笑,没发出声音。

她不哭了,但也没有多好的表情展示出来。

也许是被"分手"二字刺激到,施念恶狠狠地重新开始吃面包,说气话:"你说得对,我压根儿没等你。我交了八十多个男朋友,每一个都比你帅,比你聪明,比你专一,比你、比你活好……咳!"

说到最后,因为刚哭过,条件反射抽了一下,被一块面包呛到了。

见她剧烈咳嗽,郁谋一边说着:"好好好,你厉害,他厉害,你们真厉害,我比不过……"一边帮她把豆浆戳开,"来,喝一口。"

"你不要以为我骗你,我一年交二十个,每个月都换。我早把你忘了,你叫什么来着?名字我都给忘记了……咳!"她又被豆浆呛到。

郁谋笑着看她嘴上耍狠,伸手过来帮她拍,言不由衷道:"厉害厉害,我真替你感到开心。"

"你不要随便碰我!我现男友该生气了!"她扭了一下肩。

结果因为她扭,郁谋的手指不小心勾到她的吊带,一边的肩带直接滑落。在走光前,她赶紧按住胸前那片薄布,将肩带勾回肩膀。

两个人都愣住了。郁谋直勾勾地看着那处若隐若现,忘记收束自己。

施念怒不可遏地瞪他,满脸通红:"你流氓!你信不信我喊我现男友来打你?"

郁谋故作镇定，其实有点蒙，感觉自己是被讹上的。她不动啥事没有，一动才掉的。

明明知道她一口一个现男友全是幼稚话，可他还是有些许烦躁，而刚刚看到的一些场景又让他闷出一身汗，于是他解开衬衫袖子上的扣子，挽到手肘处。

施念讶异地看着郁谋："你要打人了吗？"

他不禁失笑。手的确有些痒痒，想和她那"八十几个"男朋友打一架，好好说道说道。

这时传来敲门声，郁谋舒出一口气，起身走过去开门："谁？"

门外站着一个穿着背心、裤衩和拖鞋的小哥，两人对视，空气有一瞬间的寂静。主要是郁谋脸色有些不善，把小哥吓了一跳。

小哥挠头，探头探脑地说："我楼下的，厕所房顶漏水，想来看看是不是你家出了问题。"说着，他又退回去看了眼门牌，确认这是两个小姑娘的公寓，"这是小施和小丁住的家吧？"

"对。"郁谋点头。

小哥说："之前没见过你。"

郁谋没说话，也没做自我介绍。

"谁呀？"施念问。

郁谋把住门，回头看了眼穿着睡衣的她，脸沉下来，转头对门外说："稍等。"他把门虚掩上，冲施念说，"你回屋穿衣服，自己的门关上，我来。"

说完，他才意识到这话可能有点歧义。

3

楼下小哥走时还在叨叨："昨晚夜里十二点多其实就滴答水来着，当时看太晚了就没来找，今早一看又开始漏，我就赶紧趁着上班前过来说一声。"

郁谋嘴上说着抱歉，神情看起来却并不是这样。小哥蛮奇怪地瞥了这男人一眼，想到他刚开门时一脸要杀人的样子，现在听说家里水管坏了竟有几分雀跃，甚至面露感激，真是奇了怪了。

门关上后，郁谋站到施念房间门口，敲了下，说："看过了，得找人来修，问题挺大的。刚你洗脸洗了半天估计又漏了。"

施念已经穿戴整齐，推开玻璃门。门的滑轨很涩，郁谋还帮她撑了一把。客厅外等候已久的猫瞬间窜进屋跳上了床，在施念的床上翻出肚皮开始打盹儿，咕噜咕噜，惬意得很。

"啊，那怎么办？以前从没出过问题呀。"施念着急上班，窗帘随意半拉开，走到门口穿鞋，一时间忘记要对郁谋"不理不睬冷处理"了，急切地问："我晚上差不多九点下班，那时候师傅能来修吗？"

由客厅改成的卧室很明亮，窗台上放着一束黄玫瑰，插在饮料瓶里，瓶里的水快晒干了。

郁谋看了那蔫巴巴的花，还有大刺刺躺在床上的猫几眼，猫的尾巴一下一下扫着她放在床尾的睡衣。

随后他将视线移回来，靠在墙上，眉头舒展开："你说呢？那肯定不行啊，你下班，人家也下班了。"

她看向他，眼带征询，他立马补了一句："我也要上班啊，下班可能比你还晚。"

唉，怎么说呢，其实我这几天休息，但这事能告诉你吗？不能，因为我就是不想帮你喊师傅来修。

郁谋思考了下，积极替她想办法："你室友什么时候回来？"

"她要等周日晚上了。"

"要不这样吧……"男人脸上浮现出妥协的笑容，"等周末再找人修，这几天你一个人就别用厕所了。"

施念穿好鞋，呆立在门口："啊？"

"我住同楼，你来我家。"郁谋双手插兜，笑眯眯的，"别多想啊，咱俩分手了我知道，我是个有分寸的人，但借你卫生间洗澡洗脸刷牙漱口还是可以的，我不介意。"

说着,他从自己的钥匙串上拆下一枚备用钥匙:"603,你要用随时来,我不一定在家。钥匙先给你,门锁不好开,你转一转试一试。"

施念没去接钥匙,仔仔细细打量他,誓要从他脸上看出一丝一毫的狡猾,结果他百分之一百二的真挚真诚让她叹为观止。他好像真是不得已为了"二人过往的情谊"提出这个解决办法一样。

"钥匙就不用了,你不在家,我肯定不能私自进去。"她嘟囔。

他跟随她出门:"好吧,我家全是贵重物品,丢了坏了说不清。"

想起什么,他坦然地问了句:"你来我家洗澡,你现男友不介意吧?他要是介意,你就说咱俩老朋友了,也别提我前男友的身份,我不想惹事,就是好心帮忙。"

听到这话,施念觉得自己要被气晕了。一早上又惊又哭又吓又急又气又疑,什么都还来不及反应,血液全跑大脑里去运转,吃进去的面包都有要吐出来的前兆。去单位后要吃一片胃药压一压……

施念想:这人是真糊涂还是揣着明白装糊涂啊?

不过她不想示弱,顺着他的话茬往下接:"哦,不会的,他大度得很,不会因为什么莫须有的借口逼我签订幼稚合约。"

郁谋"啧"了一声,逗她:"你说这人是谁啊,还挺过分的,你这么聪明,肯定没签吧?"

他原地不动看她走到楼梯口,她回头看了一眼,发现他看着自己的眼神十分专注。

被她发现了,他从专注中缓过神,冲她招了下手,淡淡道:"上班路上小心,晚上见。"

施斐的运动馆开在东单那边。

中午时分,郁谋进球场前,被自称"球场总经理"的小姑娘拉住:"不是会员不让进,我们这里是会员制、高、端、运动俱乐部。"

郁谋说:"我来找施斐的,贺然也行,他俩谁在?"

小姑娘愣住,说了实话:"胖胖哥不在,贺然和他队友在里面训练。"

问了郁谋的姓名，小姑娘盯着他看了好几眼，不敢相信的样子，随后才想起自我介绍："我知道你，我听说过你，郁……先生，你叫我小许就好，我是施斐的学妹，毕业了被他喊回来当差。"

郁谋问："直接喊我名字吧。他毕业了？"

"2020年了不毕业怎么行？不过我2015年到美国读大一时，他还在读大二，2019年我俩同时毕业的。"

郁谋笑得很温和："也挺好的。"

小许放他进去前，心下惴惴不安，特意提醒："要不我让保安陪你一起进去吧，贺然这个人……"她压低声音，"脑子好像有很大问题。白天一切正常，晚上就开始打鸡血。他有时凌晨来练球，进球就喊'施念'，球砸篮板上没进就喊你的名字。他说他现在心里有两套计分系统，得分了算施念的，投坏了算你头上。我怕他见了你要打起来。"

"噢，没事，没关系。你去忙你的吧，谢谢你，小许经理。"

小许看着郁谋的背影，心里疑惑很久的问题终于有了答案，那就是贺然为什么会失恋……至少他的情敌看起来比他正常多了，论外形，各有千秋；论正常，天壤之别。

周中，中午，场馆里几乎没人，半场球架下，贺然和乔跃洲两人在做定点投篮训练。

郁谋推门进来时，贺然其实往那边瞅了一眼，但没过脑子，抬臂、蹬腿、翻腕、拨球，球进了。

乔跃洲默不作声地传第二个球给他，让他继续。

抬臂……等下，贺然转身。

郁谋站在线外，表扬他："投得不错。"

两人就这样隔着十几米对视了几秒，一旁的乔跃洲其实早就认出了郁谋，只不过懒得提醒眼前这个二百五队友。

随后，贺然将手中的球猛地往地上一砸，球一下反弹到高空，再重重落下。他奔得比球落下的速度还要快,冲到郁谋跟前照着肚子就是一拳。

郁谋原地站着不动,结结实实又安安静静地挨了这一下,痛得弯起腰。贺然下一拳要砸郁谋的背,被乔跃洲从身后死死抱住,使尽全身力气将贺然拖离郁谋。

"然子,揍一下意思意思得了,冷静!你手不能受伤,咱后天还有比赛!我身为队长命令你!"

"比你大爷的赛!放开我!"贺然开始蹬腿,篮球鞋在地板上摩擦出声响。

乔跃洲根本不理:"我没大爷,你随便骂!"

郁谋很快直起身,站得不远,问贺然:"还来吗?等着呢。"

贺然龇牙咧嘴,头往后磕,试图挣脱桎梏。

"咚"一声,乔跃洲觉得自己的苹果肌要被贺然的后脑勺敲凹进去,他眼前一黑,但手上没松,也骂起人:"你大爷的,别撺他火!"

场边长凳上,贺然和郁谋之间隔了一个乔跃洲。

三个男人都挂了些彩,沉默不语地坐着。

最后还是乔跃洲先啐了口,带着血丝:"我答应那个谁,多少年不打架了,今天你俩都得给我做证,我没主动动手,我是受害者。"

贺然"喊"了声:"谁关注你啊,你俩分手都多少年了。"

郁谋插话:"你和那个黎,也分手了?"

乔跃洲神色怏怏,半晌才说:"都闭嘴吧。"

郁谋又问:"贺然,你怎么没混上队长?"

贺然哑了片刻,刚要站起来,被乔跃洲一把按下去:"你消停点。"

贺然道:"我是副队长。你有意见吗?"

郁谋说:"傅队长?你什么时候改跟傅辽姓了?"

这下不等贺然讲话,乔跃洲先回头:"你今天到底干吗来了?要是有劲没处使,出门右拐有家电影院,电影院门口有游戏厅,游戏厅里有跳舞机,你去跳跳,别耽误我们训练。"

郁谋看了看场馆的顶部,研究了下那里的构造,随后转头冲他俩说:"我这还不明显吗?主动送上门讨打来了。"

乔跃洲同贺然说:"他这不像假话。要不我按着他,你把拳头包住保护好自己的手,再揍他几下吧,我都忍不了了。"

贺然却突然没了兴致,站起身,去场边捡起球,站在三分线上开始默默投篮。

投一个中一个,一连投了十几个,竟然全中。

郁谋跟过去,贺然把球传给他,郁谋的手转了转球:"好久没摸过了。"

一抬手,真没中。

贺然把球捡回来,继续抛给郁谋,郁谋就这样投了七八个,最后一个才中,还是打板蒙进的。

贺然嗤笑一声:"你不行了啊。"

他看到郁谋右手拨球时,小指和无名指都是软的,没发力,怪不得进不了,便随口问了句:"你手怎么了?刚我打的?没有吧?"

郁谋不打了,球往边上一扔,抬起右手给他看。无名指其实还好,只是被小拇指带得显得不太灵活,小拇指有一处弯曲,使不上力,显然是旧伤:"这个呀,好几年了。"

贺然想了想,脸色变了:"美国佬弄的?"

郁谋笑了笑:"想什么呢?他们主要目的是关我,不想让我回来,这是我自己砸的。"

2016 年 8 月 24 日美国的上午十点。

郁谋进机场后察觉不对劲,托运完行李拐进卫生间,在门口悄悄向外观察,果然看到四个地勤停住不动,原地寻找。

他转身躲回卫生间,掏出手机给三个人发了信息。一条发给舅舅,让他准备保释金;一条发给导师,让他帮忙联系中国大使馆说明情况；第三条是给施念发的微信，发完就清空了所有聊天记录和文件照片，删掉联系人。

最后，他走出卫生间前，看着洗手台上放置的假花花盆，思索片刻后当机立断，抄起花盆砸向了小指。

之后的几个月里，警方取消了他的保释资格，他一直待在拘留室里。不上庭时，他日复一日地被带往封闭的昏暗小屋接受审讯。

对面就他的资料反复提出问题，家庭、爱人、学业经历……一遍一遍地问，不给水，不给吃的，在小黑屋一坐就是十几个小时，希望他精神崩溃，出现说话内容前后不一致的情况，好记上一笔。

被问到女友是否也是间谍的问题时，他举起小拇指，平静地说道："早就分手了。她同我母亲一样，有暴力倾向和极端控制欲。因为我童年的经历，我先是不自觉地被这点吸引，频繁往返中美就是为了维持这段畸形关系。而后在一次争吵中，她对我动手，将我小拇指砸骨折，我决定彻底分开。她不是间谍，只是个疯狂又可怕的女人。"

说完，他便看着屋里唯一的灯出现恍惚的神情，似乎是记起了沉痛往事。

对面的人观察了他几秒，竟然接受了他这番说辞，因为他们相信被暴力对待过的小孩长大后会臣服于暴力，歌颂暴力，甚至爱上暴力。

郁谋看着那白色的灯光想，银白色的学业御守也被一同收走了，不知道还能不能拿回来。

听完郁谋的简单解释，两人都愣住了。他没多渲染，他们却能想象那几个月他遭受的摧残。他们扪心自问，如果这样的事发生在自己身上，不一定能挺过来。

郁谋看他们一脸沉重，云淡风轻地说："不要这样看我，有个秘密你们应该不清楚，比起学习，我更擅长被关小黑屋。"

这玩笑话太难笑了，他们其实也没理解他什么意思。

贺然拍着球："所以你来找我到底是为了什么？"

郁谋正色说："我刚说了，就是来让你打我的。你看你打都打了，要不帮我个忙吧？"

"你说。"

"施念早晚都会发现我手的事，你知道她这人容易往心里去，所以如果她问，我就说是回来被你搋的，成吧？你也确实揍了我一拳，你不亏。"

"……你大爷的，等在这儿给我下套。"

"你答应了啊，谢了。"

第十一章

星星之火可以燎原吗

1

郁谋和二人告别时，贺然嘴上说着快滚吧，然后一个人背对着篮球馆的大门拍着球往最远的篮筐走去。走到一半，想起什么，他转身对着郁谋的背影"哎"了一声。

"有件事要和你说。本来觉得没必要，后来想想，如果我不说，以后你从别人那里知道，又腹诽我这人不地道不磊落。这可不是我的风格。"贺然走了过去。这人走起路来重心全在前脚掌，因为一直打球，即使手里没球，快步走时也一颠一颠的。

郁谋看贺然的走路姿势和少年时期一模一样，像是越过重重课桌来擦黑板一样。

想到这儿，郁谋脸上挂起笑看着这个副队长，说："我不在时，你想追'那谁'，结果被'那谁'拒了吧？这种小事不用告诉我。"他真的一点儿不生气，毕竟分手了嘛。他甚至还有些大家长的风范，说起"那谁"，颇有种自家孩子真争气的欣慰。

贺然从没有哪个时刻像现在这样认识到自己蠢这个事实，他搁这儿跟郁谋坦白什么啊？他语塞半晌才说："你真的一点都不可爱，什么都知道，不知道的也都能猜到，猜到了还非要说出来，真的非常不可爱。"

"对，我本来是要和你说这事儿来的，你既然猜到了，我就不和你详细说明了。不过有件事你肯定猜不到……"贺然笑呵呵的，点着自己的脸蛋某处，"人我没追到，但我亲了她脸一口，可香了。也算是对得起十六岁的我自己了。"

看见郁谋那个狐狸笑渐渐变僵硬，贺然内心爽到爆！二十八岁的人了，突然原地起跳拍了下篮板，稳稳落地后并不为自己这突兀的跳跃做任何解释。

反倒是一旁的乔跃洲看见郁谋的脸色后解释："是亲了一口，我能做证。大晚上的，你你家那位肠胃炎去医院，我们一场比赛刚完，我开车送贺然去陪她吊水，人家在那儿刚不吐了，他脑子一抽突然表白，把人说蒙了，然后凑过去亲了一口，把人又亲吐了，手上扎着针也要扬起来揍他。就这么个事儿。在医院能有多香？全是消毒水的味儿，你别听他瞎说。"

郁谋的脸色不见好转，贺然还在边上嘚瑟地冲他挥手致意："我以前就觉得你这人虚伪。你看你，刚说什么小事不在意，分手了你大度，我表个白亲一口就能给你气成这样。多大的人了，能不能成熟一些？你以前在幼儿园肯定属于那种自己搭好的积木别人瞅一眼都不行的人，瞧你那把持劲儿。拜拜，快走吧，别耽误我们训练。"

走出场馆，郁谋站在大街上深吸了一口过往车辆的尾气，觉得北京这空气简直糟糕透了。

其实他真的没太在意，只不过就是想，施念那会儿都肠胃炎了，难受成那样，吐得稀里哗啦，贺然居然还表白、还亲，是人吗？这乘人之危的事儿搁他他可做不出来。他也没往心里去，就是在想亲的那口是啄了一下的纯情亲亲呢，还是成人亲亲？嗨，不去想了，不重要。他不在时，不知道有没有其他人追过施念。对对对，他明白，是他主动提的分手，当时是真心诚意希望施念不要等他，忘记他，别喜欢他，开启新生活……

林羽路过工作室的茶水间时吓了一大跳，喊道："谁在水池这儿养了一只王八？"

施念在电脑前戴着耳麦测试关卡，他喊第一遍时她没听见，坐她后面的同事给小怪的脸添上几处沟壑后推了她胳膊一下。施念把耳麦摘下来立马举手："我的鳖！是我的鳖！我下班就拿走！"

林羽端着咖啡杯走过来，对着众人称赞道："你们看人家小施，设计巨龟 Boss 战还专门买了只王八来研究，这多敬业，多入戏。"

施念解释："我买来回家炖汤的。"她翻开包给大家看，"卖菜大姐还给我抓了一把枸杞。"

组里的男同事们交换眼神，施念没注意到他们脸上的古怪。

中午，她趁午休去公司附近的一个大菜市场买菜。她下班晚，一般习惯中午去买菜，每次路过水产区她都快步走过，从来不买，今天却停住脚步。

犹豫半天，她问大姐："我想炖汤给人补补，您说买什么啊？"

大姐没听清，大声问："啊？补哪儿啊？脑子腰子心肝肺？"

施念对此一无所知："就……补身就行。"

大姐"哦"了一声，小声嘀咕："给男人补肾啊。"穿着胶鞋淌过满地的水抓了只王八出来，"这个大补！"

鳖的头一缩一缩，四肢在空中划水，和施念看了个对眼儿。然后大姐还给她塞了把枸杞，神秘兮兮说得隐晦："回家剁掉头，热水焯一下撕掉外面那层皮,加枸杞炖。喝完你家男人肯定行。"

施念脸憋得通红,嘟囔:"不是给男人吃的。"

大姐还道她害羞,忌讳说这事,特别了然:"你懂大姐意思就行。反正这个啊,特别补!"

说完,大姐冲施念挤挤眼,施念还以为她眼睛里进水了。

两人电波没对上,还都觉得自己懂了,于是施念稀里糊涂地拎了只王八回工作室。

组里女少男多,这下都知道施念那个异地了好久好久的男朋友终于回京了,不仅如此,还知道了那个"传说中的男朋友"需要喝王八汤才行,啧啧。

其实不是因为她拎了王八才知道她男朋友回来了,今天一早大家就觉得稀奇,施念第一次开工前没有双手合十对着游戏手柄默念许愿。

她这个坚持了四年的习惯说来话长。

施念所在的这家游戏公司 Bremer Game 在国内算不上行业顶尖,当初她之所以毅然决然地加入,单纯是被创始人林羽的人格魅力所吸引。

简单来说,林羽是个既有情怀又务实的人。从过去到现在,大型单机游戏,说得更有野心些,3A 游戏,在国内市场并不受游戏开发的青睐。原因很多,其中最重要的就是没有手游、网游来钱快,所以当林羽志在打造一款"经得起时间与玩家检验的有味道的大型单机游戏"时,看衰的比叫好的多得多。

说林羽务实,是因为他对冲着他情怀来的应聘者坦白,公司要"拐棍儿走路"一起抓。也就是说,工作室通过设计推出手游、网游的钱来支持单机游戏的制作,手游、网游就是这两根拐棍儿。这样可以自给自足,不用看投资者脸色,如此才能做出心目中真正想做的游戏。

这个做法实际上在业内也并不稀奇了,很多人入行都是抱着一腔热血，满心理想，但是大部分人在赚到钱后就会逐渐迷失，以至于最终忘记哪条是自己的腿，哪条才是真正的拐棍儿。

起初施念也不无担心，毕竟很少有人能经得住金钱的考验与诱惑，但后来她逐渐与自己的担忧和解了。这一方面得益于林羽的脚踏实地，另一方面也基于一个事实——无论公司的小伙伴儿们最终会在林羽的带领下走向何方，至少现在，她很肯定，团队里没有一个人放弃理想。

而关于这个还未真正成型的单机游戏的创作背景，林羽说："一般来说，游戏视角里的主角无非被这几个理由所驱动：为复仇、为找寻真相、为守护、为寻宝、为胸中的火和内心的道义坚持等，但是我们有没有想过，一个没有使命或是没有目标的主角会是什么样子的呢？抑或者，你以为的目标与使命，到头来什么都不是。你以为的意义是假的，你以为的正义是虚伪，而你此行真正的意义，是找到那个未知的使命。

"我承认这很暗黑，但我们每个人走的路，仔细想想都是如此。我们必须得先找到自己的路，而不是别人嘴里的，你该走的路。而这游戏的名字，就叫《一个暗黑的故事》，主角我们暂且叫TA——暗——我们讲TA独自一人在一个光怪陆离的陌生世界里，踏上披荆斩棘的路，满眼是谎言，满路是阻碍，不知前路如何，甚至不知自己是谁的情况下，找寻自我和定义自己的人生之路的故事。"

他说他考虑这个背景的初衷，和他给工作室起名Bremer的理由很像。Bremer，不莱梅，不莱梅的音乐家，《格林童话》里的故事。讲的是一群老弱病残的动物被人类抛弃后抱团生活下去的故事。他们的前行本没有意义，只是往前走着走着，逐渐有了意义。这和暗黑故事里的主角，工作室里的大家，包括林羽本人，不可谓不相似。

项目启动的那年，也是郁谋消失的那年。

特别巧的是，郁谋让施念做一只真正的乌龟，施念被分到的Boss打斗设计，正好是一只壳上布满苔藓的巨型乌龟。每天来工作室的第一件事，她会冲着手柄双手合十，希望自己在做的这只怪物老龟能把郁谋稳稳当当地驮回来。

晚上八点多开始下雨。夏天的雨下起来总有一种天上谁在打架的感觉，轰隆隆的。

下午七点多，施念去水池看了一眼，可能是拿回来时间太长，鳖没了活力。她担心鳖撑不住，特意早下班。

老小区门口每逢大雨总会发大水，她踩着边沿高一点的台阶侧身小心翼翼走过去。她没带伞，雨水落进手里拎着的黑色水产袋子，鳖可能感受到了自然气息，试图往上爬，可总会滑落到袋底。

施念低头一路往单元门小跑过去，单鞋里全浸了水，踩在水里啪唧啪唧的。

她没注意周围，还不小心撞上了一个披着雨披骑自行车的人。她一屁股坐在雨水里，摔在一旁的鳖终于从塑料袋里爬出来，伸出一颗头仰脖看天。施念的第一反应是去拎塑料袋，用手指顶着鳖的盖儿把它顶回袋子。鳖可别逃走了。

她终于进了单元门，浑身上下全是湿的，走路一踩一个湿脚印儿。楼道里有风灌进来，冷飕飕的，她打着哆嗦往六楼走，心里想的全是"让你随便乱跑，回家就给你炖了"。

郁谋在家看书，听到一阵很轻的拍门声。

不用猜都知道是谁，他笑着去开门，开门瞬间才记起把脸上的笑容收起来，摆出一副成熟稳重的样子。

施念的头发还在滴水，隔着纱门高举黑色塑料袋，大声说："赶紧放水池里！我给你买了一只鳖！"

2

郁谋把纱门打开，黑色塑料袋马上就被面前这矮个子撑到眼前，水产品的那股味道扑面而来。他战术后仰，接过袋子随手放地上，还没来得及就这只鳖进行讨论,就看到施念转身要走,他另一只手下意识拉住她的手腕。看她浑身上下糟糕透了,像个刚从河里走上岸的水鬼,问道:"你……不来我家洗澡吗?"

施念本身就冷得很,被他摸得一激灵,因为这人手心很烫。她甩了下,他不撒手,用男女悬殊的力气强调他的坚持,最后弄得她一大红脸,只好说:"来的,我得先回去拿换洗的衣服啊。哎呀,你别拉我了。"她手甩啊甩,就是不想他碰,别别扭扭的。

郁谋不以为意,知道她会来,就放心了,立刻松开了手。

施念心里只想着那鳖,指着那被放在地上蠢蠢欲动的黑袋子说:"盯着它,盯着它!"

郁谋没听她的,他盯的是她。飞速扫了眼她全身,他去沙发上拿了件自己的衬衫给她披上,委婉提醒:"都透出来了。"

门重新关上,郁谋提着施念千叮咛万嘱咐的鳖去水池,给鳖接了点水,还扔给它半截油菜,伺候得挺好。

厨房水池前就是窗子,窗户开一条小缝,他站那里看房檐垂下淅淅沥沥的雨帘。看看雨,看看鳖,雨声突然就变大了,轰隆隆,哗啦啦,又静悄悄的,巧妙地维持着一种平衡。夏日傍晚暴雨滂沱,他觉得内心很踏实,很静,好像一切都在结束中重新开始了。

他觉得挺逗的,不带任何讽刺和自嘲,他就是觉得挺逗的。

拉个手腕别扭成那样,明明两人已经做过很多很多次比那还要亲密的事情。施念的这种别别扭扭撩得他心痒痒。对对对,他知道她这样表现定是因她挺埋怨他的,但他又知道,她肯定不会放下他不管。怎么说呢,意识到这点以后就还挺得意的。郁谋,你宝刀未老啊,虽然不复年少时的青春容颜,但你现在成熟男人的魅力也不赖。

好像每个人都曾在某一瞬间自命不凡过,他也不例外。他一直觉得他和施念的关系特别不一样,两人的感情是发生在他身上绝无仅有的最最珍贵的东西。每次在他觉得"无所谓,反正怎么都是过"时,她会一而再再而三地提醒他,她能给他独一无二的偏爱,以及奇怪的关心和喜欢。他很受用，十分受用，特别受用。

就比如这个鳖。他想，她送我鳖，是想和我一起养宠物吧。

一起养宠物＝想和你在一起＝我们复合吧。

思及此，他开始满屋子找盆，想给鳖找一个临时的容身之所，盘算着之后再去花鸟市场买玻璃生态箱。

嗯，虽然这不是寻常的宠物，但正如两人之间的默契一样，也是不寻常的。她真是含蓄得可爱，选了千年的王八来表达爱意。不过她在宠物方面的品位真是一如既往的烂啊，可能眼光都用来找男朋友了，喜欢的宠物一个比一个丑。之前是福来那只哈巴狗，后来这猫还行，但听说是人家小丁的，施念只是没名没分的二主人，现在选的这只鳖，绿头绿壳绿尾巴，寓意也不咋好。

施念再次敲门时，郁谋正蹲着看盆里无精打采的鳖，试图给它起一个信达雅的名字挽救它的形象，譬如，他是超新星，那它就是黑洞，伦理梗恰到好处，还符合他的职业。自己这脑子就是好使啊。

他起身去开门，漆黑的楼道里，她白得晃眼，提着一个小筐筐，进门后站门口先不进来，从筐里拿出一双塑料拖鞋，还给他看鞋底："干净的，是我出差时一直带的，不走外面。"

郁谋暗暗好笑，觉得她礼貌得像是第一次来找他。他往屋里走，带她去浴室："无所谓干净不干净，我刚搬来，还没得及打扫，你看家里还乱得很。"

施念拎着小筐跟在他身后，没忍住环顾了一下他的家。是一套一居室，与她租的房子的房型朝向皆不一样，家具像是房东配的，奶奶那辈才会用的家具。男人的东西四处堆着，家里还算干净，但绝对算不上整齐。他卧室没开灯，就只能看见床和床脚敞开的行李箱。

两人停在卧室门旁的浴室前，施念默了几秒后问："刚搬来吗？"

郁谋站在浴室门口，帮她扶住门，低头看她："我回来还不到三周,通过朋友的朋友联系上你室友,没敢直接来找你。你是问这个吧?"

施念还真不是问这个。她想郁谋不收拾东西,是不是因为很快又要走。这是能问的吗?会不会也是保密的?

犹豫再三,她问了另一个问题:"为什么不敢直接来找我?"

施念靠着门框仰头看他,心里难过。她其实这一整天心里都有点过不去这个事,他来喂猫,小丁一定是知道的,他这样曲曲折折才找上门来,和她预想中的不一样,说不定她的朋友、他的家人都知道了,她是最后一个知道的。

郁谋挺怕施念那样看他的,于是装作帮她调水。花洒很高,他给她拿下来,在手上试了试水温,问道:"花洒是挂在上面还是你喜欢拿手里?"

"挂着吧。"她短促地回答了这个并不重要的问题,追在他后面问,"为什么不直接来找我?"

"看你有没有⋯⋯"想说男朋友,但后来又想,别装了,你明明在乎得要死,所以他自己都笑了,换了个措辞,"有没有开启新生活。然后就是我如果直接去找你,怕你躲我,所以观察了一段时间,看看你。"

他把她的洗浴小筐放到一处溅不到水的位置,看见里面的睡衣。嗯,不是之前那条露屁股的,而是规规矩矩的条纹长袖长裤。

他指了指卫生间的门闩,说:"房子太老了,门框变形,浴室门没法完全关上,关上的话我在外面也很难给你打开。你洗的时候轻轻关着就行,也别锁,夹一块毛巾就可以了。我不会进来的。"

施念脑子嗡嗡的,一句话都没听进,揪着刚刚的话题:"不管怎么说,你应该直接来的。所以你观察的结果是?"

"像是开启了新生活,又不像是,我挺为难的。"男人脸上浮现的神情不似完全的开心,为难什么呢?说到底,就是处于一种既期盼什么又害怕什么的状态。小丁和他讲述施念这几年的生活时,他的一颗心七上八下。这是自私和理智并存的结果，他对自己的心态摸得透透的，嘴上说一套，心里想一套，得知她一直在等他，既心疼又欣慰，觉得自己太虚伪了。

气氛有点僵。

郁谋能感应到她的生气，又觉得下一秒她可能会哭出来，决定先让她赶紧把澡洗了，穿湿衣服多难受啊。

"你先冲个热水澡吧，我怕你感冒，之后我们再说。"他说完就踏出浴室。

施念还在想，如果郁谋早点来找她，他刚一到北京就来找她，那么两人就能早十几天见面了。早十几天可能对别人来说没什么，可她一直处于希望与无望转换的状态，如果十几天前的自己就知道郁谋没事，那该多开心。也想过如果他还活着，会不会有了新女友，有没有和别人搂搂抱抱说情话，甚至上床……但比起这种事，她更迫切地需要知道他没事，没事就好。

他还好意思说新生活，什么狗屁新生活，那都是她装的，她就是一直在等啊。

他消失的第四年，她开始每天坚持吃早饭养胃，每周买束花摆在窗台上，开始穿舒服又好看的睡衣睡觉，每天起床都会认真铺床，上班午休间隙会去菜市场买菜买水果，甚至回老家时会去应付地见一下母亲给她安排的相亲对象……好像是说服了自己接受"他可能不会再出现"这个最坏的情况。可她知道这样的自己并没有做好迎接新生活的准备，包括但不限于迎接一个郁谋以外的男人进入生活这样的事情。四年时间还是太短暂了，年少时喜欢过的男孩子才不是四年时光就能忘却的人。她每天双手合十冲游戏手柄祈祷，祈祷他能平安无事，也祈祷能早点见到他。除了日复一日地相信和希望，她好像并不能做任何额外的事情了。这样的心情他到底懂不懂啊？

施念气鼓鼓地去关门，完全没听见郁谋刚刚对于门的嘱咐，一次撞不上,再次去关时使了点力气。

"咣"一声,门掩上前,门和门框间出现了一只手,以及一张痛苦万分的男人脸。

她低呼一声:"你疯了?你干吗啊!"赶忙去看他的手。

郁谋把门顶开,右手被夹,生疼。他皱着眉任由她捧着自己的右手看来看去:"不是让你不要使劲关门吗?"

"你什么时候说了?"她是真的没听见。除了关于他离开的事,他的其他叨叨在她那里都是白噪声,"没夹坏吧?"

郁谋意识到被捧的是右手,下意识缩了回来,语气不太好:"手没事。"

他思索片刻,瞬间又决定便宜贺然,重新把手伸到施念面前,脸背过去,不让她看到自己得意的微笑:"手有事。"

他这样的反复无常令施念以为他被夹的是脑子。

"到底有没有事?"她又捧着那只手。

郁谋想,现在我的手翻一下,就能摸摸她的脸。他克制住这个想法,回道:"小拇指被夹狠了,有点没知觉。"

"我瞧瞧。"她凑近看,除了有点红,没看出什么,以为是内伤,开始忧心忡忡,"实在不行去医院看看。"

不等她细看,郁谋把手收回来,一副大度的样子:"没事,你先洗吧,出来我们再观察。"

门重新关上时,是轻轻的,很听话。

郁谋在外面站着,看施念先是轻轻关门,门页晃了晃,她拿一条毛巾折两折,夹着关门,门页不晃了,但是出现了一道小缝隙。

不是有意偷看,只是来不及转身。看她背着身把衣服脱了,褐色长发垂下来,而后弯腰抬脚,黑色的内裤被扔到筐里。一道白白的身影站直,比以前瘦了一点。女人光着身子站在那里,慢悠悠地翻筐里的洗面奶和洗发水。他其实在浴室里面放了洗发水,但她肯定嫌弃。他想她拎那个小筐,里面瓶瓶罐罐多得很。而后她走到花洒下,转身去拉浴帘，这下他看到了些许前面，摇摇晃晃的，熟悉又陌生。他站那里忘记动，愣怔着发呆，像是第一次看到此类场景的青春期少年，脑子里什么东西一串串炸开。慢慢地，浴室内香热的水雾透出来了一些，他好像也置身其中，周身开始热起来，乱七八糟的想法也逐渐变多，最后，他逃离了那里。

同样是等待某种审判，十分钟的洗澡时间令他和鳖都感到格外漫长。

施念穿戴整齐地出来，这套睡衣把该遮的不该遮的全遮住了，正经得不得了。

郁谋坐在沙发上，瞟了一眼，内心哀叹，嘴上却轻描淡写的：“穿成这样，你是要去做报告吗？”

"对，我给你炖完这只鳖还要去加班。"她不知道他在阴阳怪气些什么，顺着他的话茬开玩笑。

郁谋看了看盆里的鳖，感觉自己耳朵出问题了："你说什么？"

施念转去厨房，没见鳖，问道："鳖呢？案板呢？刀呢？"

男人捧着盆进来，确认："你要杀了它？"这措辞奇怪极了。

施念古怪地看他一眼，拎着鳖放到案板上。鳖拼命想往窗台爬，头伸得老长，像是看着窗外。

她找出刀，搁手里掂了掂，出手利索，先是拿刀背敲晕王八，而后对着头手起刀落，说："叫你瞎跑，叫你乱看。"

在旁观看这一切的男人只感觉下身一紧。她无意说的话更是令他心惊胆战，为死去的鳖，也为他自己。他想，"黑洞"这个名字还是留给两人之后真正的宠物吧。

施念看郁谋一脸沉痛，以为他被这场景吓到，于是举着菜刀岔开话题："你手指怎么样了？"

"嗯……"男人眉头紧锁，抱臂盯着案板上身首异处的鳖，低声说，"似乎……已经没事了。"

对不起了，贺然，看来还是要借你一用。

3

　　细长格局的厨房里，一人站着刚刚好。施念在那里剁葱段，郁谋在她旁边看着，看她在一方天地里辗转腾挪，一一打开橱柜门确认调料在哪里。好几次打开橱柜门都差点扇到他的脸，她手高举扶着边沿冷漠地说："小心头。"

　　郁谋感觉自己很碍事，于是站到她侧后面。

　　他靠坐在墙边的暖气片上，长腿尽可能岔开给她腾地方。有几次她不小心被他的腿绊到，还不耐烦地瞪眼，那副凶劲儿把他弄得哭笑不得。

　　厨房里的烟火气令他有种恍若隔世的感觉。记忆里上次见她，这女孩儿雄赳赳气昂昂地说太累了，说这说那的来提分手，分完以后又神色恹恹地窝在他的沙发上说她不会做饭，中午吃了他剩下的半盒冷色拉，给他气得够呛。如今再见面，她头发长了，人瘦了，身上该长肉的地方长肉了，还能面不改色心不跳地杀死一只王八了。

　　时间真的过得好快啊。从异地，到异国，到彻底失联，仔细算算，从十六岁到现在，两人真正像这样单独在一起的时间可能连一年都不到。

　　他觉得此时自己在和自己玩一个游戏，就是把记忆里和施念有关的片段一一拎出来和现在的她进行比对，找不同。就是这样的游戏，令他很唏嘘、很怅惘，用窗外的雨声做背景，惊觉这些年竟然就这样过去了。岁岁年年天都下雨，都下雪，都刮风，都打雷，人的岁月却年年不同，真是不公平。

　　郁谋在想这些事时，施念在认认真真煲汤。她把水烧开，焯甲鱼，焯完撕掉壳上面一层透明的皮，再抄起刀来把甲鱼剁成小块儿，动作特麻利。

　　施念做这些的间隙，意识到了郁谋的目光，起初没理，后来感觉他一直在后面看,实在没忍住,转过头瞥他一眼:"看什么?"想起什么,她把刀尖对着他,故作凶巴巴的,"我在干活,你不许讲话,不许再拿'现男友'这个话茬儿说事,很无聊。"

郁谋还真没准备说那个,有些玩笑说多了就不好笑了,更何况这个话茬儿令他也很难受。

"是你自己非要说的,你不提我都给忘了。再说我也没说话,我一直在这边静静坐着,没招你没惹你。"

"你说了,你脑子里说了。"

"你好霸道,连我脑子里在想什么也要管。"

施念"喊"了一声转过头,继续做自己的事。

郁谋在她身后开口:"所以呢?"

"所以什么?"她手下没停,没意识到自己因为刚刚的斗嘴已经扬起了嘴角。

"所以你这几年怎么样?"其实他在小丁那里了解得差不多了,可还是很想听施念亲口说。

施念以为郁谋问感情方面,本来笑着,突然笑容收起来,鼻子一酸:"你要听真话还是要听假话?"

"假话听过了,早上你说的那些八十几个什么的,特别离谱,现在要听真话。"

施念手上忙了一阵儿才说话:"真话就是,被你甩了,我难过了四年。原来被单方面放弃是件这么难过的事啊,我想我再也不要和你说话了。然后一想到你可能、也许、万一死了,真的不会再出现了,我彻底找不回场子了,没法当着你的面给你讲大道理让你愧疚,就更难过了。"

越说到后面,她声音越细,吓得郁谋没敢接话,挺怕她哭的。

过了会儿,男人站到她旁边,低头看她,试图转移话题:"这又是在做什么呢?"

施念也很默契地没再提,指了指自己中午买的其他菜:"打算给你包饺子吃。我妈说,远行的人回家要吃饺子、喝肉汤,最好要做一大桌菜,但我没那能力,你将就下吧。闪开。"她语气又变冷漠,把他推回暖气片上坐着。

"我看你现在挺厉害的。"他想着,夸夸她呗。

施念给他展示自己的手:"假象。设计兼职测评,天天摸手柄、敲键盘,我就是力气大,手稳,显得刀工好,实际上做菜不好吃,比我妈做的菜还难吃。"

"咱妈最近怎么样?"

"是我妈,你不要混淆视听。她今年年底退休,前几年相亲,现在也不相了,说没合适的不能硬找。她有个关系很好的学妹因为离婚回国了,还有个高中女同桌也重新联系上了,姐妹团打算退休后四处去旅游。我说我可以资助她旅行资金。"

"挺好,那咱爸呢?"

"是我爸,你不要占我便宜。我爸……其实他总换工作,因为脾气问题,他在一个地方总待不长,嫌人家这不好那不好的,年纪大了,越换工作待遇越低。我也不清楚他现在在做什么,之前好像是给小学做饭,现在不知道。我家和大伯家之前还有点破事,没和你讲过,不重要,反正钱都还完了,我妈也踏实了。"

"见你爸爸那次,我感觉叔叔人挺温和的。"

"呵,你再跟他接触试试,第二次第三次你就能体会出来了,他其实一直没变。不过我现在也不和他较劲了,前两年我……不是因为你嘛,状态不太好,我回老家,我爸爸一直觉得我不需要他,那次回家他觉得自己终于有用了,拉着我开导,还给我做饭吃,然后那次我发现他老了,真的老了,做的一盆红烧肉又硬又腥,但他自己都没意识到,吃完我就发高烧进医院了。"

郁谋恍然大悟:"那次开始的肠胃炎吗?"

施念点头,无奈地笑着说:"对啊,可惨了,吐得酸水都出来了,然后断断续续一年都没有好完全,后劲儿好大。"

"一盆红烧肉导致的……很逗吧？我爸在我病床前掉眼泪，他说他这人好像天生就有总会把事情搞砸的能力，他也很无能为力。无论是年轻时追随我大伯做生意，还是之后去打牌，然后就是一次次地换工作……每次他的初衷都是好的，但是事情到后面总是会往糟糕的方向发展，好像老天爷就是在和他作对，不让他赚钱一样。

"我没被他打动，只是自那以后决定不对他抱希望了，所以也不会有失望，关系反而稍稍缓和了些。我能理解他说的，他说那是诅咒，实际上呢，就是性格，可能我爷爷奶奶没有把他培养好吧。而且我工作这几年接触了形形色色的人，发现那些类似我爸、胜似我爸的大有人在，有些人就是不知道如何正常做事正常讲话，没有办法的。所以我才越发感慨，像你这样凭借自己的能力领悟很多道理没有走歪的人真的好厉害好厉害。"

"你是在夸我吗？"郁谋一笑。

施念又点头："当然啦。我以前只知道自己是喜欢你的，想不清楚理由，觉得你学习好能力强，长得帅性格好，长大后才发现，原来中学时的自己那么喜欢你，是在想，要是我自己、我爸爸可以像你那样为人处世就好了。你就是给人一种很稳的感觉。"

"中学时……那你现在不那么喜欢我了吗？"

"哼，不喜欢了！"说完这声，施念还觉得不解气，回头瞪他。结果男人笑眯眯看着她，看得她立马转过头舍不得瞪他了。

厨房回归安静，炉子上文火炖的鳖汤一会儿咕嘟一声。

郁谋看着施念的背影，长长的头发用一根细细的黑色发绳松松散散地束着，发梢还是老样子，有自然的软软弯度，垂到腰间。这睡衣把什么都遮住了，只是她动作时才会显出身体的弧度来。

他喉结动了动，把手放到她腰上。

施念扭了一下，他的手顺势往下滑，然后被她捉住狠狠扔掉。她回身恶狠狠地说："你老实一点，咱俩现在可不是男女朋友关系了！你不要耍流氓！"

"哦，忘记了，抱歉啊。"郁谋温和地笑，心想：不是男女朋友了你给我炖鳖汤，你是装傻还是真傻啊？

等施念转身后不久，他的手又放上去，气得她再次转身，扒拉他的手。他就是不动，耍无赖一般地看她："哎？你的腰上怎么长出一只手？你等我给你拿下来啊。"然后好像使了好大力气才把自己的手从她腰间挪走。

就这样放手、转身、上手、转身、放手……把她气得直跺脚他才罢休。

在她要拿汤勺敲过来前，郁谋突然说："我来北京前，其实先回了老家一趟。"

"哦，你爷爷是不是揍你了？"

"差不多。我进家门后，他把这么老厚的《牛津字典》扔过来砸我，还说 My 哈特 (heart)is 布肉啃 (broken)！"

施念没忍住哈哈大笑，郁谋讲得她脑海里都有声音了。郁谋爷爷学英语学魔障了，天天中英夹杂。

"然后我说，您孙子去给国家做事了您还砸？他回屋待了会儿，出来抱住我，说 I'm 嗨呸 (happy)for you and I must 胎喽 (tell)you a 塞克瑞特 (secret)，然后他就开始说中文了，这么多年，词汇量似乎也没有增加，说来说去就是这么几个词。"

"你爷爷说什么秘密给你了？"

"真要我说吗？"郁谋语气开始不耐烦，"他说他给你介绍了好几个相亲对象。真是我亲爷爷啊。"

施念笑得眼泪都出来了，一时半会儿回不去刚刚冷冰冰的状态。她笑着猛点头："对的。我去年到现在相亲了四次，有三次都是你爷爷给介绍的，都是他老同事的孙子外孙什么的。他说这些人不比你差，有个是牛津毕业的，有个复旦的，有个中科大的，他让我务必去，好好去，千万别把我耽误了，让我不要在他孙子这一棵树上吊死。"

郁谋声线懒懒的:"哦,听起来都很优秀啊!"

施念背对着他,没看到他的表情,点头:"确实……怎么说呢,有一说一,确实都很优秀。"她实在想不出别的夸奖方法,只好这样敷衍道。

可这话在郁谋听来完全不是那个味儿。他说人家优秀那是修养,她竟还要附和,这女人到底要干吗?

他问:"那你们相亲,具体怎么个流程?"

"很正常啊,就一起吃个饭聊聊。"

"只是吃饭吗?"

"嗯……有一个没有约吃饭,约的是去看汽车电影。那个人是长得最帅的,但是给我的感觉不是太好,第一次见面在车里就要手拉着手看电影,说那样看电影才有感觉。"

听到此,郁谋猛地站起来,脸色阴沉:"他说拉你就给他拉啊?"

"拉了一下下,一秒钟,我就说还是不要了!"施念缩了下,转身看到郁谋脸色不善,色厉内荏地大声说,"问什么问,你不要在这里干扰我了!你如果实在闲着,就出去买包胡椒粉,你家我翻了半天都没找到!"

郁谋拎着一个塑料袋回家时,施念在厨房喊:"买到了吗?"

男人没答话,关门、锁门、检查锁,然后换鞋,把塑料袋撂在桌上,去卫生间洗手。

他进厨房时,施念以为他生气了,于是求和好似的碰碰他的胳膊:"怎么不说话呀?胡椒粉呢?"

郁谋依旧不说话,冷着一张脸,去看窗子有没有关好,又回来炉子这边,确认炖鳖的火调到最小,而后走到女人面前,把台面上的刀稳妥地放进水池,还将其他东西都往里面推。

施念被他的沉默不语搞蒙了,他在自己周围做着事情,就是不理她。

他最后去窗前检查热水器的阀门后，大步走过来，将她手里的筷子拿走，扔到一边，一只手从她手肘处往下滑，找准手指缝隙插进去与她十指相扣，另一只手托住她的后脑勺，一言不发地吻了下去。

第十二章

九月的北半球看得到银河吗

1

外面在下雨,屋里在炖汤,连带着房里都有一股潮气,这在北方可不那么常见。

施念被郁谋亲得"唔"了一声,猝不及防,试图往后躲。他的手立马横在她和厨房门之间,挡在那儿,不小心按到了墙上的开关,"啪嗒"一声,亮堂堂的厨房一下子黑了,只余炉灶上一小簇紫蓝色火焰。

他也没打算把灯重新打开,反正一会儿就不在这个屋子里了,开灯关灯多费电。

他很少利用体格优势做什么,从来都是会先问再做,此时此刻他决定不这样了。他按着墙壁的手回过来，捧住她的脸，让她不能动，乖一点。

这次他从她的下唇边沿开始吻起。接吻真是奇怪，也说不上为什么，就是很想吻一吻，磨着腻着，——占领和交融。

有人说接吻时闭眼的那个人最深情。郁谋觉得好吧，随他们说去，总之他不是。他此时睁着眼，看施念睫毛轻颤，脸颊粉扑扑的，嘴闭得老严实，时不时还发出哼声，好像被他气得不行，憋着一股劲儿就是不让他得逞。可是她不知道的是，他喜欢她温柔，同样也喜欢她那股劲劲儿的感觉，和他对着干，说反话，凶巴巴，不承认，不负责，他太喜欢了，非要让她软下来才行。

此时此刻不就是嘛。

她也睁开眼，又摆出那副气哼哼的样子。

他看着她，那眼神好像在说：别躲了，你不想亲吗？你也一定想吧？反正我很想，只要是你的，我都想碰，从你来我家那一刻起，我就在想了，憋到现在已经是我的极限了。如果不是你说和别人拉手什么的，可能我会等到吃完晚饭，但现在恐怕不行了。真是没办法，是你的错……

和他满脑子的劣质话相比，他只从她眼里读出好几个问号和好几个叹号：炖的汤怎么办？不要亲了！锅会不会烧干？不要亲了！厨房会不会着火？不要亲了！我们这样会不会不太好？嗯……

"这汤要炖多久？"他在吻的间隙拨出一丝清明，问了这个问题，实在看不下去她的不专心和紧张兮兮。

"一个小时……"

"关火可以吗？"

"不可以！"

他想了想："炖着吧，时间够了，我记着呢。"给她吃定心丸。

说完这话，他感觉面前的女人一下子就松下来。

他松开两人握着的手，去扶她的腰。这睡衣，看着不怎么样，摸起来滑滑的，手感倒还不错。不过他长到二十八岁可不是为了摸睡衣的，手找到睡衣下摆，直接就溜进去了，盖在她的腰上，手指微微使力，陷进去，托住，把人往上提了提。直接摸人多好，不比睡衣摸起来舒服？

他手上动作游刃有余，在她衣服里游来游去。他知道摸哪里自己的手最开心。

这个吻起初十分少年，有点笨拙，全是感触。他的头向前试探着，一下下加重力道，柔软的唇相碰就离开，感受那种相触瞬间的电流，忍住想要咬住她嘴唇的冲动。

不可以哦，郁谋，你要循序渐进，先温温柔柔地腻一会儿，之后再说之后的。

施念被他进攻得一步步后退，两人跌跌撞撞地移动。他分神精准地带着她去了卧室，手护着她，别撞了哪里又说是他弄的。

他抵着她在卧室的门边磨了一会儿，恶劣得很，吻的时候还要让她知道这不仅仅是吻而已，要她做好心理准备。

她扭啊扭，嫌弃死了。

他吻她脖子时，她痒得缩了缩，细喘着说："郁……什么……我们没那个！"急得她忘记他叫什么了。

他从兜里掏出个方盒子，往床上抛："咱有。"还是桃子味的。

"啊？"

"刚买的。"

她使劲推开他，气极了，眼神却一点威慑力都没有："让你买胡椒粉……"

他半笑不笑地按住她，重新吻上去……那里好甜哦。

267

"什么胡椒粉?没买,就买了一兜子这个,还有豆沙面包……豆浆……我够可以了。"

这可不赖他,赖便利店,非要把花花绿绿的方盒子码在进门处,他进去后脑子立刻忘记了别的事情,在货架上扫了一行去结账,一步都不愿意多走。

至少我还给你买了明天的早餐,还成吧?

能明显感到她的气更盛了,因为她反咬了他一口。

她被逼到墙角,他弓身,整个人笼罩住她,她往下出溜,又被提起来,几次三番,她突然站直,一只手往下探,然后用牙齿轻轻咬住他的嘴唇。他感觉后脑有一处炸开了。

没等他反应,眼前的她突然踮起脚,双手举高牢牢架在他的肩膀上,整个人往上一跃,双腿盘在他的腰上缠住了他。她现在比他还高,低头吻住他,他愣住了。

"抱稳。"说完,她低头继续吻他,咬他,一点也不怜惜,一只手还探进他的衣领摸他后背肌肉的沟壑,贪婪地游走。柔软的指腹摸他脊柱间那一道深线,点、碰、摸、滑,上下来去……天呢,要命。

陡生变故,他灵魂轻颤。昏头了,昏头了……

她很轻,他当然能抱稳,可不知为何,他抱着她往床上倒去时,觉得必须先把她甩下来,不然他觉得自己会变成阵地失守的那个。

不对劲。

可是她刚一躺到床上,立马指着他冷声道:"外面的衣服不可以躺床上。"然后像小白龙一样跳起来,扑上来扯他的衣服,动作粗鲁得竟令他有点委屈。

盛夏的雨夜里,繁星黯淡,天空阴沉,一颗巨大的桃子味陨石裹挟着火焰砸向了地球。万物在暴雨中生长,只有陨石是来毁灭的,所有的水都浇不熄它,好像这场火能一直绵延下去。两个人几乎窒息地纠缠着，被单隆起，早就乱得一塌糊涂。

施念呜呜咽咽地抓着郁谋的后背："你好烦啊，烦死了。"

他沉默不语，她说话，他就亲，她哭，他也亲，她挠他，他没知觉，全身的感知都汇聚到了一处。

她一直在骂他，最后却说："我好想你。"

陨石爆炸时的光亮只有两人看得清。暗夜的屋子里潮气弥漫，不是雨浇熄了火，也不是火征服了水，但是宇宙的奥秘两人都懂了。窗户的缝隙里透进暴雨的味道，他说他去关下火，一个小时快到了。

他回来时，她用被单盖着自己，表示对他去关火的不满。

他觉得好逗，隔着被单戳戳她。她一动不动，声音懒得不行："别动我，我死了。"挺直扮尸体。

她的曲线真优美，他凑过去亲了亲，又伸手，她一下子弯身："你怎么这样子！"

他顺势掀起被单看她，看她脸上的潮红，一双眼睛带水，还不忘记瞪他。

"人死了你还要亲这亲那，你好变态啊！"

"我要死了我都没说什么，你恶人先告状。"他笑着，手扯着被单。

两人一个像缩回洞的兔子，一个像在洞口勾引的狐狸。

"我不管，我就是死了，你不可以和我说话，也不可以碰我。"她揪过他手里的被单。

他按住她的手，慢条斯理地把被单展平，靠过去："一起死，一起死，好吧？"

后半夜，雨停了，饺子包了一半，鳖汤彻底放凉，两人还躺在床上。

郁谋觉得自己应该起来去喝一碗汤，但又懒得动。施念却神采奕奕，话都变多了。

"好奇怪，为什么我刚刚好像能知道你在心里说什么？"她有些疑惑。

"这大概就是……嗯，量子纠缠。"他正处于大脑空茫一片的状态，于是随便从脑海里的词汇库中选了一个术语出来应付她。

"量子纠缠是什么？"

他叹了口气，不动脑子，给出通俗解释："你想我时，我也想你。你舒服时，我也在舒服。你喜欢我，我也是。你信我一定会回来，我信你一直会等我。一直一直都如此。"

"嘘。"他伸出手指放在嘴边，转头看她，眼神既疲惫又明亮，"这可是宇宙秘密，你不许跟别人讲。"

2

高中毕业十周年，"一中北京校友小分队"的聚会在簋街的某家烧烤店"隆重"举行。

簋街这边到了晚饭点不好找停车位。乔跃洲开着白色小本田绕着这里转悠时，坐副驾的贺然左脚蹬着复健鞋，臭着一张脸说："这谁找的破地儿啊？职业运动员明令外出就餐不能吃烧烤，明摆着和我们作对嘛。"

乔跃洲开车送伤员来参加聚会，顺便当"家属"与会。贺然觉得正好，他要是想揍郁谋，乔跃洲还能帮他按着，队友互帮互助，等到时候黎若愚回北京，他也会帮老乔追妹子的。

乔跃洲打方向盘侧方位倒车进车位，瞥了贺然一眼："您省省吧，您腿都这样了，我是作为队长监督你来的，不是来帮你打人的。"

贺然今天明显心情不好。他下车路过蝉鸣喧嚣的槐树时，槐树立马寂静了，可能是蝉感受到了他身上见神杀神的气场，吓得不敢吱声。

他心情不好有两个原因，一个显而易见的原因，是上一场比赛时脚踝拉伤了，队医给他上了复健鞋，接下来赛季几场重要比赛他都要缺席，他可愁了；还有一个不那么显而易见的原因，聚会前一晚，郁谋在群里问傅辽当初和媳妇儿领证是回老家领的还是在天津领的。

这种破事儿非要在群里问吗？他俩私聊不好吗？这种屁事儿有什么可问的？在哪儿领重要吗？瞅郁谋那嘚瑟劲儿，有病。

傅辽那个二百五也是中了郁谋那个老狐狸的圈套，又在群里晒了一遍他的结婚证。人家都说一孕傻三年，贺然觉得傅辽是一婚彻底傻了，自己是哪边的战友都分不清。这可算是给郁谋逮到话茬儿了，郁谋在傅辽晒完结婚证后说："真不错，等到时我们领完也发群里给大家看。"

听听，是人话吗？不晒能死吗？假模假式的。

进店前，乔跃洲还在给贺然约法三章，不能吃违禁食物，最多只能喝三杯啤酒，不许打架，不许动粗，公共场合不许骂人，不能给队里抹黑……

贺然腹诽：从前的痞子现在的事儿妈，说的就是你，老乔。

两个男人在包间走廊穿梭，篮球运动员的个子和身材都很扎眼，有位去洗手间的大哥认出他俩："那个那个那个和那个那个，北京队的！"

这位大哥一个名字都没说出来，但给人感觉就是特熟。

大哥笑着搓搓手："哎呀，名字就在嘴边儿想不起来。能一起合影吗？"

贺然刚要冷脸，乔跃洲一把拉过他："可以可以。大哥也看我们比赛啊？"

包厢内，几个男人凑一块儿，有的熟，有的不熟，有些当年只是楼道里见面点头的交情，此时啤酒倒上开始说起从前现在和未来。

傅辽留在天津工作，在当地娶了媳妇，今天坐高铁来参加聚会。以前贺然的跟班此时变成了老婆的跟班，拿着手机给郁谋翻之前自己婚礼现场的照片，传授经验。

大家都认识郁谋，都很好奇曾经叱咤风云的学神如今在哪里高就，薪资几何。

郁谋放下傅辽的手机，说："谈不上高就，目前在高能所当个研究员。"

席间顿时鸦雀无声，有几个人交换着表情。

郁谋不以为意，继续去看傅辽的照片。

一旁的施斐不乐意了，替准姐夫说话："我给各位科普一下啊，高能所属中科院，中科院的研究员相当于大学的副教授，待遇不用你们操心。再说了，那是科学家，做出成果来那是阅兵时能被请去长安街的人，咱们能比吗？我提议，大家敬咱们默默无名的科学家！"

女生那边，施念、许沐子在和小许聊天。小许完全是被施斐拉来等下当代驾的。

"你俩2019年毕业，所以你和我弟是一届的吗？"施念问。

"不是呢，我2015年大一，胖胖哥2014年大一。"

"算算看，你比我们要小五岁，可你叫他胖胖哥我听着好不习惯呀。"施念和许沐子对着这个称呼已经乐好久了，每次小许一提，她俩就要笑。

"姐，许大个儿，你们笑点真的好低啊，这有什么好笑的？"施斐瘦了一些，来了只喝茶，说不喝酒也不喝饮料，热量太高，盯着一盘海带丝好久，最后也没去夹。

"你们两个是怎么认识的啊？"施念问小许。

"当时有一门课，班里除了我俩以外全是外国人。那个课太冷门，基本没人选，我选是为了多修学分早点毕业，Felix选是因为其他的课他都通过不了,听说这门课老师会给sampletest(样卷),然后我俩就认识了。"小许特意改口,直接叫了施斐的英文名,结果施念和许沐子笑得更开心了。

"然后呢?"许沐子问。

小许有点不好意思:"然后就是……哎,我和你们说实话,我家其实是留学阶层里最没钱的那种,我爸当初咬牙把我送出来,只给了我半年的生活费,他想让我傍上留学圈里的有钱人。你们别惊讶,其实这种还挺多的,家里女孩儿长得还可以,于是就哪个学校有钱人多往哪里送,我家就是这样的。

"但是我不愿意。我当时国内有个男朋友,感情很稳定的。然后我就想打工赚学费生活费。可是学生签证对打工限制很多,胖胖哥说他学习实在太差了,基础全无,没有老师愿意辅导他。而我呢,学习成绩还可以,就是缺钱,太穷了,地下室都快住不起了。他就说,要不咱俩互利互惠吧,你当我的小老师,费点劲,辅导我功课,帮助我顺利毕业,我给你出学费生活费。我俩就这么熟起来的。"

施念说:"我一开始还以为你和我弟是男女朋友关系。"

许沐子惊讶:"哎?难道不是吗?我也一直以为是!"

小许连忙摆手:"不是不是真不是。我一直有男朋友的!我男朋友警校毕业,常年在外面出任务……具体我不能说,他也不能告诉我,反正我们从高一开始谈,现在都九年了,特别稳定!"

施念喝了口橙汁,笑眯眯看着这个比他们小五岁的姑娘,说:"真好啊,真好……你一直就和他谈吗?"

小许点头:"是啊,我们是彼此的初恋。我只谈过这一个!以后他退伍回来我们是要结婚的!"

施念跟着猛点头:"我也只谈了一个!"

施念和郁谋中间隔着小许,隔着施斐。越过这两颗人头,郁谋看了施念一眼，施念没注意到他的目光。

男人喝了口酒，闷闷地想："也只"是什么意思？

贺然和乔跃洲把大哥夹在中间，对着镜头展示职业微笑。贺然有点不爽，觉得这大哥太不上道了，竟然把两个字的"那个"放到三个字的后面，一生要强的他咽不下这口气，他怎么能排老乔的后边？

经历球场失意、情场失意，现在连名字都要排后面，于是就笑不太出来了。

这时，面前的包厢门打开，里面的吵吵嚷嚷也跟着涌出来。

施念探出头，四处望，看见贺然，说："你们来了呀？还怕你们找不到！就差你们了！快快快！"

施念今天一身长长的碎花裙，贺然最欣赏不了女生穿碎花了，而且这裙子看上去也普普通通，但是穿她身上突然就显得很好看。

好看有什么用，马上是别家的媳妇儿了，他彻底没戏。

想到这儿，心里带了几分酸涩，贺然面上却控制不住地对着施念咧嘴傻笑。这时照相的人开闪光灯"咔嚓"一声，把他那一口大白牙照得锃亮。

大哥看着手机，夸贺然："乔然是吧？我想起来了。你本人比电视上帅！"

贺然的脸又垮下去了。

文斯斯赶不回来，许沐子特地给她打视频，举着手机转一圈认人。

认到贺然，贺然正喝闷酒，文斯斯笑着说："哟，我们篮球巨星刚去泥地里滚过是吗？脸上黑得都能烧柴了。"

挂掉视频，贺然闷了一杯啤酒，让人倒上白酒，越过人头去拍郁谋的肩膀："来，我来敬柴。"他没表情，也没语气，酒杯撑人脸上就要喝。

一旁乔跃洲说着:"哎,你等等。"然后掏出手机搜索运动员可不可以喝白酒。啤酒他知道没事,白酒不清楚,得搜搜。

那边正搜着,这边郁谋也把杯里的酒换成白酒,斟满,稳稳当当端起来:"柴没什么好敬的,敬点别的。"

贺然挑眉:"那你说敬什么?"

郁谋想了下:"要敬就敬挂了球鞋的树枝,敬 2008 年冬天的雪仗,敬好人家大浴场,敬晃过上帝的艾弗森。"

这几句话直接把本来想挑事儿的贺然说到眼眶泛红,他沉默了片刻,补上两句:"得,还要敬 love 和 miss。敬这么多,就要喝这么多,一杯没诚意,五杯才算数。"

郁谋点头:"好啊。"

一旁的傅辽也赶紧举杯,拉着正喝茶的施斐说:"等等,别你俩喝啊,把我俩忘了。"

几个男人都不胜酒量,要互相搭着肩膀才能站直。

烧烤店门口,没喝酒的施斐和乔跃洲安排出租车送人回去。

傅辽打着酒嗝,嗝里冒酸气:"我今晚住贺然那里。"

乔跃洲说:"成,那你一会儿坐我的车,要吐你先去吐,别吐我车上。"

烧烤店旁边有家小卖部,施念进去买了蜂蜜,出来看见贺然和郁谋站在小卖部门口勾肩搭背。

两人脸颊绯红,彼此搀扶着,直勾勾地看着大猩猩音乐摇摇车。

贺然大着舌头说:"你俩决定回去领证啊?"

郁谋醉了,说话倒述清晰,只是声音飘飘的,柔得不行,还全是语气词:"是哪……是啊……是呀……"

"什么时候啊？"

"我出京要提交申请，要所里批准，念念最近也忙，忙过这一阵儿再说，九月中旬吧。"

"到时候我开车送你们，我也好久没回去了。"贺然指着面前的猩猩摇摇车说，"我去年刚买的，奥迪，你没见过吧？贴了膜的，电光蓝。"

郁谋摇头，乖得像个小学生："没见过。"

说着，贺然就非要拉着郁谋往摇摇车里坐，热情洋溢。

郁谋摆手推辞："车是好车，但不用麻烦。"

贺然不干了，扭着他的膀子要把他往里塞。

两个男人窝在摇摇车里，一边嘴上客气，互夸互捧，一边却又较着劲，手上使劲捶对方的胸膛，几乎要把刚喝进去的酒全捶出来。

贺然把着假方向盘，看见施念在旁边，扬声道："施念，我让郁谋坐坐我的新车，你也来，一起来！后座儿宽敞着呢！"

郁谋眼神发直，摸着摇摇车边上的香蕉装饰，说："贺然说谎，这车明明是黄色的，怎么是嗲蓝呢？"

贺然拍着方向盘鬼叫："放屁！哎，咱一会儿上高速了啊，窗户都给我关上。"

施念喊来施斐和乔跃洲想办法，几个人面面相觑，看着两个醉汉把持着摇摇车非不下来，还说高速有摄像头，上下车会扣分扣钱，还危险。

最后，施念叹了口气，从钱包里掏出三枚钢镚儿塞进摇摇车，指着他俩说："下了高速就给我下车，听见没？"

两人点头，互相看了眼："这交警真凶！"

大猩猩载着两人上下摇起来，开始唱歌。

簋街车流熙攘，夜里霓虹灯亮，这边在放筷子兄弟的《老男孩》。

"……抬头仰望着满天星河,那时候陪伴我的那颗,这里的故事你是否还记得……如果有明天祝福你亲爱的……"

出租车在距离小区大门几百米的地方停下,郁谋说坐车一路太难受了,脑袋昏昏沉沉,要下去走。

施念和他下了车,沿着路边的行道树慢慢往回走。

醉了的男人其实很乖,一言不发的,可能是知道自己喝多了要挨批,所以周围没人时不敢造次。

他走几步就看看施念,走几步看看施念,走着走着,突然停下,仰头看天空。凌晨一点的北京灯火通明,夜空只有寥寥数颗星,其余什么都看不见。

他看了一会儿,问道:"念念,你能看见银河吗?好美啊。"

施念知道他喝多了,顺着他说:"嗯,确实。"

郁谋闷闷地笑了下,然后低头看她:"我骗你的,我没看到银河,即使是在郊区,也是看不到的,现在不是北半球观测银河的季节。"

他这时候说的话,像是回归正常,只是施念明白他肯定还是醉的,因为他语气好惆怅:"你一定是非常喜欢我吧,我说什么你都信。你对我真好,这世界上不会有谁比你更把我当一回事了。我最喜欢你了。你不要误会啊,我不是因为你喜欢我才喜欢你,我本来就喜欢你。礼堂里,你的眼睛最好看。"他语气天真得像个孩子,碎嘴叨叨。

施念被他突如其来的直白说得心尖一颤,不知为何,眼眶竟然湿润了。她捏着他的手,认认真真对他说:"我是真的看到银河了呀。你看,从那边,到这边,超级好看。"

她说话时,郁谋没再看夜空,而是认认真真看着她,用那种喝醉酒的人独有的脉脉眼神。

半晌，他俯身凑近，她以为他要亲她，结果他只是更近一点看她的眼睛。

　　他说："你说得对，我也看到了，好像在你眼睛里，晶晶亮。原来九月的北半球也能看到银河呀。"

尾声

在暗夜里讲述一个奇幻故事

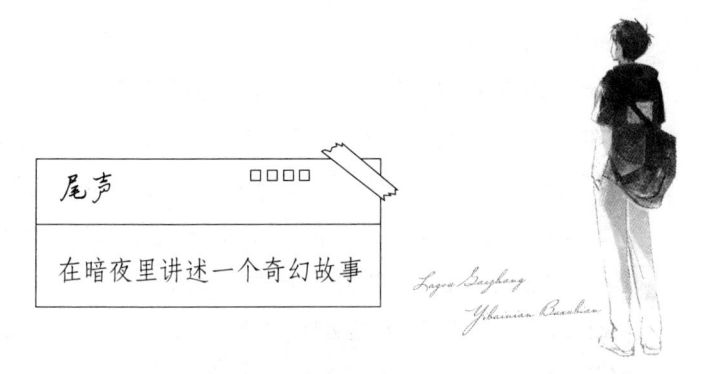

1

九月底的某一天凌晨，开往老家方向的高速路边。

郁谋在休息站找车位停了车，看施念在旁边窸窸窣窣翻钱包，说道："我就不下去了，给我买一瓶矿泉水就好。注意安全啊。"

施念开门，一条腿已经撂下去了，转头笑道："你好啰唆啊。"

"我怎么啰唆了？"

"我去休息站买东西有什么可注意安全的？而且就两步路，你在这边直接能看见。哈哈哈……"

郁谋唇角扬起，刚要说话，施念意识到了不对劲。她本来都要下车了，反身扑过来捏住高能所研究员的嘴，捏成鸭子嘴，扁扁的。她恶狠狠地说："你不可以说那两个字！不、许、说、话！"

郁谋的嘴被捏着，还要拼命说出那两个只要一说就会被揍的字："现在都成'名人'了，能不担心吗？"

说完，果不其然被掐。

施念的指甲把男人的胳膊掐出"十"字来，掐完就堵住耳朵"啊啊"叫着下车跑开，被"名人"这两个字恶心到不行，上台阶时还被绊了一下，留郁谋一个人在车里疼得龇牙咧嘴，疼成这样还不忘闷声笑。

看施念进了灯火通明的休息站，他才止住笑，往后靠，静静看着缩成一个小点的她在休息站的货架间来回走动，搜罗零食。

她出来后，一路小跑着往这边赶，身后是缓缓移动的大货车。

郁谋落下窗户大喊："看着点儿车，别跑。"

施念看见他就开始傻笑，笑着往这边跑，买了一兜子吃的喝的。

等她开门上车时，郁谋转头说："让你看车，怎么光看我了？"

"看你帅呗。你坐在这边，往我那边看，可帅了，我都不敢相信这是我男朋友，还以为是哪里的天仙下凡了。"她打开塑料袋，给他展示自己买了什么，全是小孩子秋游时会带的零食，"给咱们天仙买了好多好吃的！开夜车可不能委屈了！"

郁谋瞥了一眼袋子，本想板着脸说"好幼稚，都是小孩吃的，你给你自己买的吧"之类口是心非的话，但最终还是失败了，脑子里全是她直白又热烈地夸他的话，嘴角上扬再上扬，心里美得不得了。

他实在绷不住要笑，反应过来给自己这个得意的笑找了个理由："名人没被要合影要签名吗？"他适时拱出一个欠欠的神情配合这个笑，应当不算特别傻。

施念翻出一个果冻狠狠砸他："闭嘴！闭嘴！"

事情还要从三天前说起。

2020 年 10 月 9 日,一个粉丝只有一千出头的社交平台账号发布了一条时长不到 8 分钟的游戏 demo(展示)视频(灵感源自游戏科学《黑神话：悟空》新闻),视频以第三人的视角展示了光怪陆离的异世界里,游戏主人公过巨型乌龟 Boss 关卡的打斗过程。短短几分钟视频,展示内容有限,但无论是游戏场景、战斗细节、打击感,还是人物建模,都生动且震撼。Boss 两段式攻击体系中,后面巨龟直接把壳脱掉当成武器扔过来……视频在凌晨发布,起先只有寥寥点赞和评论,到了凌晨三点左右,转评数开始攀升,直到早上七点,这条视频被顶上了热搜。

——不知道大家是不是和我一样,看到主角滚地跳起转身的那个流畅顺滑的动作,细腻到头发丝的画面处理,我突然热泪盈眶。好激动啊,太期待了！

这是热评第一条。

——我男朋友正蹲厕所呢,发出一声鬼叫,转这个视频给我看,还说钱已经准备好了,就等给这个游戏花了。

这是热评第二条。

几千条评论里也不全是夸和捧,还有一些质疑的声音,有些人直接拿来和国外现存的单机大作对标,说"只是画面好不如去拍电影""学人四不像""只配给××提鞋""空有概念没有灵魂";有些人则在担忧游戏成本,说"只是个实机 demo 而已,等上市不知道猴年马月,后期资金跟不上,到时候资本一入场,不知道能不能保持初心呢";"怎么说都还是有很大进步空间的,能看出用心了,但也仅仅是用心,说到底还不是概念神……那些夸场景细节的是没花钱玩过好游戏吗"……

早上十一点,Bremer Game 工作室,大家脸上的表情与其说是激动，不如说更多的是惊讶和疑惑，以及不敢相信。

　　林羽举着手机再三跟大家确认："你们没有给我这条视频买热门吧？"

　　大家摇头，谁愿意花那冤枉钱呢？

　　昨晚录完实机操作大家就下班了，林羽睡觉前发了那条视频后把手机扔到了一边。全世界夜未眠，只有他们睡了个安稳觉。发视频的本意是招兵买马，希望通过这个连半成品都算不上的demo引来更多的有志之士参与项目，所有人都没有想到过了一晚上会有如今的讨论度，远远超出了他们的预期。"某不知名游戏工作室"的名字一下子人人皆知，还有人在评论里给大家科普他们为什么叫Bremer，因为是"不被看好的'loser'们组成的队伍"，以初心为剑，情怀为刃，低调地在低迷的单机市场杀出了一条血路。

　　一整天，团队内所有人的手机提示就没有停过，之前参加各种大会加的同行纷纷发来微信消息祝贺和询问。

　　林羽一脸凝重："算是好事，也不算。这样吧，给大家放一周假，所有信息都不要理会，所有声音都不要回应，熟人、朋友、同行来询问，就说自己不清楚。大家冷静、沉淀、休息一周，把这件事忘掉，就当没发生，其余的事情我来操心。希望我们都不被影响，无论是夸还是骂，是质疑还是支持。"

　　当时，微信里那些红点点还没有让施念产生自己所在的工作室火了的实感，真正被惊讶到是那个视频发出后的第二天。

　　她放假一周，晚上等郁谋下班后两人去逛超市。她走前面，郁谋推着车走后面。她拿起一包小蛋糕要往车里放，放完才发现自己放到别人车里了，赶忙拿起来说抱歉，举着小蛋糕找郁谋。

　　推车的是一个很酷的男孩子，穿着校服，个子老高，应该是高中生，指着她支吾了半天。

她又道歉了好几遍，以为对方觉得自己偷他车里的东西："我放错了！我什么都没拿！对不起！"

结果那男学生说："你你你……你是那个 Bremer 游戏的！"

施念愣住了。

这时，郁谋推着车过来，站到她身边："怎么了？"

施念指了指男学生，对郁谋说："他竟然认识我。"

男学生双眼放光，掏出手机特自觉地递给郁谋："对的！能合影吗？哎呀，我可太激动了！太巧吧！你竟然也亲自来买菜啊？"

亲自买菜？

施念稀里糊涂地站到他身边："可以合影。你怎么知道我的？"

男学生沉浸在喜悦中，解锁手机时食指都在发抖："照相时能假装揽着你肩膀吗？能发朋友圈吗？我要给我哥们儿看！哈哈哈，我好虚荣啊！"

他又解释："昨天我把你们老大的微博从头翻到尾……林羽，是吧？"

施念点头："对，他是我们游戏制作人和总监。"

"他之前发过你们工作室日常的视频，两分钟那个，你也在里面，握着手柄特认真在打游戏，镜头就三秒。我和兄弟们倒回去看了好几遍，说这个小姐姐好厉害！也好帅气！"

郁谋随便给两人拍了一张，男生查看后，说："哎，我怎么闭眼睛了？我的头怎么只有半个？能再拍一张吗？"

郁谋面无表情："我看照得挺好的，不用再拍了。"

两人从超市出来，郁谋两只手拎着东西。

施念还在一旁发愣，被当作"名人"认出的感觉实在是奇妙，她摇着头得了便宜还卖乖般感慨："现在的男高中生个子越来越高了。"

郁谋脸往下一拉，抬了一下手臂，问："怎么不挽进来？"

"因为你拿着东西啊。"

"拿着东西也可以挽啊，名人是不是不想挽老百姓的手了？"

"你有病啊？不许叫我名人！"施念挽上他的胳膊。

两人这样一路拌嘴掐架地往家走，走到单元门口，郁谋突然停住，看向施念："对了，关于我们之前聊到的回老家领证的事……你想不想秋游？"

"秋游？"

"嗯。我跟领导请示出京，后天晚上我们开车回老家吧，十一点走，第二天早上六七点到，当公路旅行，怎么样？"

车子重新上路时，施念打了个哈欠。

"困了就睡一会儿。"郁谋说。

"我不，我们这是在秋游啊，我睡了你一个人开车很孤单。"

"那聊会儿天？"

"好。聊什么呢？你讲讲故事吧。"

郁谋想了想："我没和你说过我导师吧？当时他出庭帮我做证，陈述十分钟，有九分钟都是在骂我。"回忆起当时，郁谋笑了起来，"说真的，我从没有听过那样恶劣的'贬低'。他说，在他的众多学生中，我不是最聪明的那一个，但是论愚蠢，我绝对排得上名次。我们组的所有人都可以为他做证，他和我之间的关系是多么紧张。他对我的懒散和懈怠深恶痛绝，还为我放弃他提供的机会感到失望和不能理解……如此这般控诉了我好久，说得在场的人，包括我、法官、陪审团，都瞠目结舌。

"而后他又说，就是这样的一个学生，他依旧有百分之百的坚持认为我是个高尚的人，我不会做出他们指控我的那些事情。他这样说不存在长辈的疼爱，不是出于老师对学生的偏爱，也不是因为有顶级天赋的人对同样有天赋的人的垂爱，更何况他觉得我的天赋不值一提……他这样说仅仅是作为一个'人'的理智的判断和朴素的正义。这是他的原话。

"直到那时我才明白，为何他从一开始就对我抱有极大的偏见和情绪。之前组里的所有师兄都同情我，虽然知道这个老头脾气不好，但是他对我的针对是史无前例的……其实他是在保护我。他手里拿着联邦的研究经费拨款，所以我在他手底下工作时，他会用各种奇怪又牵强的理由驳回我所有敏感的论文选题。

"很神奇吧？和他深谙欲扬先抑这种套路相比，我其实更惊讶的是他竟然用高尚来形容我。想到这件事时，我又总会想起你。

"你说过我是个会发光的人。这种评价总会让我羞愧不已，但是实话说，又很开心，这样的时刻会让我觉得我很幸运。你刚刚笑着跑向我时，我也有这样的感觉。这些都是我人生到目前为止的闪光节点，我需要牢牢记住。

"对了，说到这里，给你讲这样一个故事吧。"

施念转头看他："好啊，什么故事？"

"一个奇幻故事。你知道量子力学里最为人津津乐道的一个尚未被证实的假说是多元宇宙论吗？"见施念有些没反应过来，又提示道，"平行宇宙，或是平行世界，你听说过吗？"

"哦哦，这个知道，好多电影都讲过。"

"嗯，'薛定谔的猫'用这个理论来解释，在观测后，会出现两个平行宇宙，一个里面是死去的猫，一个里面是活着的猫。如果在某一时间节点，一件事出现多种可能，那么在不同宇宙里就会呈现一件事情的一种结果。

"在很多影视作品中，总会有我们回到过去、穿越时空的桥段，实际上，如果从物理学的角度解释，主人公所谓的回到过去，回的是某一个平行宇宙的过去，本质上还是穿越时空。一个人在某一个时间点未来会有无数种可能，之前会有无数可能，所以在那一点会产生无数的过去，也就是未来平行宇宙。从概率学角度，你在现在想要回到过去，回到你所在这一条时空线的过去是不可能的，那是概率为零的事件，你只会回到某一条其他平行宇宙的时空里。也就是说，你一旦穿越到另一个平行世界，理论上说是不可能再回到现在这个世界的。"

"所以电影里，主角回去以后，所有事情都和以前一样是不太可能发生的咯？"施念问。

"是的，从物理学的角度是不可能的，但是大部分电影里都会忽略这一点。比如说，你手里现在有无数颗豆子，选中其中一枚，闭着眼睛把它们撒在地上，再想要找到你之前选中的豆子几乎是不可能的。大概就是类似的意思。"

"懂了。怎么提到这个？"

"也是很凑巧，之前和所里同事聊天，一个四十多岁的男人，他说他闺女问他，如果他一睁眼发现自己只是在高三的中午趴在桌上做了一个梦，他会怎么办。他给他闺女科普了这个理论，说他不能怎么办，因为世界都不同了，大前提变了，结果他闺女不理他了。"

"哈哈哈，所以你想起了和这个理论有关的故事吗？"

"差不多是这样。那我开始讲咯？"

"好。"

2

"其实六岁以前的我很笨。"

"等等，这是你自己的故事吗？"

"不是,这是第一人称故事,'我'不是我本人,只是我用'我'来讲述。"

"哦哦,好,你继续,我不打断了。"

父亲做生意刚有起色,家里在市郊买了一套房子,有阁楼,有地下室,地下室被母亲用作工作室,工作室里有一整面墙的森林、沙滩、大海、星空的壁画。

那时外公重病住院,母亲和外公的关系并不好,带着我去探望时,她坐一边不说话,外公只会同我讲话。

外公其实是个脾气很坏的老人,也不善言谈,和家里几个孩子的关系都很僵,我猜他那时和我有话说,主要因为他快死了,病床前孤单,只有我愿意听他说话。

那段时间我总爱往医院跑,我觉得外公讲的有关宇宙的故事很有趣,虽然听不太懂。外公也说我是个笨小孩,讲着讲着就会叹气。这多少令我有些沮丧。

外公去世后相当长一段时间里,我都十分难过。我会一个人在地下室看外公留下来的书籍,还会想,要是我聪明一些,要是能在外公活着时接上他问我的话,能多问问他有关宇宙的故事就好了……这样想着想着,我就睡着了。

半梦半醒间,我坐起来,昏暗一片的地下室,我看见壁画在发光。

壁画的沙滩上一直都有的礁石,竟然变成一个转过身看着我的老头。他说:"嘿,笨小子,如果给你一个实现愿望的机会,你会许什么愿?"

我说:"如果可以的话,我希望我能变得聪明一些。"

我懵懵懂懂的,觉得这样的愿望应该不会太过分。

那老头说:"这愿望还不赖。实话说,这个世界里的这个你会一直这样迟钝和愚笨，以后考大学次次都考不上，说不定还会因为羞愤而在自家的门框上上吊自杀。"

我感到很惊讶，他为什么能知道我的未来？他是谁？我想问问题。可是他说完，昏昏沉沉的感觉上来，我重新睡了过去。

再醒来时，一切似乎都没有变化。哦，原来只是一个奇奇怪怪的梦。我这样和自己说，还真是神奇的梦。

父亲还是那个长相，母亲也似乎没有变化，周遭的一切还维持着我做梦前的原样。

等等，似乎有什么变了。

我发现我再去翻看祖父留下的很浅显的入门书，竟然能看懂了。可当我真正开始体会生活不止这一处变化时，我后悔不已。

母亲变得十分暴躁。

如果说之前她只是普通的严厉家长，我许愿后她则变成了一个极度严苛的人。这是壁画老头没有提到的，但我又隐隐约约地清楚，所有得到都会伴随某种失去，天底下可没有那么好的事情。这似乎是意料之中的。

暴力充满了我接下来的整个童年。没错，我的确变得非常聪明，但是预料中的"家人为我感到自豪和骄傲"并没有随之而来。

我小学毕业那天，因为回家晚了被我母亲打到半边脸肿起，眼睛都睁不开。我被关到地下室去反思，又一次见到了壁画老头。

依旧是黑沉沉的空间，我半梦半醒，礁石转过身，老头说："嘿，我们又见面了，小子。你这个样子看起来好滑稽，哈哈哈……许愿环节，说说吧，这次希望实现什么愿望？"

我整个人又疼又困，只想赶紧摆脱这一切，于是说："求求您，让我母亲对我好一些吧。"

我要求的也并不多，不是吗？

老头听到后点头:"好吧,这愿望也不赖。照你母亲这样,你长大后说不定……算了,不提了,让我来帮你实现这个愿望吧!"

我醒来后,在地下室等待母亲来训斥我,但是楼上一直没有动静。我悄悄打开门,走上楼,看见晕倒在地的母亲。

没错,这一次"母亲对我好一些"的代价竟然是她也像外公那样生重病。

我几乎疯了,我开始意识到,这样的许愿和诅咒没两样。

那时的我已经看过《猴爪》这个故事,故事里老夫妇三次许愿,虽然最后什么都没有得到,但第二次愿望里,猴爪让他们失去的孩子死而复生。

我在想,发生在我身上的事情和《猴爪》里类似吗?

我认为不是的。

我的每一次许愿,更像是从一个平行世界穿梭到另一个平行世界,每一次穿梭的前提都是之前的愿望依旧成立。

比如我许愿母亲对我好一些,并不会令我之前的愿望"变聪明"消失不见,与此同时,在此世消失的人也会在彼世维持消失。这是不可逆的,并没有什么死而复生。

所以,这样的设定和《猴爪》是有本质不同的。壁画老头并不会剥夺我已经许下的愿望,但是令人绝望的是,每一次的"失去"似乎也愈来愈可怕,且不会被返还——我没有办法回到一开始的世界了。我意识到了隐藏的因果,第一次许愿,我变聪明的代价是令母亲回忆起外公,于是开启了她暴力的按钮。

第二次许愿,在茫茫世界的所有可能中,我被"随机"地扔到"我聪明"和"母亲对我好"这两个条件都成立的另一个世界,代价是这个新世界里,母亲重病——这样就无力对我怒吼和暴力。

好狡猾的结果啊。我后悔不已,但又无能为力。

我对于此事开始慎重起来，我意识到这绝对不是什么巧合或是玩笑。

我初二那年，母亲去世，我回到地下室一个人静坐了一下午。

我没有办法把目前发生的一切事情都揽到自己身上，说这全部是我自己的过错，可是内心又觉得，也的确是我的无知和贪婪造成的。如果不许愿，就什么事情都不会发生。

没错，这一次，那个老人又出现了。

他出现时我很平静。

我说："在我说出愿望前，这次你能告诉我，我的生活里会失去什么吗？"

他说："恐怕不能，未知也是失去本身的一部分意义。但不管怎么说，你至少可以愿望成真，这难道不够有吸引力吗？快说出你的愿望吧！"

我摇头，算了。

他循循善诱："听说你暗恋一个女孩子，或许我可以……"

我说："不可以，不愿意，也不行。"

我否定了他的提议，虽然那提议十分诱人，但是联想到有可能会出现的可怕后果，我还是毫不犹豫地拒绝了他。十三四岁的年纪已经明白"后果"意味着什么。

他十分惋惜，并表示在未来的某一天他还会出现，给我最后一次机会。如果到时候我再次拒绝他，他就永远也不会出现了。

在那之后，我和暗恋的女孩子花费了很多很多时间和很多很多努力，才终于走到一起。我认为这一切都是值得的，因为没有许愿，所以我在感情方面没有任何捷径可走，但是我的心无比踏实、无比宁静。我知道我不会再因为我的莽撞、无知以及贪婪，让生命中美好的部分被夺走。

好多年以后，在我终于要和那个女孩相聚时，变故发生。

再一次，我因为莫须有的罪名被关进了异国的"小黑屋"。

在极度的精神折磨以及身体疲惫到极致的状态下，他又出现了。

梦里，那礁石转过身，说了几句客套话就直奔主题，还威胁和恐吓我，说一些很可怕的未来。

"如果你不许愿，你一辈子都会被关在这里，你再也见不到她，你会在悔恨和回忆中度过你悲惨的一生。"

我动摇过，害怕过，比起我自己会受到的不公正待遇，我更害怕的是他说我和她再也见不了面。

可我同时也害怕，如果我许愿了，更可怕的事情会降临在我在乎的人身上。

这么多年，我拥有了很多很好的朋友，拥有了很多很好的回忆，我有了爱人，有了被喜欢之人喜欢的感觉，这些都是支撑我走到现在的最珍贵的东西，于是，我再次说了"不"。

他说："你要仔细考虑，因为之前你已经拒绝过我一次，这一次再拒绝，我将不会再出现。"

我依然摇头："我已经得到的感情和事物足以支撑我走过接下来的一生，即使从现在开始，我的人生里只会发生悲惨的事，那我也无怨无悔，不需要借助任何外力改变什么。这个世界我是很爱的，我已经满足了。"

听完我说的话，他彻底消失了。

消失前，他竟然说："听到你能这样说，我替你感到开心。"

没有许愿，事情过了一段时间才出现转机。

又过了几年，我才又跟那个女孩重逢。

就像我说的，虽然没有捷径，但是我内心是平静的。

我接受未被预料的灾祸出现，也同样接受那些美好的事物在我生命中发生，我认为我值得。

与此同时，我无比坚信好的事情一定会发生，所有事情都会好起来，不需要对神明许愿也能抵达仙乡，能看到脚印的旅程令我无比欣慰和踏实。

礁石老人真的没有再出现，我留在了此世，也没有再想过离开。

故事到这里就讲完了。

施念的一颗果冻撕开包装好久了都没有送进嘴里，目瞪口呆了好久："这不会是真事吧？"

开车的男人笑得胸腔震颤："怎么可能？都说了是我编的。"

"可是细节什么的都是你的经历呀，你还把我给你讲的我家单元的那个自杀的事讲进去了。"

"半真半假的讲述就是我的诡计啊。这样的故事就是要给人营造出这或许是真事的错觉。"

"我觉得有点恐怖呢，像是鬼故事。"施念瑟瑟发抖地说。

"哈哈，你竟然会觉得有点恐怖，抱歉抱歉。实际上，我更愿意说这是关于相信、守护与爱的故事。"

"礁石老人转身那里好恐怖。"施念吓得把手放到郁谋的腿上，要贴着才行。

他腾出一只手去拍了拍她的手，又老老实实放回方向盘上。

暗夜的高速上，车辆飞快向前，反光的指示牌一晃而过，如果不是偶尔路过一辆货车，施念还会以为他们两个在平行世界的间隙中穿梭，就像他故事里讲述的那样，被随机地扔到一个既美好又残酷的新世界里。

郁谋平静地说："那是奇幻的手法。"

她心有余悸："好吧。"

车内沉默了一会儿,他突然开口:"你好笨啊。"

她问道:"我怎么笨了?"

"你难道没有意识到,我这是在和你表白吗?我不习惯很直白地说出来,所以给你编了这样一个故事。"

"你讲到后面时,我好像有点意识到了。"

郁谋耐心地解释:"嗯。我的意思是说,如果故事里的事情真的会发生,现在给我一个机会,让我去到某个许愿能成真的世界,我会选择拒绝。因为那样的话,我会错过这个时空里关于你的一切,也不敢想象在新的世界我所在意的一切会变得多么糟糕。还记得我们之前有关'不动点'的讨论吗?我觉得在我的这条人生线里,我遇到了喜欢的人,我已经找到了我人生的不动点,不会再移动到其他的世界里去了,想一直、一直、一直这样下去啊。这才是我故事的本意。"

施念的心开始怦怦跳,之前是被吓的,现在是因为他的话。

她终于吃了那颗果冻,然后说道:"其实,你有很直白地说出来过。"

郁谋惊讶:"我有吗?"

"有的,只是那天你喝醉了,忘记了。你说你超级喜欢我,还说我眼睛里有银河,肉麻死了,想打你一顿。"

"啊?"他无奈地笑,"真是的,喝醉的我简直太没有水准了。这个故事我可是琢磨了好久,没想到在那之前我竟然直白地说过喜欢这样的话。"

"哈哈哈……直白的,不直白的,我都很喜欢。谢谢你给我讲故事。"

"不用谢,以后还可以一直给你讲故事。"

"像这样恐怖的故事一次就够了。"

"这不是恐怖故事,这是关于爱的故事。因为遇到了这个人,我不想离开所在的这个世界,不想时空旅行,不想时光倒流,不想任何魔法发生。所有一切,好的,不好的,都维持不变;所有诺言都凭借自己的努力争取去一一实现;所有不勇敢都变成坚定;所有源自人类最本能的贪婪、狂妄和莽撞都被一一克制。这是我能想到的最浪漫的情话了。"

"那么如果你突然醒来,发现自己也只是趴在桌子上做了一个梦呢?我们依旧是前后桌,班里喧闹,卷子满桌,前面在打闹,后面在吃零食……而你,刚刚醒来。"

郁谋说:"不会有任何不同。我会捅捅你的后背,问你要小饭兜里的小蛋糕;我会假装问你今天都布置了什么作业,虽然我并不用写;我还会跟在你身后去打水,等你打完以后站在你身后突然说话,吓你一跳,然后说,嘿,放学我们一起回家吗?我还会……"

"我也喜欢你。"施念打断他,"是会再一起长大的,对不对?"

"嗯。"他嘴角微微扬起,顿了片刻,又坚定地再次重复了一遍,"嗯。"

(正文完)

番外一
高二学农 1

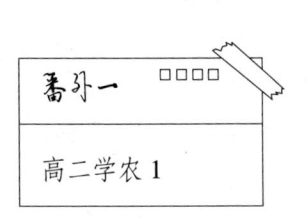

高二学农，全年级被拉到郊区学农基地待三天。

几栋类似厂房的宿舍楼外就是大片大片的玉米地，玉米地旁是空着的田野。

男生们白天分班分片区地掰玉米。

九月份的北方还是热的，在太阳地里站大半天，又晒又闷，不出一会儿，大家都汗流浃背。

女生们则并排坐在房檐下，一人面前一个竹筐，戴着白色工作手套剥玉米粒。这种完全是靠手腕和手心交界处那块去搓，搓几根手就红得不行，戴手套也不管用。一筐满了拎起来，倒去厂房后面的空场上，那里垫着塑料布，玉米粒都归拢到一起。

玉米秆子齐人高，郁谋握着玉米棒子把它掰下来扔到一边，由同组的傅辽负责剥掉苞叶，扔进筐里。

傅辽剥苞叶的时候，发现一条紫红色的大肉虫子爬过他的手套，飞速地从裹着的叶片里跳到地上，吓得他一下子就把手里的玉米往边上一扔："啊啊啊！"

周围的人被他喊得虎躯一震。

郁谋站直看他，汗顺着额头往下流，皱起眉头："怎么了？"

"虫子！肉的那种！我的天呢，贼大，这么粗。"傅辽回忆了一下刚刚，浑身过电了一样抖三抖。

一旁的贺然笑了笑，捏着鼻子学他说话："虫子……好大……好怕……"

周围的人哈哈大笑。

郁谋表示怀疑："没见到啊，你是不是看花眼了？"

傅辽对天发誓："我骗你们干吗？真的，真的！要剥开才行，它藏在苞叶里！"

贺然继续学："藏在苞叶里……"

周围的人继续笑。

傅辽不乐意了，喊郁谋："我不剥了，我跟你换，我来掰。"

郁谋改换位置："那正好，你这活儿轻快。"

他开始面无表情地剥玉米苞叶，透过层层玉米秆看女生那边。他看见施念坐在墙边，屋檐只能替她挡住一半的阳光，边上的人聊天她听着，时不时笑几下，笑的时候眼睛弯弯的。

他看见施念总是有意无意地往玉米田这边瞟，她看一眼，就立马收回目光，过一会儿再抬头看，换了个方位，然后再次收回视线。

郁谋感觉施念在找他，可是他站在一堆男生里，又被玉米秆挡住，她只好一次看一处，试图锁定他的位置。

想到这里，他拉着傅辽把他面前的几根玉米拔掉，腾出半米宽的空当，侧着站到那里。

这下总该看清了吧！

少年低头，假装在很认真地剥玉米苞叶，腰杆挺得笔直，还把袖子撩起来。可能是知道施念一定会看到他，他莫名觉得身上更晒了，不仅有太阳的光线在灼烧他，还有来自她的目光。

对于施念来说，郁谋好像是凭空跳出来的。她感到自己好幸运，好巧啊，他前面的玉米都没了，她再次往那边看时，一下子就找到了他。

她不敢一直盯着他那边，怕被别人发现，但是每次垂眼时，她都在心里默念：数四下再看哦，谨记！

这样想着，她开始笑，等她再抬头时，发现郁谋也在往这边看。她手一抖，玉米棒子掉到了筐里。

少年的扫视非常随意，好像是无聊才那样做的。他从厂房的墙角开始看，一一划过，最后找到屋檐下的她。两人目光有一瞬的交错，他看见她在冲他傻乐，心里一惊：这笨蛋，怎么笑得这么直白！

他赶紧把视线顺着原来的方向继续平移，完成这场一百八十度的巡视。

收回视线，两人的心都怦怦跳。

施念想：好险啊，差点被发现。

郁谋想：她只要看见我就会笑，嘿。

田野里蟋蟀叫，虫子蹦，郁谋觉得时间差不多了，又开始巡视。这下他看见施念站起身，拎着筐去厂房。

他喊了声傅辽："我去上厕所，等我一下。"说着就扔掉手里的玉米，大步往厂房后面走。

片区很大。

施念费力地提着一筐玉米粒往后走,其实并不十分沉,只是筐大又高,她双臂要抬起来才能把筐提起,小碎步一点点挪着。

"给我吧。"

熟悉的声音从她后面传来,随后就是一只手越过来,去接她怀里的筐。

施念转头,看见郁谋满头大汗,身上的衣服也汗津津的。他冲她浅笑,带着几分揶揄,好像在笑她矮子,这都提不动。

施念默不作声,把筐递给他。

他站在原地不动,认认真真地问:"要放哪里?"

她指指后面。

郁谋看了看,提议:"咱们绕一圈。"绕过那些从后面提着空筐回来的人。

他们挑了一条没人走的路。他往前走,她在一旁错后半步讷讷地跟着。

他回头确认她的确还跟着时,发现她一直低头。

他说:"刚才你在找我?有什么事吗?"

"啊?没有啊。"施念立马否认,"我什么时候找你了?"

"我看见你看我了。"

她想了想:"你看我干吗?"

"我看你有没有在看我。"说完,他自己也被这欲盖弥彰的逻辑逗乐了,放慢脚步和她并排走,"我身上是不是汗味儿很大?"他没话找话。

施念特意虚着闻了闻,脚踢石子:"还好。"

"还好就是臭咯。"郁谋低头用胳膊蹭了下划过眼角的汗,"太热了,你们女生都不出汗的吗?好羡慕啊。"

施念还在纠结刚刚的话题:"你不臭,挺香的。"她想说是那种蒸发出的皂角香,很干净清新,可是又不好意思说。

郁谋依旧在笑,完全止不住的那种。少年的心此时就像空场上的土,飞扬起来,膨胀到无以复加。

自己一身的汗,这还不臭?真是被夸到没边了。

他看着她:"你离我这么远干吗?这里又没人。你还是嫌弃了,嫌弃我一身汗。"

为了印证自己没嫌弃,施念迫不得已往他那边靠近了小半步,腹诽:这男生好作哦。

郁谋觉得两人还是隔太远,于是往她那边靠。他走一步,她躲一步,最后两人是贴着围墙走的,挤到最边上去了。

"你胆儿好小啊,真没人,我都看着呢,我海拔高。"他四处看了一圈。

施念却心惊胆战地想:非要挨着走,大热天的……

走过一处矮了半截的墙,郁谋说:"哎,你看。"

施念踮起脚越过墙往外面的荒野看:"看什么?"

"那边。"他抬了抬下巴,"是个秋千吧?对吧?"

她眯眼看,手挡住阳光:"好像是。"

"真神奇。"他继续走,"田野里怎么会有秋千呢?"

走到后面的空场,郁谋替施念把玉米粒倒到塑料布的正中央,两人往回走。这回施念坚持自己抱空筐:"这下我能自己来了!"

他无所谓,让她抱着去吧,确实也不沉。少年手插回兜,"哎"了一声:"你想去确认下吗?看看是不是秋千?"

施念摇头,怕老师问起:"不太好吧,我还要回去剥玉米粒。咱快回去吧!"

少年也摇头:"我不是说现在。"

他转头看她,用胳膊肘轻轻触她,眼神清澈又明亮,厂房间隙的风吹过,碎发飞扬:"我说晚上。晚上等你们宿舍人都睡着了,我来找你。我们去看看那到底是不是秋千。"

番外二

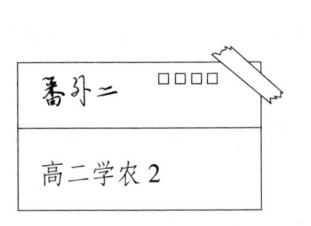

高二学农 2

郊区晚上的夜很寂静。

六点多，吃过饭洗过澡，全年级在大空场看《冲出亚马逊》。

贺然"征用"了自己和郁谋面前的空地，用树枝在地上挖洞，碎嘴叨叨说这是挖的战壕。

傅辽、施念、许沐子，还有前后左右所有人一边说他好幼稚，小学生都不玩这种游戏了，一边又探头看他挖得怎么样了。

郁谋叉开腿，尽可能给贺然腾地方，冷眼看贺然挖啊挖，土都堆到他脚下了。

贺然挖好两个洞，把树枝摆中间，又从兜里掏出四周搜罗来的石头分发起来,说:"这是各自代表的特种兵,现在以这根树枝为界,分成两拨,大家打仗。谁把石子扔到对方洞里多,谁赢。"

几个人开始埋头玩,用脚防守自己的战壕,瞅准机会往对面扔石头,悄无声息地玩得不亦乐乎。

郁谋放水放得厉害,施念那拨儿往他们这边扔,他完全不带防守的,就靠贺然一人苦苦支撑。

眼看自己这边要输,贺然突然从土里抓了样东西往傅辽身上扔,大喊:"玉米虫子!"

这时电影正好放到特种兵为了果腹埋头吃蚯蚓,还给了蚯蚓一个特写,紫红色的。

傅辽一个激灵蹦起来,把"虫子"往边上甩。

"虫子"被甩到许沐子手上,许沐子尖叫一声蹿出老远,"虫子"又被她拨到施念膝盖上。

施念浑身的汗毛竖起来,看都没看清就立马把"虫子"呼出去,人直接往后仰,郁谋伸手抵了她后背一下,她才没坐地上。

贺然拍着大腿笑癫了,抓起那"虫子"说:"是绳儿!你们傻不傻?"

唐华瞪着眼睛走过来,看见地上的两个坑,低声喝道:"干吗呢?看个电影都不老实!"

周围的人一齐指向贺然:"是他!"

夜里十点,宿舍熄灯。一整天都在干农活,大家入睡得很快。

施念趴在枕头上,先是面朝墙,而后又翻过来,眼睛一直往窗户那边瞟,不知道郁谋几点来找她。

大概等到十一点多,窗户那边开始闪光。是手机自带的白色闪光,闪一下,过一秒再闪一下。

她坐起来,假装自言自语:"啊呀,想上厕所……"又看了那光几秒才下床找鞋,出了宿舍往厂房后面走,一颗心怦怦跳。

过拐角时,她东张西望,没人,黑黢黢的。

"咳。"郁谋从阴影里走出来,冲她招手,带着她往缺角的围墙那边走。

施念小碎步跑过去,心里惴惴不安,用气声说:"真要去啊?被发现了怎么办?"

少年胸有成竹:"去啊,不会被发现的。你不好奇吗?"

她摇头,缩头乌龟一样:"不好奇。"

他意味深长地看着她:"我好奇,你陪我。走,这边。"

翻墙时,少年动作利索,蹲在墙上冲她伸手:"来。"

施念没去拉手,自己撑着矮墙处跳过去,还催他:"走啊走啊,快点。"

她心里想的都是赶紧过去看一眼就回来,满足他突如其来的好奇心。

没有种农作物的荒地崎岖不平,秋千看着近,实际上还有点距离,两人一前一后走在高高的田垄上。

远处传来一两声犬吠,北方的夜里总有一种若有似无的烟味,闻起来让人觉得寂寥,却不难闻。

郁谋在后面闲闲地说:"你走那么快干吗?你不等等我啊?"

施念像个闷头往前冲的火车头,听到这样的控诉不敢相信自己的耳朵:"你腿白长那么长了,还用我等你?"

他笑开了,半天都没停。

"有什么好笑的?"她觉出他的不怀好意。

"我发现你和亲近的人说话总带刺儿,挺逗的。"之前两人不熟时她的那种温柔真是一去不复返啊,"你对我温柔点儿呗,这儿又没人。"

施念不吭声，郁谋这样的撒娇几乎让她想晕倒在这黑色的荒野间。心脏扑通乱跳过后，她停住脚步，冲他伸手，刻意细声细气同他讲话："我拉你往前走，咱们快一点，我怕被老师发现。"

她一把攥过他，手心里全是汗。

和他想象中的不太一样，他以为是手拉手，结果是她强势地扯着他的手腕快步往前走。

可就是这样的相握，让他心里一阵悸动，感觉自己被当成小朋友了。

旷野里真的伫立着一个木制秋千。

郁谋拍拍秋千的立柱，确认它还结实，又用袖子擦了擦椅子，问道："你要不要试试？我推你玩一会儿呗，来都来了。"

施念想了想，不由分说地把他按到位子上："我推你吧，你玩够了我们就回去。"

郁谋一怔。

不等他反应，她直接走到他身后，又开始凶他："哎呀，你把脚缩一下。"

少年乖乖把腿抬上去点儿，她开始推，一下比一下重。秋千带起的风是他沐浴露的味道，她想闻时，那气味又飘忽不见，于是她只能一下下更使力，加速的一瞬间才能闻到一点点。

他扬着头，感受风，感受失重，感受眩晕，每一次俯冲向上，繁星夜空都跟着摇晃。

他开始情不自禁地笑，笑声传到很远很远的地方，没入黑色、荒野，还有玉米地，与远处的犬吠相呼应。

施念卖力得很，尽职尽责，见郁谋这么开心，边推边问："你之前没玩过秋千吗？"

"没有！"他几乎要被她推到水平了，这女生劲儿也忒大了。

"好玩吧？刺激吧？"她神采奕奕地问，力气更大了，恨不得要让他三百六十度旋转，"好嘞，抓紧啊！"

"嗯！"

最终停下时，两人几乎脱力。施念感觉胳膊不是自己的了，郁谋则低头不语，碎发垂下来，盖住他眼睛。

施念以为他转晕了，凑过去看："你还好吧？"

他摇摇头，不说话。

"晕了？"她问。

"死了。"他装成气若游丝。

她觉得他这个无赖样好稀有好好笑，就去托他的下巴："嘿，活过来，我们该回去了。"

她的手把他的头托起来，一不使力，他立马又垂下去，她只好再托，几次三番，她佯装生气："快点呀！不要等我凶你！"

听到这话，叛逆心被激起，少年彻底一垂头，把脸埋进去。

猝不及防。

像小猫蹭蹭，过电一般，施念浑身一激灵。

趁她呆滞时，郁谋恢复正常，抬头冲她得意地笑，随后起身往前走，还不忘拉她的袖子："走了。"冷静又克制。

寂静的夜，寂静的回程。

回到基地，他站老远，看她推门进宿舍才走。

他走到男生宿舍区，碰到从传达室罚站归来的贺然。贺然冲他吹了声口哨："起夜上厕所？小伙子肾不太好啊。"

郁谋笑了笑，不置可否。

贺然一把搂住郁谋的脖子，拉着他往远离宿舍的方向走："嘿，想探险吗？我今儿好像看到一个秋千……咱今天先去探探路，明晚上叫上傅辽一起去！"

后记

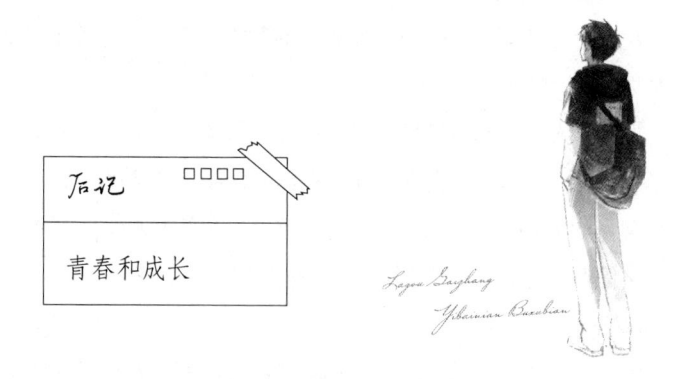

青春和成长

起初我决定让施念是个"很乖"的学生。这在小说里，尤其是校园题材的小说里，算是很常见的设定了。

年轻的时候，有段时间我很喜欢看那种反差很大的 CP，譬如一个乖乖的学生和一个桀骜不驯的坏蛋彼此吸引的故事，这样的故事里，人物性格纯粹、鲜明、富有张力。这种设定一出来，即使什么都还没有写，就已经令人浮想联翩。对于作者来说，也有很多可以说道的，设计戏剧情节应该不算难。

但是这里我给"乖"打引号，是因为我给施念性格的设定为"乖"，并不是想让她和一个桀骜不驯的坏蛋发生什么惊心动魄的故事。

恰恰相反，故事里，我不仅让我的女主角"乖"，我还要让我的男主角也"乖"。

一个是内向里带点小鲜活、小敏感的乖，一个是深沉的，带有很多无法言说的痛的乖。

我想让他们"乖"，也不想让他们只有"乖"。用专业人士的话来说，就是你要有人物弧光。

写一个人乖，不能只写他们乖，写他们老老实实完成作业，不和学校里的"坏孩子"混在一起，写他们既能理解父母的不易又要分担父母的情绪，写他们努力上进不给家里添任何麻烦，或是写他们一路优秀门门功课名列前茅上名校不费吹灰之力……

这样的人存不存在？

世界上人口样本如此多，应当是会存在的，但是小说里这样写，不仅读者会骂我无聊，我自己也觉得了无生趣。

并且随着年龄的增长，我对形容一个人"很乖"开始有了相当大的抵触情绪。

对于被夸"乖"这样的经历，明明是被夸，人却不能感到真正的幸福和快乐。有相当长一段时间，这让我感到费解和割裂。

于是我开始思考，为什么被别人觉得"乖"会让自己感到不快乐、不舒服？

这个问题让十几岁到二十多岁的我困惑了很多年。

直到当我开始构思这本小说，开始构思里面男女主的人物个性，我才发现，如果一个人表现出"乖"或"懂事"，说明这个人牺牲了天性，让渡了情绪，风平浪静之下是被压抑的暗流汹涌。

乖不是最终态，只是成长过程中的中间态。这样的个性经历重重考验，要么走向自我毁灭，要么达成自我实现，脱胎换骨。

这是个注定痛苦的过程。

如果你看到一个人乖，那么就意味着你看到了他们的痛苦和挣扎，而他们自己并不察觉。在那个当下，他们只会觉得自己是成熟的，将自己伪装得很好，说服自己这就是自己想要的，踩在滚烫的泥潭里却笑着说谢谢你的关心，我很好。

所以我就想，除了写我们的施念和郁谋是很"乖"的学生，还要写什么？

如果追求所谓的人物弧光，那么这个"乖"的背后是什么？

大概是她会老老实实完成作业，同时她很爱玩电子游戏，且是个高手，但又因为"乖"，即使有想玩的游戏、想买的游戏机，也不敢开口问父母要，于是每天都眼巴巴地看着朋友玩，朋友玩累了才能上手摸一摸手柄。

她不和学校里的坏孩子交往，但是她有一个本身就是"坏孩子"的青梅竹马。朋友可以选择，但是一个院子里长大的情谊和缘分不能选择。所以即使那个孩子不是传统的好学生，她依旧要硬着头皮和他每天拌嘴斗法，一边生气，一边又割舍不下这份友谊。

她生活在一个父母感情不和、后来离婚的家庭里，因为见惯了父母的争吵，她既能理解成年人世界里的那些艰难，还学会了努力管控好自己，总是想着妈妈一个人已经很累了，她不能再让任何事情成为妈妈的负担。但与此同时，她并不是一个能将自己的情绪处理得很完美的机器人。因为总是克制自己的需求，她开始变得内向、自卑、敏感，渐渐没法说出自己的真实想法。而察觉到自己真正想要的东西是什么、真正喜欢什么，变成了一件非常困难的事情。

总的来说，她算是个好学生，却不是那种不费吹灰之力就能取得优异成绩的天才。她知道自己要考出好成绩、考个好学校，才能让父母放心、开心，可是从内心最深处来说，因为怀着"让别人开心"这样的非内在的驱动力，她没有办法真正说服自己做这些是为了什么。

而郁谋呢,他拥有令人赞叹的天赋,似乎达成任何成就都不费吹灰之力。也正因如此,他的早慧让他对任何事物都看得十分透彻,其中包括最爱的人在他身上施加的苦痛和暴力。

他一边痛苦,一边又理解别人的行为,像个高维的生物一样怜悯地俯视世间凡人,但又因为自己也身处寻常世界,不可避免地在情绪的旋涡里经历浮浮沉沉。

"学神"表面冷冷淡淡的,似乎已经进化到过滤了情绪,实际上内心无比渴望着平凡的温暖。大家都觉得,他那样的人,一定有很多人羡慕和喜欢,但他内心只感到无比孤独,普通人的亲情和友谊,他却需要付出好几倍的努力才能触碰到。于是当他在学校里偶然听到别人用那种满怀憧憬的语气议论自己时,内心不可避免地产生了涟漪。在那一刻,他仿佛落到了平地上,成了一个幸福且平凡的人。

我小说里的女主角和男主角,就是这样的女孩子和男孩子。

单单是"乖",没有构成一个人性格的亮点,也非他们的人生高光。他们的人生高光是那些一个又一个"不乖"的瞬间,是他们努力奔向自我的路途。

我非常努力地让她成为一个平凡但又不普通的人,也十分努力地让他成为一个不平凡但是普通的人。

她不敢开口要游戏机,却能靠每天玩一会儿别人的游戏机,成为隐藏的游戏高手。那些对于别人来说唾手可得的童年快乐,她却珍而重之,所以玩的每一分钟,她都十分认真。

和她一起长大的朋友们里,不是只有一个混小子,还有其他小伙伴。大家都是普通人,大家也都不普通。能让大家成为彼此的独一无二,是长年累月的默默陪伴,这是无法割断的羁绊。

她曾经想要拯救父母的人生,可是她最后发现,每个人的人生课题最终都要自己去完成。那些她苦苦想要挽留的，最终变得不那么重要，因为即使她的父母不再是谁的妻子、谁的丈夫，他们也永远是她的爸妈，她的亲人。父亲做的红烧肉永远都是好吃的，母亲的家永远是她最最温暖的巢。

她在学校即使很努力学习了，也依旧是个小透明，可是这不妨碍她抬头去看星星。

星星是耀眼的，愿意去欣赏星星的人也同怀浪漫。

他是早慧的、冷淡的、疏离的，这堵看似坚硬的高墙实际上只要一丁点温暖就会溃不成军。别人看他是星星，他却并不觉得做一颗星星是件幸福的事。天上很冷，星星和星星之间有着遥远的光年，而地面上的人却能紧紧相拥，痛快哭泣。

包裹在她和他性格里那些尖锐的、敏感的、惆怅的、满怀期冀又小心翼翼的所有所有那些复杂的东西，注定会让他们成为最特别的自己。

这就是我想讲的，她和他的故事。

而回到成长和青春本身，我想起来之前有个人形容我的故事，我觉得她用的形容词很特别，私心非常喜欢，也有点小骄傲。

她说我是"年少青春美梦的缔造者"。

这个称赞让我欣喜之余又有些惶恐。

青春美梦之所以是美梦，是因为美丽总是伴随着遗憾，真正的完美无缺只存在于梦里。

青春和成长，在我眼里，本质上是交换的过程。

书里借郁谋之口提到的一个短篇故事，英国作家雅各布斯创作的短篇恐怖小说《猴爪》，是一个关于许愿的代价的故事，我觉得也是在说人生的选择、放弃、成长与遗憾。

想要得到什么，就一定要付出什么。或者说，你现在所拥有的，一定是你付出了什么换来的。

这在我看来就是青春和成长。

用我个人的经历举例。在过去的十年里，我大学毕业，继续读书，再毕业，再读书，中间打过工，兼过职，直到工作，生活才趋于稳定。

我在现实世界里开疆拓土，构筑属于我自己的真实人生，其间经历的跌跌撞撞就不在这里多写了。

开始写小说算是我人生转折的一个契机。

之前读书，是在被动地进入别人构筑的世界；而写小说，是在构筑我自己的世界。

我十分享受这个过程。

并且我慢慢意识到，世界上的人可以有那么多爱好，而对于我来说，成为我自己世界的主宰，是我真正十分喜欢做的事情。

我也慢慢发现，我并不是一个追求成功的人，也可以说，我对赚钱的欲望不大。虽然我总是把"想变有钱"挂在嘴边，但那只是一个对外构造的人设，希望别人觉得我是一个正常的、社会化成功的人。

大概是因为从小被灌输了太多他人的观念，"发现自己真正喜欢的事情"是我成年以后才逐渐开始尝试的事情。

我好像是一团漂浮在我身体上方的透明体，仔细观察着我平日里的一举一动，然后默默记在心里，啊，原来"我"并不喜欢早起，原来"我"喜欢喝碳酸饮料，原来"我"喜欢唱歌哪怕跑调，原来"我"喜欢能被听到的表达……

我变成了我自己的养育者，温柔地接受在我身上发生的一切可能。我把它们当作新生的绿芽，小心呵护，甚至决定溺爱自己的幼稚、多愁善感、不坚强、不勇敢。

与此同时，在发现自己喜欢写小说后，我有些惆怅。

总觉得我的人生到目前为止相当于绕了一个大圈子。

要是早点开始写小说，那该多好啊。

不仅仅是对于写小说，在很多时刻，我都会开始陷入这样的哀伤，"要是当初……那该多好啊"。

这让我感受到成长是件痛苦的、充满遗憾的事。

我在闷头向前走时，错过了很多。我和很多人生的正确选项擦肩而过，当我回过头时，发现物是人非。我回不到过去，没有办法早点遇到我的"正确"。

然后我就想起了《猴爪》。

我在想，其实小说里，作者并没有明确地写明那个漆黑的夜晚门外归来的是不是老夫妇已经死去的儿子，它并不具象，也因此恐怖。

我们每个人在成长的过程中，大概都有求而不得，或是悔不当初的事情。

在我们不断地沉湎于过去的痛苦和创伤，不断地想着"要是当初……那该多好啊"，难道不正驱使着什么一刻不停地跑来我们世界的门外不断叩门吗？

所以当人们许下第一个和第二个愿望，得到了曾经得不到的一切，是不是也会有未知的一团黑影在某个夜晚降临？

那些让人后悔的事情、痛苦的事情、想要重来以期避免的事情，同样不具象，也同样恐怖。

当它们来到时，我知道我用什么做了交换，知道我会看到什么，所以不敢开门。

想到这里，我开始觉得所谓"要是当初……那该多好啊"这样的想法实在是没有必要。

这样的想法只会让人们浪费太多的时间后悔过去、回味创伤、欣赏受伤的自己、沉浸在受害者的叙事中无法自拔。

　　因为受伤，所以无罪的通行券让人沉迷，但一旦接受了这样的命运，也会因此失去前行的可能性。

　　青春伴随着酸涩，成长伴随着放弃。

　　那些所谓的"正确选项"，我们要坚信它不在正确的时间出现，对于我们来说就是一种错误，就是一种不合适，因此与它们擦肩而过，也没什么大不了的。

　　也正因为它们存在于令我们感到遗憾的过去，我们回望，会看到它们发出诱人的光芒，那么在前行路上再遇到同样的光芒时，我们才能更加珍惜，牢牢地把握住。

　　而这也是遗憾的意义。

　　最后的最后，这个故事虽然到这里是真正地结束了，但在我看来，某个世界里，这个故事里的人们的生活依旧在继续，而我不会祝愿他们永远幸福，因为这个祝福未免无聊。

　　我衷心地希冀他们有敢于放弃的勇气和满怀希望的前行。青春和成长不是他们某个人生的时刻，不是那种过去就过去了的脆弱的珍贵，而是贯穿他们整个人生的蓬勃和浪漫。

　　我们下个故事再见。

坡西米